KB253223

토바코대륙
아리엘 대산맥
엘프마을
헤네시 제국
셀턴
드워프
마 을
바이런
키톤
롤랜드
콘라드왕국
페타왕국
쿠페라 왕국
아벨왕국
메린
록트왕국
그리니치
플레이루
엘프하임
나이틀리던전
게벨던전
티러스산맥
드워프
필립공국
카트나제국
올모르
중앙해역
루델
프리츠
첼시공국
피델리공국
켄트왕국
하버
델라
파비앙
루멘제국
루메리아
플레타
바실
아스턴산맥

라일특구
황금길 시작점
아벨수도
베른
에던
메린
드워프 사지 구역
랭버
근위군
솔즈
베론특구
록트리아
자유로
제피
미쉘
보레
플레이르
에우로
마키
악튜
타로
밀노
피렌
링켈
피렌 소산맥
델리언
라팅
로엘
노토
커스팅
브렌토강
골로니
슈란
발콘
올리브강
벤시
타린
갈리언
레켄
4군단
5군단
6군단
7군단
에그테르
천국의 길
벨라시
앨버
앙겔스
3군단
1군단
2군단
1군
세라노시
나이틀리 던전
컬리
탈라
1군
시온
2군
아크라
레이드
마라
필립수도
켈포크
그리니치수도
아가르
타나
엘민
2군
아덴
아부로
3군
하버
카트나 제국 제1주둔군

록트리온

LOCKTRION

정향 판타지 장편 소설

록트리온 5

정향 판타지 장편 소설

초판 1쇄 찍은 날 § 2007년 4월 12일
초판 1쇄 펴낸 날 § 2007년 4월 22일

지은이 § 정향
펴낸이 § 서경석

편집장 § 문혜영
편집책임 § 문정흠
편집 § 최하나

펴낸곳 § 도서출판 청어람
등록번호 § 제1081-1-89호
등록일자 § 1999. 5. 31
어람번호 § 제1-0821호

주소 § 경기도 부천시 원미구 심곡1동 350-1 남성B/D 3F (우) 420-011
전화 § 032-656-4452 팩스 § 032-656-4453
http://www.chungeoram.com
E-mail § eoram99@chollian.net

ISBN 978-89-251-0655-7 04810
ISBN 89-251-0284-6 (세트)

정향 판타지 장편 소설

Fantasy Frontier Spirit

⑤

[완결]

LOCKTRION

록트리온

도서출판 청어람

CONTENTS

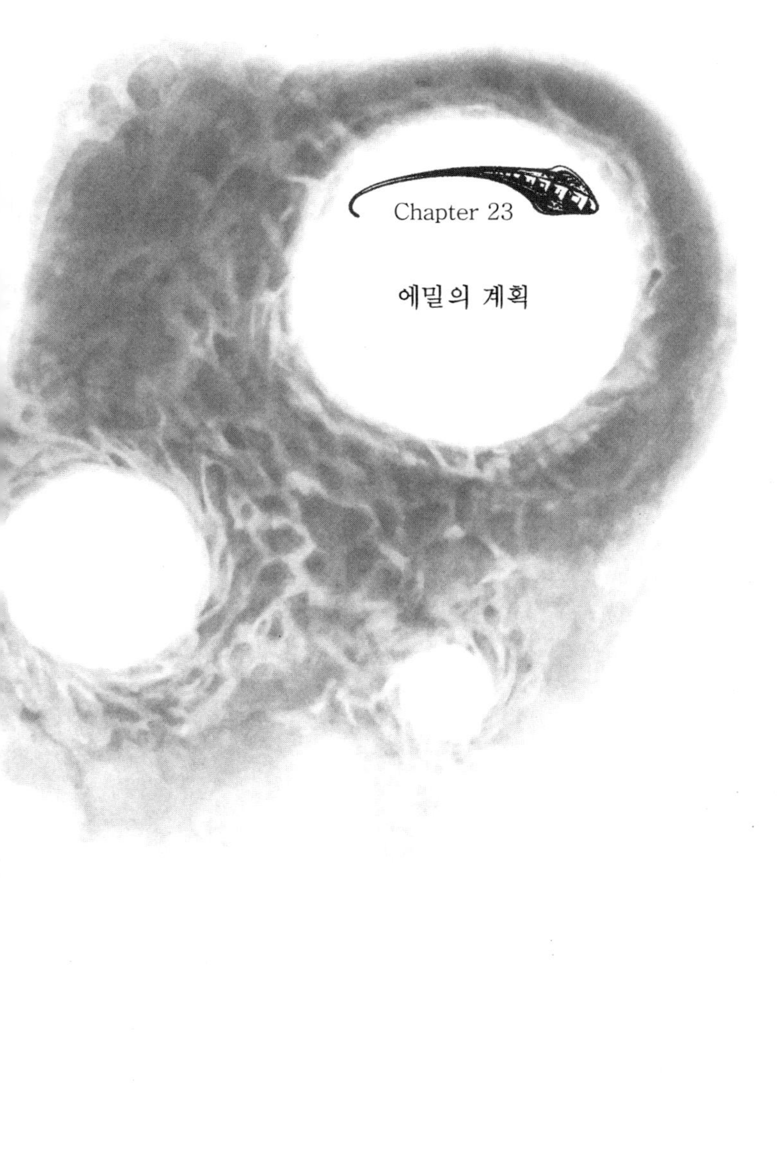

Chapter 23

에밀의 계획

Chapter 23

에밀은 자신의 호위기사들을 불러 모아놓고 모종의 계획을 설명하고 있었다. 처음 에밀이 그들을 불러놓고 중요한 이야기라며 말을 꺼낼 때까지만 해도 별다른 표정 변화가 없던 기사들이었다.

그러나 점차 시간이 지나면서 기사들의 표정은 어둡게 변하고 있었다. 에밀의 말인즉슨 전쟁을 일으키자는 것이었다.

그것도 적국의 수장인 닉 혼비 후작을 암살하고는 록트가 한 일처럼 꾸민 뒤 자신들은 뒤로 물러나 있자는 것이다.

에밀의 말이 끝나고 한참이 흘러가도록 어느 누구도 입을 열지 않았다.

"왜들 말이 없는 것인가?"

"……."

하겠다고 할 수도, 못한다고 할 수도 없었다. 에밀은 자신들이 충성을 맹세한 주군의 아들이었다.

물론 잘못된 일을 시키면 안 된다고 거부할 수야 있지만, 사실 그들도 전쟁이 나길 바라는 맘은 같았다.

전쟁이 벌어져야 공을 세우고 작위도 받을 수 있는 것이다. 더구나 자신들의 나라에서 벌어지는 전쟁도 아니다. 다만 자신들이 나서서 전쟁을 일으키는 것은 사양하고 싶을 뿐이다.

하지만 너무 위험했다. 일을 성공한다 해도 빠져나올 수 있을 것이란 보장도 없었다.

"아무도 대답을 안 하는 것은 하겠다는 뜻이겠지? 좋아! 준비를 하자고!"

에밀이 서둘러 회의를 마치고 준비에 들어가려 하자 급하게 상급기사 하나가 나서며 에밀을 말렸다.

"공자님! 서두를 일이 아닌 것 같습니다. 잠입에 성공한다고 하더라도 목숨을 부지할 수 있을지 장담할 수 없습니다. 너무 위험한 계획입니다."

"그럼 이대로 록트의 왕세자가 헤네시로 들어가 협상에 성공하여 우리 제국의 군대를 철수하게 내버려 두자는 말인가? 자네들, 잘 생각해 보게. 우린 이곳에 전쟁을 하러 온 것이지 소풍을 온 것이 아니네! 와서 전투 한 번 안 해보고 이대로 되돌아간다면 우리의 입장이 뭐가 되겠나?"

"물론 그렇습니다만, 아직 록트와 헤네시가 협상을 시작하지도 않았습니다. 어떻게 상황이 변할지 모르니 시간을 두고 지켜보다가 협상이 성공할 것 같으면 결행해도 늦지 않습니다."

"무슨 말인가? 협상에 성공하면 닉 혼비가 그리니치에 남아 있을 것 같은가? 바로 헤네시로 되돌아가 버릴 것이야! 그때가 되면 하고 싶어도 할 수 없단 말이네! 닉 혼비가 아니면 안 되네. 그는 록트의 왕세자를 죽게 만든 장본인이야! 필히 그를 제거해야만 우리에게 기회가 오는 것이야!"

닉 혼비가 암살된다면 누구나 록트가 행한 것이라고 믿을 것이다. 직접적인 원한 관계가 있기 때문이다. 그 다음은 생각하나마나 바로 전쟁 돌입이었다.

"하면 저희들이 처리하겠습니다. 공자님께서는 이곳에 계십시오."

결국 어쩔 수 없이 동의를 했지만 에밀을 위험에 처하게 할 수는 없었다. 자신들은 에밀을 지키기 위해 따라온 것이지 그와 함께 작전을 수행하러 온 것은 아니었다.

"아니네! 저번에 그리니치 쪽에서 넘어온 록트의 정보원을 만났는데, 그들의 모습을 보니 그리 어렵지 않게 넘어온 것 같았어. 거기다 그들이 넘겨준 지도가 있어 위험하지 않게 넘어갈 수 있을 것 같으니 너무 걱정 말게!"

에밀의 호언장담이 있었지만 그것을 그대로 믿고 실행할 수는 없는 노릇이었다. 기사들은 서로 눈짓을 주고받으며 우선은 자리를 벗어나기로 했는지 에밀의 의견에 선선히 답하고는 밖으로 나왔다.

"어쩌실 겁니까? 공자님이 말씀하신 작전대로 했다가는 모두 살아 돌아오지 못할 겁니다."

"알고 있네. 우선은 마이어호프 후작 각하에게 보고를 하는 것이 옳을 것 같네."

"아무래도 그래야 할 것 같습니다. 그런데 공자님께서 아시면 역정을 내시지 않을까요?"

"목숨이 달려 있는 일이네! 그 정도는 감수해야지."

상급기사의 말에 뒤따르며 대화를 나누던 기사들은 긴 한숨을 내쉬었다.

마이어호프 후작은 카트나 제국에서 파병한 제국군의 총사령관이었다. 아벨과 록트의 전쟁 당시 위풍당당하게 록트로 제국군을 이끌고 들어온 인물로, 헤네시와의 전쟁을 승리로 이끌어 입지를 굳히고 제국에서의 영향력을 높이기 위해 들뜬 마음으로 들어왔던 인물이다. 그러나 기대와는 다르게 몇 년간은 그저 허송세월만을 보내고 말았다.

그는 몇 번이나 제국으로 돌아가려고 준비를 했는데, 뜻밖에도 그때마다 록트와 헤네시 간에 긴장이 고조되고 전쟁이 날 것 같은 분위기에 다시 짐을 풀어야 했다. 역시 이번에도 마찬가지였다.

돌아가려고 후임까지 정한 상태에서 다시 전쟁 직전의 상황이 된 것이다. 이번엔 록트의 왕세자가 헤네시에 직접 사자로 가서 협상을 한다는 소식에 상황을 좀 더 지켜보기로 했다. 협상이 결렬된다면 당장 전쟁 상황이 되기에 섣불리 움직일 수 없는 것이다. 그렇게 하루하루의 상황을 예의주시하던 그에게 부관이 뜻밖의 보고를 했다.

"각하! 베링 공작가의 차남이 일을 낼 모양입니다."

"자세히 설명을 해봐라. 무슨 일을 낸다는 것이냐?"

부관은 자신이 에밀의 기사들에게 들은 대로 설명을 하였다. 한참을 듣고 있던 후작은 말없이 가만히 생각에 잠기었다.

사실 그 작전은 자신이 했어야 할 작전이었다고 생각하고 있었다. 어차피 치러야 할 전쟁이었기에.

그렇다면 조금이라도 더 빨리 치를 수도 있는 전쟁이었는데 아직까지 그렇게 하지 못한 자신이 바보 같다는 생각까지 들었다.

무슨 생각으로 록트의 왕세자가 협상을 하러 갔는지는 몰라도 자신의 생각으로는 일국의 왕세자가 죽어버린 상황이라면 왕국의 모든 병력을 모아 하루라도 빨리 적들에게 복수를 해야 당연한 것이다.

그럴 상황이 안 된다면 모르겠으나 자신이 아무리 계산해 봐도 헤네시와 그리니치의 군사력보다는 카트나와 록트의 군사력이 월등히 앞서 있었다.

거기에 필립 공국의 힘까지 더한다면 그리니치 공국뿐만 아니라 헤네시 제국까지 넘볼 수 있는 상황이었다.

잦은 전쟁으로 헤네시 제국은 많은 힘이 소진되어 있는 상황이었기 때문이다.

"각하! 에밀 백작이 죽을 수도 있습니다. 불러서 단단히 주의를 줘야 하지 않겠습니까?"

혼자서 딴생각을 하는 후작에게 부관이 목소리를 높여 재차 말을 건넸다.

"각하!"

"응? 그래, 그래야지. 한데 록트의 정보원으로부터 지도와 정보를 얻었다고?"

"네, 그렇다고 들었습니다."

"당장 에밀 백작을 불러들이게. 아! 그리고 들어올 때 지도도 함께 가지고 오라고 하게!"

"네?"

부관은 의외의 주문이라는 듯 마이어호프 후작의 얼굴을 바라봤다. 마이어호프 후작은 무슨 할 이야기가 더 있냐는 듯 부관을 마주 바라봤다.

"알겠습니다."

곧 부관이 고개를 숙여 대답하고는 밖으로 나가자 마이어호프 후작은 깊은 생각에 잠겼다. 자신과 카트나 제국의 입장에서 본다면 록트와 헤네시 제국 간에 전쟁이 벌어질 경우 본국의 국익에 매우 큰 도움이 될 것이다.

록트의 발전이 당장은 헤네시 제국을 견제하는 좋은 효과도 있지만 시간이 지나면 자신들과 경쟁하는 사이가 될 것이 당연했다.

때문에 그렇게 되기 전에 록트를 제어할 수단을 마련하거나 격차를 벌려놔야 하는 것이다. 헤네시 또한 마찬가지다.

완전히 망하게 하는 것이 불가능하다면 최소한 그리니치 공국을 통해 동대륙으로 영향력을 확대하려는 움직임 정도는 차단해야 한다.

그것을 하기에 가장 좋은 방법은 그 두 곳이 전쟁을 하게 만들어 힘을 소진하게 만드는 방법이었다. 지금처럼 서로 사이가 좋지 않은 상황에서는 작은 불씨만으로도 불길이 치솟게 된다. 자신이 그 역할을 해야겠다고 생각하는 마이어호프 후작이었다.

존과 슈슈가 며칠을 기다렸지만 4군단장은 수도에서 좀처럼 돌아오지 않았다. 마냥 기다리고만 있을 수 없어 결국 부관에게 헤네시의 부대 이동 상황과 지도를 건네주고 다시 그리니치로 넘어가기로 결정할 수밖에 없었다. 정보를 넘겨주고 나오던 두 사람은 걱정이 들기 시작했다.

“그런데 다시 넘어가려면 같은 곳을 또 지나가야 하는 건가요?”

슈슈의 물음에 존은 고민을 해야 했다. 그렇다고 다시 아벨 쪽으로 넘어가거나 필립 공국으로 돌아서 들어가기엔 너무 많은 시간이 걸렸다. 그러나 지금쯤이면 병력들도 증원되었을 테니 그곳을 통해 넘어가긴 더욱 힘들어졌을 것이다.

“뭔 좋은 방법이 없을까?”

“저라고 무슨 방법이 있겠어요. 국경을 경계하는 병사들을 피하려면 돌아가야 하지 않나요?”

“그럴 시간적인 여유가 없어. 돌아가지 않고 넘어갈 방법은 없을까?”

슈슈는 한참 동안 고민을 하며 자신의 기억을 더듬어 주변 지역에 대한 기억을 떠올렸다. 피렌 소산맥이라면 자신의 생활 공간이고 자란 곳이니 잘 알고 있었지만 딱히 떠오르는 길은 생각나지 않았다. 있다고 해도 위험한 곳이 대부분이었다.

우선은 자신이 넘어갈 수 있는 곳을 과연 존이 넘어갈 수 있을지가 걱정이었다. 그러다 문뜩 슈슈는 생각나는 곳이 있었다. 그곳이라면 존의 체력으로도 가능할 수 있겠다고 생각했다.

“음, 험하고 위험하지만 방법을 찾으면 있을지도 몰라요. 이곳에서 아벨 쪽으로 가다 보면 칼 바위산 협곡이 있어요.

그곳을 향해 가다가 밑으로 조금만 내려가면 그리니치로 갈 수 있어요. 대신 빠르긴 하지만 너무 위험해요. 풀 한 포기 없는 날카로운 바위산을 며칠을 가야 해요. 할 수 있겠어요?"

"그래? 우선은 급하니 가보자!"

"네."

위험하지만 우선 가봐야 했다. 둘은 오후가 되었음에도 지체하지 않고 바로 길을 떠났다.

록트의 타린 영지에서 아벨 쪽으로 가다 보면 나타나는 칼 바위산은 매우 특이한 곳이었다. 식물은 거의 없고 날카롭게 깎여 있는 바위들로 이루어진 산이었는데, 그 길이가 무려 40킬로미터에 걸쳐 있었다.

중간 중간 벌처와 드레이크까지 서식하는 것으로 유명한 곳이었는데, 물론 존은 그 사실을 알 턱이 없었다.

출발한 지 하루가 지나 다음날 정오가 되자 둘은 칼 바위산의 입구에 다다를 수 있었다. 육안으로 보기에도 칼 바위산은 매우 험해 보였다.

"어떻게 이런 곳이 있을 수 있지? 난 이런 곳이 있다고 들어본 적이 없는데……."

"이곳은 워낙 위험한 곳이라 사람들이 잘 접근하지 않아요. 접근했다고 하더라도 살아서 돌아가질 못하니 잘 알려지지 않은 곳이죠."

"그렇게 위험해? 왜?"

"이곳은 바위만 있는 것이 아니에요. 가다 보면 알게 될 거예요. 움직이면서 하늘을 조심하세요."

슈슈의 말에 존은 하늘을 바라보면서 반문했다.

"하늘? 아무것도 없는데?"

"좀 더 들어가 보면 알게 될 거예요. 어쨌든 경계를 늦추면 안 돼요."

존은 슈슈의 말에 간혹 하늘을 올려다보며 돌산을 오르기 시작했다. 어느 정도 시간이 지나자 주위는 나무 한 그루, 풀 한 포기 보이지 않았다.

가끔 나타나는 동물의 뼈들만 보일 뿐이었다. 바닥은 점점 검은빛을 띠어가고 점점 무더워지기까지 했다.

더욱 큰 문제는 밤에 찾아오는 추위와 배고픔이었다. 한낮의 더위와는 상관없이 밤이 되면 입김이 날 정도로 추웠지만 근처에 모닥불을 피울 만한 나무가 없었다.

거기다가 숲에선 쉽게 구할 수 있는 식량도 전혀 구할 수가 없었다. 풀 한 포기 나지 않는 곳이라 동물들이 살 리가 없었던 것이다. 간혹 하늘 위를 나는 새들과 몬스터가 있었지만 날아다니는 것들을 잡을 방법이 없었다.

"헉헉! 얼마나 남았지?"

존은 몸이 힘든 것은 상관없었으나 배고픔 때문에 고통스러워 한시라도 빨리 벗어나고 싶다는 표정으로 슈슈에게 물었다.

"모레 아침은 돼야 벗어날 수 있어요. 존도 힘이 들 때가 있나요?"

존이 힘들어하는 모습을 처음 본 슈슈는 신기한 듯 그를 바라봤다.

"다른 건 다 참겠는데 배가 고파서……."

"네?"

슈슈는 조금 황당한 존의 대답에 더 이상 질문을 하지 않고 앞으로 나아갔다. 지금 상황에서 먹을 것을 생각하는 존이 이상해 보였지만 존이 특별한 체질이니 인정하고 넘어가 주는 것이다.

한참을 배고프다며 투덜거리면서 앞으로 나아가던 존은 자신의 머리 위로 날아다니는 새를 바라보며 입맛을 다셨다. 그러나 잡을 방법이 없었다.

이럴 줄 알았으면 떠날 때 서두르지 않고 식량을 넉넉히 챙겨올 것을 잘못했다고 후회하는 존이었다.

한참을 앞으로 나아가도 끝은 보이지 않고 날카로운 바위들만 보였다.

"그런데 저 위의 새들은 둥지가 있지 않나?"

"있겠죠."

"이 근처 아닐까?"

"설마 새 둥지를 찾으려고요? 그거 찾는 시간에 빨리 넘어가는 것이 낫지 않아요?"

슈슈가 빨리 가는 것이 낫다고 하자 존은 불쌍한 표정으로 슈슈를 바라보며 말했다.

"너무 배고파서……. 혹시 알이라도 구할 수 있지 않을까?"

"그러다 어미에게 걸리면 죽을 수도 있어요."

슈슈의 말에 다시 하늘을 올려다보니 대형 몬스터들이 날아다니고 있었다. 아마 싸워야 한다면 곤욕을 치를 것이 확실했다.

"어미는 피해서 약한 놈으로 잡아야지."

"그리고 서둘러 여기서 떠나야 해요. 이곳엔 드레이크도 가끔 나타난다고 알려져 있어요."

"보이면 그때 도망가면 돼!"

존의 당당한 말에 슈슈는 어이가 없다는 표정으로 존을 바라봤다. 실상 드레이크가 나타나면 도망갈 생각조차 못하고 벌벌 떨다 잡아먹힐 것이라고 생각하며 고개를 절레절레 흔들었다.

사실 존은 말로만 들었던 드레이크의 이야기가 나오자 겁이 나긴 했다. 그러나 당장 허기진 배를 채우지 않으면 움직일 수 없을 것 같았다. 그렇다고 존이 며칠을 굶은 것도 아니었다. 단지 두 끼를 굶었을 뿐이다. 한참 다시 이동하던 존은 문뜩 궁금증이 생겼는지 슈슈를 불렀다.

"슈슈, 그런데 이곳에 드레이크가 있는 게 확실해?"

"네! 그럼요. 드레이크는 포악하고 몸집이 커서 걸리지 않게 조심해야 돼요. 특히 자신의 영역을 침범하면 아주 날카로워져요."

"어쨌든 당장 눈에 보이는 것이 아니니 벌처의 알이라도 구해보자!"

"벌처도 무서운 몬스터인데……."

"걱정하지 마! 벌처 정도는 내가 해결할 수 있어!"

존의 호언장담에 슈슈는 어쩔 수 없이 존과 함께 자신들의 머리 위를 날고 있는 새들의 둥지를 찾아 나섰다.

배고파 죽겠다는 말을 한두 번만 들었다면 무시하고 계속 앞으로 나아가겠지만, 몇 시간째 반복해서 끊임없이 해대니 더 이상 슈슈도 참을 수가 없었던 것이다.

힘들어도 먹을거리를 구해서 배를 채우게 하고 움직이는 것이 편할 것 같았다.

에밀은 카트나 파병군 총사령관인 마이어호프 후작이 부른다는 연락을 받고 급하게 사령부로 움직이고 있었다.

자신을 부르러 온 전령이 말해준, 얼마 전 자신의 호위기사들이 다녀간 일 때문일 것이라는 말에 화가 머리끝까지 나 있는 상태였다.

분명 호되게 혼이 나고 모든 계획이 물거품이 될 것이라 예상한 에밀은 돌아오는 대로 호위기사들을 단단히 혼을 내줘야겠다고 벼르며 총사령관의 막사로 달려갔다.

잔뜩 긴장한 에밀이 사령관 집무실에 들어서자 예상과는 다르게 마이어호프 후작은 미소를 띠며 반갑게 에밀을 맞아줬다.

"어서 오시게! 고생하는데 불러서 미안하구먼."

"아닙니다. 불러주셔서 영광입니다."

어색하게 인사를 마치고 자리에 앉자 마이어호프 후작이 먼저 말을 꺼냈다.

"자네가 계획하고 있다는 작전에 대해서 부관을 통해 들었네!"

에밀은 올 것이 왔구나라는 심정으로 후작의 얼굴을 바라봤다. 분명 너무 위험하고 무모한 짓이니 하지 말라고 할 것으로 생각했다.

물론 전쟁을 일으키는 중죄이니 계획한 것만으로도 처벌받을 수 있었다. 그러나 자신의 예상과는 다른 말이 사령관에게서 들려왔다.

"그 작전을 내가 돕고 싶네먼. 자네에게 구체적으로 계획을 듣고 싶어서 불렀네."

"네?"

에밀은 눈을 크게 뜨며 반문했다.

"지금 상황에서 헤네시와 록트가 협상에 성공하여 전쟁을 하지 않게 된다면, 우리가 이곳으로 온 목적이 없어지는 것이네. 그리고 한동안 헤네시는 힘을 키울 것이고, 록트 또한 더욱 힘을 비축할 것이야. 물론 록트로서는 적대적인 곳이 헤네시이겠지만, 사실 우리에겐 헤네시나 록트 두 곳 모두 너무 크는 것은 좋지 않은 일이지. 안 그런가?"

"네! 그럼요! 지당하신 말씀입니다."

에밀은 강하게 긍정하며 후작의 말에 고개를 끄덕이며 답을 했다.

"그래서 말인데, 자네의 작전이 이 시기에는 아주 적절해! 해서 자네를 불러들인 것이네. 준비는 어디까지 했는가?"

에밀은 지도를 보여주며 자신이 준비한 사항과 침투할 지역, 그리고 목표물에 대해서 설명하기 시작했다.

한참 동안 설명을 듣고 난 후에도 후작의 얼굴 표정은 밝았다. 에밀은 자신의 계획이 인정받는 것 같아 신이 난 표정으로 자신의 생각을 더 세세히 말했다.

무엇보다 록트의 정보원에게 얻은 그리니치 쪽의 부대 현황과 남녀로 이루어진 정보원들이 쉽게 넘어왔다는 부분은 자신이 넘어왔던 것처럼 자세하게 없는 말까지 만들어내며 이야기해 줬다.

"준비는 잘한 것 같으나 미리 다시 점검을 해보게. 그리고 내가 따로 상급기사를 지원해 줄 테니 자네가 책임지고 이 일을 성공시켜 보게!"

"네! 감사합니다. 기필코 성공하여 헤네시와 록트의 전력을 약화시키겠습니다."

"그래! 자네를 믿고 기다리겠네!"

둘의 이야기가 끝나고 에밀은 후작이 내준 상급기사 10여 명과 함께 자신의 부대로 돌아왔다. 총사령관의 허락도 받았겠다, 이제 거칠 것이 없는 에밀이었다.

자신의 부대로 돌아온 에밀이 제일 처음 한 일은 자신의 호위기사들을 부르는 것이었다. 아무리 일이 잘 풀렸다고는 하나 자신과 비밀리에 나눈 이야기를 상부에 보고한 것은 잘못된 일이고, 기분이 매우 나쁜 일이었다.

"자네들이 나에게 이럴 줄은 몰랐네! 어떻게 나에게 이럴 수 있나? 자네들의 임무가 나의 안전을 책임지는 일이라곤 해도 나와 나눈 대화를 상부에까지 보고하다니. 도대체 누구인가?"

기사들은 말없이 고개를 숙였다. 에밀이 총사령관에게 불려가는 것을 보고는 돌아오면 당연히 자신들을 문책할 것이란 것을 알았다.

"제가 했습니다."

그는 자크만이라고 불리는 상급기사로, 에밀의 부친인 베링 공작의 총애를 받는 기사였다. 막내아들인 에밀이 걱정되어 특별히 베링 공작이 딸려 보내준 것이다.

에밀은 자크만 기사의 얼굴을 응시하며 눈에 힘을 주었다. 어렸을 때부터 자신이 하고자 하는 일을 자주 막아왔던 사람이라 감정이 좋지 못한 상대였던 것이다.

자크만이야 주군인 베링 공작이 시켰으니 어쩔 수 없이 한 일이지만, 사사건건 간섭을 받는 에밀의 입장에서는 매우 기분 나쁜 일인 것이다.

"자네들은 이번 일에서 빠져주어야겠네. 다행히 후작 각하께서 자네들보다 뛰어난 상급기사들을 지원해 주셔서 말일세."

"네? 공자님, 그것은 안 됩니다. 너무 위험합니다. 다시 한 번 생각해 주십시오. 차라리 저희가 다녀오겠습니다."

"이것은 후작 각하께서 허락한 작전이네! 그러니 자네들은 이만 물러가게!"

에밀의 단호한 말에 기사들은 밖으로 나와야 했다. 에밀의 행동으로 보아 아무리 말려도 더 이상 듣지도 않을 것 같았다.

자신들을 제외하고 총사령관이 보내준 상급기사들과 작전을 펼치기 위해 그리니치로 들어간다고 통보를 해준 것만으로도 그나마 다행이라고 생각했다.

"한데 이상합니다. 어째서 총사령관인 마이어호프 후작 각하께서 허락을 하시고 지원하신 것이죠?"

뒤따라오던 중급기사의 물음에 자크만은 자신이 성급했음을 알아차렸다.

"내가 실수한 것 같네. 마이어호프 후작은 정치적으로 반대쪽에 서 있는 사람이란 것을 생각하지 못했네. 결국 공자님을 미끼로 내놓은 것이야."

자신이 큰 잘못을 저질렀음을 이제야 알아차린 것이다. 사실 마이어호프 후작 입장에서야 정치적으로 반대에 서 있는 형편이라 반대 파벌의 수장인 베링 공작의 자식이 죽든 살든 그런 것에는 관심이 없었다. 자신은 군부의 실세인 로이엔탈 공작의 파벌에 속하여 있는 것이다.

에밀이 상급기사들과 그리니치로 무사히 넘어가 작전을 성공해도 좋고, 그렇지 못하고 죽는다면 그리니치나 헤네시의 암살자들에 의해 죽임을 당하거나 납치된 것으로 처리하고, 그것을 명분으로 공격을 시작할 수도 있는 것이다.

"오! 이럴 수가. 나의 잘못이야. 공자님이 위험에 처하는 것을 막아보려다 오히려 더 큰 위험 속으로 몰아넣어 버리다니. 안 되겠네. 제국으로 돌아가 공작님께 이 사실을 알리고 도움을 요청해야겠네."

자크만은 탄식하며 기사들을 다그쳤다. 자크만은 에밀이 작전을 성공하더라도 살아 돌아올 수는 없을 것이라고 판단한 것이다. 그렇다면 미리 공작에게 알리기라도 해야 했다.

"아! 아니야. 우선 한 사람은 제국으로 가고, 나머지는 공자님의 뒤를 몰래 밟게!"

"네?"

"설명할 시간이 없네! 어서 준비하게!"

"네, 알겠습니다."

파비앙과 닉 혼비 후작은 자신들의 병력이 열세라는 상황을 정확히 알고 있었다. 선공은 불가능한 것이다.

록트와 카트나의 병력이 물경 25만에 달했고, 필립 공국 또한 병력을 모으고 있다는 보고를 받았다. 이에 비해 헤네시와 그리니치의 병력은 10만을 간신히 넘긴 상황이었다.

계속하여 병력을 충원하고는 있지만 2, 3만 정도가 더 늘어난다고 해서 열세인 상황이 바뀌지는 않을 것 같았다.

"전쟁이 터진다면 분명 록트와 카트나 연합의 선공으로 시작할 것이네. 우린 기습이 아니라면 적들을 상대할 방법이 없네."

파비앙 후작과 닉 혼비 후작은 록트 방향으로 구축한 진지에서 만나 대화를 하는 중이었다.

"하면 지금 공격을 하자는 말인가?"

파비앙의 말에 닉 혼비 후작은 적은 병력으로 먼저 공격을 하자는 말로 알아듣고는 놀란 표정으로 반문했다. 하지만 파비앙은 덤덤한 표정으로 이야기를 이어갔다.

"아니라면 수성을 해야 하는데, 자네도 알다시피 모든 전쟁이 방어만 하는 자와 공격만 하는 자로 나누어본다면, 결국 공격만 하는 자가 이기게 되어 있네. 제아무리 방어를 잘한다고 해도 끊임없이 공격하는 자가 결국 단 한 번의 공격에만 성공해도 방어만 하는 자는 그 순간 패하게 되는 것이네.”

“그럼 어쩌자는 것인가?”

“방어를 준비하되 반격할 준비 또한 해야겠지.”

“반격이라……. 하면 시간을 끌어줄 방어 병력을 두고 적을 기습할 병력을 따로 준비해야 한다는 말인가?”

“우선은 모든 수단을 동원해서 적들의 진격을 저지할 방어책을 마련하고, 일단의 병력을 뒤로 빼서 적들의 뒤를 칠 준비를 해야 할 것이네. 그리고 전쟁을 가장한 여러 작전도 미리 세워두면 편하겠지.”

“알겠네. 자네의 말대로 준비를 하겠네.”

젊은 시절부터 함께해 온 둘이었다. 닉 혼비 후작의 입장에서 보자면 생명의 은인이었고, 지방의 작은 영지의 이름 없는 귀족인 자신을 해적섬에서 구해주고 지금의 자리까지 이끌어 준 사람이 바로 파비앙이었다. 그렇기 때문에 파비앙의 말이라면 무조건적인 신뢰를 보이는 닉 혼비인 것이다.

“그리고 아마도 지금쯤이면 적의 간자들이 활개를 치고 있을 것이네. 그러니 간자를 색출하는 것 또한 신경을 써야 할 것이네!”

“그렇구먼! 그것 또한 알겠네! 한데 자네는 이만 공국의 수도로 돌아가야 하는 것 아닌가?”

닉 혼비의 말은 파비앙이 헤네시의 파병군 총사령관 직을 맡고 있는 만큼 최전방까지 나와 있는 것은 위험하다는 말이었다. 그가 사고를 당하면 뒷수습이 힘들어지기 때문이다.

"아니네. 아마 나를 노리는 암살자가 있다면 모두 수도로 들어갈 것이기에 이렇게 전방에 나와 있는 것이 오히려 안전하다네. 주위에 우리의 병사만 수만 명이 있으니 이보다 안전한 곳이 어디 있겠나."

"하긴 그건 그렇네만, 그래도 조심해야 하네."

"나보다 자네가 더 문제네. 자네는 록트의 왕세자를 죽인 장본인이 아닌가? 자네야말로 록트의 입장에서 본다면 철천지원수일 테니 각별히 조심하게."

사실 따지고 보면 파비앙 후작보다 닉 혼비 후작이 더욱 위험했다. 직접적으로 록트의 왕세자를 죽인 장본인이기에 록트에서도 닉 혼비 후작과 가브리엘 오즈 백작을 노릴 것이 분명했다.

"뭐, 그렇긴 하네만 전쟁터에 나온 장수가 그런 사사로운 것에 신경 쓰면 되겠나."

닉 혼비는 말은 그렇게 하지만 속으로는 매우 불안했다. 록트의 군세가 점점 강해지는 것 또한 부담스러웠고, 지금의 상황도 매우 부담스럽고 걱정이 되었다.

"하면 자네의 말대로 간자들을 색출하는 것에 신경을 더욱 쓰겠네."

둘의 대화가 끝나고 닉 혼비는 록트와의 국경 방면으로 더욱 많은 경계 병력을 배치하기 시작했다.

또한 가까운 마을과 영지에 병사들을 수시로 보내어 외부에서 들어온 사람들을 조사하는 것도 잊지 않았다.

존의 배고픔을 달래기 위해 두 사람은 위험을 감수하고 벌처의 서식지로 보이는 곳을 향해 다가갔다.

벌처란 '청소부' 라고 불리는 대형 독수리를 말하는데, 이 대형 독수리는 죽은 고기나 남은 음식을 먹는 새였기에 자신이 먼저 싸움을 걸어오는 경우는 별로 없다.

독수리라는 이름이 붙어 있긴 하지만 다른 독수리나 매보다 약해 싸움에서도 쉽게 지곤 한다. 벌처는 원래 까마귀와 먹이를 놓고 다투는 새이다.

그러나 탐욕스러움만은 다른 어떤 동물에도 뒤지지 않는다. 자신보다 약한 것을 보면 어디까지라도 쫓아가며, 부상을 당한 사람이 피 냄새를 풍기면서 걷고 있으면 재빨리 덮친다.

"저놈들이 땅에 앉았을 때 잡아야 할 텐데, 뭘로 잡지?"

"글쎄요? 활도 없고, 돌멩이를 던져서 잡기도 힘들고……."

둘은 벌처의 둥지를 멍하니 바라만 보고 있었다. 벌처 둥지 주위로는 뼈들이 널려 있었고, 그 뒤로는 높게 솟은 돌무더기들이 보였다. 그리고 그 주위를 벌처들이 날고 있었다.

"한 마리만 잡아도 허기를 채울 수 있을 것 같은데?"

"그럼 다가가서 죽은 것처럼 누워 있어봐요. 혹시라도 시체인 줄 알고 다가올지도 몰라요."

장난 같은 말을 사뭇 진지하게 하는 슈슈였다. 존은 슈슈를 바라보며 황당한 표정으로 쳐다보았다. 그러나 슈슈의 표정은 진지했다.

"정말로 하라고?"

"네! 원래 벌처들은 죽은 시체를 좋아해요. 그러니 시체처럼 누워 있으면 다가올 거예요. 그때 재빨리 잡으면 돼요!"

"그래?"

존은 설마하는 심정으로 벌처들의 둥지 쪽으로 다가갔다. 그러자 벌처들이 놀랐는지 전부 하늘 위로 날아올라 주위를 맴돌기 시작했다. 존은 천천히 다가가 바닥에 눕고는 미동도 하지 않은 채 한참 동안을 있었다.

'어라? 안 오잖아…….'

한참 동안을 죽은 듯 누워 있었지만 벌처들은 좀체 다가오지 않았다. 기다리다 지친 존은 벌처들이 자신이 살아 있는 것을 알고 다가오지 않는다고 판단하고는 자신이 죽었다고 느끼게 하기 위해서 다른 방법을 찾아야 했다.

"그럼 피라도 흘리면 죽어가는 걸로 알겠지?"

존은 벌처를 유인하기 위해 자신의 몸에 상처를 내기 시작했다. 옆구리에 차고 있던 작은 칼을 꺼내 허벅지를 찔른 후 피를 흘려내기 시작했다. 정말 대단한 집념이었다.

아무리 배가 고프다고는 하지만 허기를 달래기 위해 자신의 허벅지를 칼로 찍는다는 것은 보통 사람이라면 상상도 할 수 없는 일이었다. 오직 존이었기에 가능했다.

"헉! 아프다!"

허벅지를 찌르고 조금의 시간이 흐르자 피가 흐르기 시작했고, 피 냄새를 맡았는지 벌처들이 점점 존의 주위로 몰려들기 시작했다.

그런데 문제가 발생했다. 한두 마리가 다가올 것이라 생각했던 존은 당황하기 시작했다. 주위에 날고 있던 벌처 수십 마리가 동시에 존을 향해 날아오고 있었기 때문이다.

"으악!"

존은 너무 놀라 자리에서 벌떡 일어나 벌처 떼를 피해 달리기 시작했다. 10여 마리 정도만 돼도 어찌해 볼 텐데 달려드는 벌처 떼의 수는 많아도 너무 많았다.

못해도 4, 50마리는 될 것 같은 벌처들이 동시에 존을 향해 돌격한 것이다. 존은 정신없이 뛰기 시작했다.

아무리 존이 회복력이 빠르고 강하다고 해도 한번에 수십 마리의 벌처를 상대로 살아남을 수는 없을 것 같았다. 더구나 새카맣게 몰려드는 모습은 그 자체만으로도 공포를 느끼기에 충분했다.

"나 좀 살려줘!"

멀리 떨어져서 지켜보던 슈슈 또한 당황스러웠다. 가만히 누워 있던 존이 무언가를 하는 것 같더니 순식간에 주위에 떠

있던 벌처들이 존을 향해 달려드는 것이다.

막상 도와주려고 주위에서 돌을 집어 던져도 봤지만 벌처 떼는 존에게서 떨어지지 않았다.

일단은 존이 자리에서 일어나 도망치는 모습을 확인하고 존이 달려가는 방향으로 따라가던 슈슈는 갑자기 멈춰야 했다.

열심히 뛰어가던 존이 몇 미터 높이의 돌이 서 있는 근처에서 순식간 사라진 것이다.

"앗! 존?"

눈앞에서 마치 연기처럼 존이 없어져 버린 것이다. 한참을 멀뚱히 주변을 살피던 슈슈는 천천히 존이 사라진 곳을 향해 다가갔다. 어느새 벌처들은 존이 사라진 것을 알고 흩어지기 시작했다.

높은 키를 자랑하는 돌들 사이로 다가가던 슈슈는 점점 가까이 다가갈수록 그 돌들이 일반적인 돌들이 아니라 사람들이 인위적으로 만들어놓은 돌이라는 것을 알 수 있었다. 돌은 일정한 간격을 두고 배치되어 있었고, 어떤 곳을 들어가는 입구를 알리는 것처럼 양쪽으로 가지런히 배열되어 있었다. 멀리서 볼 때는 흔한 돌로 보였던 것이다.

"이런 곳이 있다는 이야긴 듣지 못했는데?"

슈슈는 돌들 사이를 따라 안쪽으로 들어가기 시작했다. 어느새 슈슈의 머릿속에서 존에 대한 생각은 사라진 것 같았다.

주변을 조심스럽게 살펴보며 안쪽으로 계속하여 들어가자 작은 돌무더기 밑으로 동굴의 입구가 나타났다.

"이런 곳에 동굴이? 그럼 존은 이곳으로 들어간 건가?"

슈슈는 동굴 입구에서 들어갈지 말지를 한참을 고민하다가 들어가기로 마음을 굳히곤 안쪽으로 발걸음을 옮기기 시작했다.

"존! 존! 안에 있어요?"

존을 불러가며 안으로 들어서자 동굴은 작은 입구와는 다르게 들어갈수록 점점 넓어지기 시작했다.

밑으로 내려가는 듯한 느낌이 들면서 서늘한 바람이 안쪽에서 불어오고 있었다.

"존! 여기 있어요?"

몇 번을 반복해서 존을 부르며 안으로 들어가 봤지만 아무 대답도 들려오지 않았다.

꽤나 긴 시간 동안 안으로 들어온 것 같아 다시 돌아 나오려고 뒤돌아선 순간, 어디선가 사람의 신음 소리가 들려오기 시작했다.

"존? 존이에요?"

"응."

작게나마 존의 목소리를 확인한 슈슈는 소리가 나는 곳을 향해 달려갔다. 그곳에는 존이 누워 있었다.

"존, 괜찮아요?"

"음, 벌처들이 내 살점을 뜯어 먹었나 봐……. 너무 아파."

존은 벌처들에게 둘러싸이자 한참을 정신없이 달려서 벌처들이 더 이상 보이지 않게 되자 그 자리에 쓰러져 버린 것이다.

그렇게 쓰러진 곳이 이곳이었다. 자신이 어떻게 이곳까지 온지도 몰랐다. 슈슈는 급히 존의 몸을 살펴보았다. 다행히도 심각하게 상처를 입은 것 같지는 않아 보여 안심을 하였다.

"죄송해요. 제가 괜한 소리를 해서. 그런데 움직일 수 있겠어요?"

"당장은 힘들 것 같아. 그리고 배가 너무 고파."

존은 그 상황에서도 배가 고프다며 먹을 것을 찾았다. 그런 존을 보고 슈슈는 더 안심을 하였다. 배고픈 것을 느낄 정도면 금방 회복될 것이라고 생각했다.

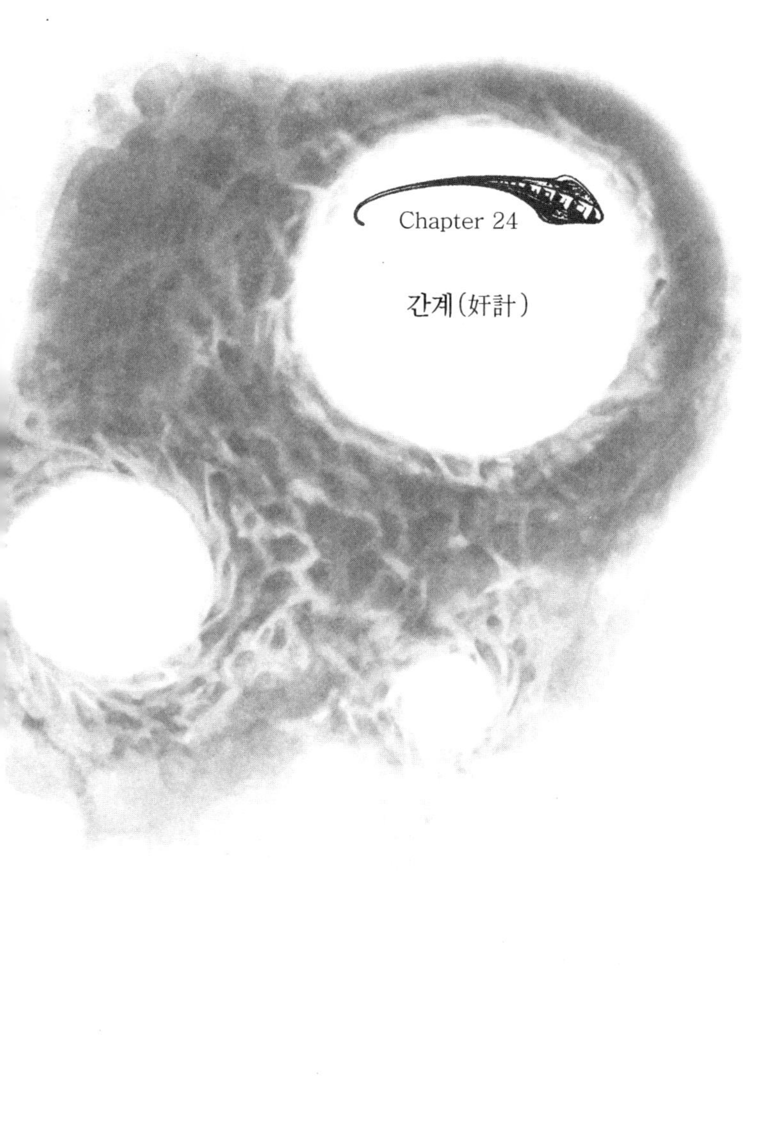

Chapter 24

간계(奸計)

Chapter 24

에밀을 포함한 15명의 상급기사는 산맥을 넘어 그리니치로 들어서고 있었다. 처음 에밀이 예상한 것보다 훨씬 더 삼엄한 경계가 이루어지고 있는 것을 보고는 다시 돌아갈까도 생각해 봤지만, 자신과 함께 가는 기사들 때문에라도 그럴 수는 없었다.

어떻게 해서든 산맥을 넘어 그리니치로 들어가야 했다. 이미 상황은 활시위를 떠난 화살이었다. 자신과 기사들이 산맥을 넘어오면서 벌써 여러 차례 헤네시의 정찰병들과 부딪쳤지만, 그럴 때마다 후작이 붙여준 상급기사들이 모두 제거하여 땅을 파서 깊게 묻고는 이동을 하고 있었다. 그러나 이제 남은 시간은 얼마 없었다.

정찰병들이 돌아가지 않으면 그들을 찾으러 나설 것이고, 조만간 자신들의 존재를 알아차릴 것이다. 꼬리가 잡히기 전에 그리니치 안으로 들어가야 하는 것이다.

"얼마나 더 가면 산맥을 벗어날 수 있습니까?"

후작이 붙여준 상급기사들의 수장이 질문을 하자 에밀은 품속에 넣어둔 지도를 꺼내 위치를 확인했다.

"이 속도로 간다면 내일 정오쯤에는 산맥을 벗어나 그리니치로 들어갈 수 있을 것이오. 그러나 문제는 산맥 초입에서 경계를 서고 있는 헤네시의 국경 방어군을 뚫고 가야 한다는 것이오."

그동안은 록트 방향에서 산맥을 넘어오는 중이라 정찰을 나온 병사들만을 가끔 만났기에 쉽게 물리칠 수 있었지만, 산맥을 내려간 뒤가 문제였다.

"그것은 저희들이 생각해 둔 바가 있습니다. 우선은 최대한 빠르게 산맥을 벗어나는 것이 급선무인 것 같습니다. 서두르시지요."

"그럽시다. 갑시다."

두 사람의 대화가 끝나자 일행은 서둘러 나무숲 사이로 달리기 시작했다. 에밀과 기사들은 그 뒤로도 헤네시의 정찰병을 두 번 더 마주쳐야 했다.

두 번 모두 기사들의 활약으로 무사히 지나갈 수 있었는데,

그럴 때마다 에밀은 뒤에서 멀뚱히 바라보다가 모든 일이 끝나고 나면 다시 앞서서 움직이곤 했다.

“저곳을 지나 아래로 곧장 내려가면 국경을 경계하는 병사들이 진을 치고 있을 것이오. 생각해 둔 것이 있다고 했는데 이제는 알려줘야 하지 않겠소? 저곳은 못해도 몇백에서 몇천의 병사가 지키고 있을 것이오.”

에밀은 산맥 초입에 다다르자 기사들을 멈춰 세우고는 질문을 하였다. 기사들은 서로의 눈빛을 교환하고는 말을 꺼냈다.

“우리 중 10명이 먼저 저곳을 뚫고 나갈 것입니다. 나머지는 물러나 상황을 지켜보다가 적당한 때가 되면 혼란한 틈을 타서 잠입하면 됩니다.”

그 말에 에밀은 황당한 표정으로 기사를 쳐다봤다. 뭔가 대단한 작전이라도 준비한 것 같더니 그것이 아니었다.

“그것이 준비한 전부요?”

에밀의 반문에 기사는 눈웃음을 보이고는 걱정 말라는 말을 했다.

“그것은 보면 알게 될 겁니다. 어쨌든 뒤에서 지켜보다 보면 적당한 상황이 벌어질 겁니다. 그때에 맞춰 빠르게 저곳을 넘어가면 됩니다.”

뭔가 더 준비가 된 것 같은 표정이자 에밀은 수긍하고는 나머지 4명과 함께 뒤로 물러나 적당한 곳에 은신했다. 에밀과 기사들이 은신한 것을 확인한 10명의 기사는 앞으로 나가기 시작했다.

에밀과 4명의 기사가 은신한 곳은 산맥 초입이 내려다보이는 봉우리였다. 기사들이 시야에서 사라지고 2시간 가까이의 시간이 흐르자 밑에서 뭔가 변화가 생기기 시작했다.

때 아닌 연기가 솟아오르고 바쁘게 움직이는 병사들의 모습이 보이기 시작했다. 멀리 떨어져 있어 자세히 볼 수는 없지만 하늘 위로 뿜어져 오르는 연기의 양과 병사들의 끊임없는 움직임만으로도 얼마나 급박한 상황인지 알 것 같았다.

"백작님, 이제 가셔야 할 것 같습니다."

"아, 그럽시다."

에밀은 얼떨떨한 표정으로 기사들을 따라나섰다. 에밀의 머리로는 아무리 생각해 봐도 이해하기 힘든 상황이었다.

아무리 상급기사라고 해도 10명으로 몇백 혹은 몇천이 있을지도 모르는 부대를 상대로 저 정도의 상황을 만든다는 것은 도저히 이해가 안 가는 상황이었다.

그런 에밀의 의문을 풀어줄 마음은 없는 듯 기사들은 아무런 말도 없이 빠르게 달려가기 시작했다. 그 뒤를 에밀 또한 바짝 뒤따르며 달리기 시작했다. 달리는 와중에 에밀은 앞서 달려가는 기사에서 질문을 했다.

"우리는 무사히 넘어간다고 하지만 저들은 어찌 되는 것이오? 설마 모두 죽는 것이오?"

에밀의 질문에 앞서 달려가던 기사는 뒤를 돌아 간략하게 대답을 하고는 다시 뛰기 시작했다.

“걱정 마십시오. 사실 저들 중에는 제국의 황실에서 특별히 보낸 정령사와 마법사가 있습니다. 아마 미리 퇴로를 확보하고 행한 일일 것입니다.”

에밀은 그제야 상황을 파악했다.

“하면 저들이 황실 소속의 특수 부대원들이었단 말이오?”

“다는 아니고, 어쨌든 포함된 것은 사실입니다. 그러니 걱정하지 말고 국경을 무사히 넘는 것에만 신경 쓰십시오!”

“알겠소!”

에밀은 더 이상 질문하지 않았다. 그들이 나섰다면 사실 할 필요도 없었다. 카트나 제국에는 황실을 보호하고 오직 황족의 명령만을 받는 부대가 존재했다.

베일에 싸인 그 부대는 대부분 정령사와 마법사들로 이루어져 있고, 그들을 보호하는 기사단이 따로 존재했다.

그 기사들 또한 상급을 넘어선 기사들만이 배속되어 있다고 알려져 있다. 물론 그들을 본 사람은 후작 이상의 고위 귀족을 제외하곤 전무했다. 그들 중 일부가 비밀리에 파견되어 나와 있는 것이 확실하다고만 생각했다.

에밀과 기사들은 혼란스러운 헤네시 제국의 부대를 향해 뛰어가기 시작했다.

존이 몸을 회복하자 둘은 동굴을 살펴보기 시작했다. 오랫

동안 잊혀진 동굴인 듯 사람의 흔적은 찾아볼 수 없었다. 어느새 둘은 임무도 잊어버린 채 동굴 안으로 들어가고 있었다. 이미 반나절 이상을 말없이 걷고 있는 두 사람이었다.

눈앞이 보이지 않을 정도로 어둡긴 했지만 다행히 동굴 안은 스스로 빛을 내는 작은 벌레들과 동굴 천장에 박혀 있는 발광석에 의해 희미한 불빛이 비쳐서 간신히 앞을 보며 걸을 정도는 되었다. 혹시나 되돌아와야 할 상황을 생각해 걸으면서 존은 몇 걸음에 한 번씩 표시를 하며 걷고 있었다.

"안쪽에서 바람이 불어오는 것으로 보아 분명히 반대쪽에 나가는 입구가 있을 거야."

"그런데 이곳으로 나갔다가 적진이 나오거나 목표한 곳과 더 멀어지면 어떻게 하죠?"

미처 생각하지 못했던 것이다. 만약 적진이라면 상황을 살펴 잠입하면 되지만, 목표했던 그리니치 공국이 아니라면 다시 되돌아 나가야 한다.

그때 존과 슈슈의 앞쪽에서 희미하지만 빛이 들어오는 것이 보였다. 그 빛은 밖에서부터 들어오는 것 같았다. 존은 밝은 표정을 지으며 빛을 손가락으로 가리켰다.

"빛이다! 우선 밖의 상황을 살펴보고 결정하자!"

"네."

둘은 조심스럽게 빛을 따라 걷기 시작했다. 생각보다 빛이 들어오는 입구는 크고 넓었다. 성인 두 명이 드나들 수 있을 정도의 입구였다. 가까이 다가가자 눈이 부셔왔다.

두 사람은 입구 안쪽에서 조심스럽게 밖을 내다보며 주변을 살폈다.

"아무도 없는 것 같지?"

"그런 것 같아요."

"나가보자."

존이 앞서며 밖으로 나오자 수십 년은 된 듯한 고목들이 입구 앞에 있었고, 고목들 사이로 좀 더 나오자 주변은 몇 겹의 작은 동산들이 겹쳐 있어 동굴의 입구를 좀처럼 알아볼 수 없게 되어 있었다.

"이곳은 비밀 동굴인가 봐. 외부에선 알아볼 수 없겠다."

"그런 것 같아요."

"너, 이곳이 어딘지 알겠어?"

존의 말에 슈슈는 주변을 돌아보며 고개를 흔들었다.

"모르겠어요. 나무나 풀들은 흔한 것들이고, 피렌 소산맥과 멀리 떨어져 있는 것 같진 않아요."

"그럼 우선 좀 더 내려가 보자. 혹시 모르니 이곳을 잘 기억해 두고."

"네."

존은 동굴 입구 주위로 나뭇가지나 돌 등을 이용해서 표시를 해놓고는 슈슈와 함께 산 밑으로 내려가기 시작했다. 그런데 자신들이 있던 곳이 그렇게 높은 곳은 아니었다는 것을 조금 걸은 뒤 바로 알 수 있었다. 길이 험하지도 않았고, 산을 계속 내려간 것도 아니었다. 채 몇십 분 걷지 않아 대로를 만난 것이다. 마차 서너 대가 다닐 만한 대로였다.

두 사람은 혹시나 자신들이 위험한 곳으로 나온 것은 아닐까 해서 연신 주위를 두리번거리며 걸었다.

"앗! 저곳에 민가가 보여요."

"어디? 정말이네! 그런데 집 구조가 그리니치 공국의 형태잖아?"

슈슈의 외침에 존은 지붕의 모양을 보고 이곳이 그리니치 공국이라는 것을 알게 되었다. 자신들이 그리니치 공국의 어떤 곳으로 오게 된 것이다.

"일단은 그 동굴이 록트에서 그리니치로 넘어오는 지름길인 것 같아! 대단한 발견을 한 것 같은데!"

"그러게요."

"우선은 서둘러 이곳의 위치가 정확히 어디인지 알아보자."

"네."

두 사람은 빠르게 민가를 향해 나아갔다.

에밀과 일행들은 무사히 국경을 지키는 부대를 통과하여 그리니치 공국의 안쪽으로 들어설 수 있었다. 첫 번째 관문은 통과한 셈이다. 이제는 닉 혼비 후작의 위치를 파악하는 일을 해야 했다.

"우선은 두 곳으로 좁혀볼 수 있을 것이오. 알려지기론 탈라에 파비앙 후작이 있고, 1군단에 닉 혼비가 있다고 하나 정확한 위치를 파악하고 나서 실행해야 할 것이오. 무슨 방법이 없겠소?"

"하면 누군가 헤네시의 부대에 잠입하는 것이 어떻습니까?"

상급기사가 대답했다. 잠입하여 정보를 알아낼 수만 있다면 좋겠지만 상당히 위험한 작전이었다. 더구나 경계를 최고수위로 하고 있는 이런 상황에서 만약 붙잡히기라도 한다면, 모든 일이 탄로날 것이다.

"가능하겠소? 만약 붙잡히게 되면 정보가 누설될 것이오."

"제국의 기사는 입이 무겁습니다."

에밀의 반문에 상급기사는 자신들을 무시한 것이라 생각한 것인지 눈을 크게 뜨며 따지듯 대꾸했다.

"알겠소. 그럼 누가 잠입을 할 것이오?"

"제가 하겠습니다."

옆에서 조용히 따르기만 했던 기사 하나가 앞으로 나서며 자원을 하였다.

"이 친구가 잠입과 은신에 뛰어납니다. 맡겨보시지요."

상급기사의 말에 에밀은 고개를 끄덕이며 허락을 하였다. 자신보다는 더욱 잘 알 테니 믿고 맡기는 것이 편했다.

이제 정보를 알아오길 기다리며 다음 준비를 해야 했다. 일이 성사된 후의 퇴로도 미리 알아봐야 하는 것이다.

닉 혼비 후작의 위치와 주변 상황을 알아보기 위해 잠입한 기사는 사실 기사가 아니었다.

5서클에 이르는 고레벨 마법사로, 버트라고 불리는 사내였다. 이 사내는 특히 쉐도우 워크라는 그림자와 그림자를 건너뛰어 순간적으로 이동하는 마법과 상대가 환상을 보게 하는 마법을 특기로 가지고 있었다.

여건에 맞아야 하겠지만 그림자가 있는 곳이라면 빠르고 안전하게 이동이 가능했고, 위험한 순간에는 환상 마법으로 상대를 속이고 빠져나올 수 있는 것이다. 말하자면 카트나 제국에서 가지고 있는 특급 정보원인 셈이다.

"저곳이 1군단이군. 슬슬 잠입을 해볼까."

버트는 1군단의 주변에서 기회를 엿보고 있었다. 혹시라도 적의 마법사가 부대 내에 있다면 곤란했다.

물론 있다고 걸리는 것은 아니지만 고레벨 마법사나 마나의 움직임을 직감적으로 느낄 수 있는 마스터 정도의 기사가 있다면 상당한 곤욕을 치러야 했다.

"우선은 마나를 다루는 사람이 있는지 확인부터 해보자!"

주변에 마법사나 마스터에 근접한 기사가 있다면 걸릴 확률이 많으니 미리 주변 상황을 확인해 봐야 했다.

가장 편한 방법은 디텍트 매직으로 시전자의 눈으로 보이는 곳에 한해서 마법적 기운이나 마나가 모여 있는 곳을 확인할 수 있다.

만약 해당 지역에 고레벨의 마법사나 마스터의 기사가 있다면 바로 알아차리고 자신을 찾아내려고 하겠지만, 지금 버트가 있는 곳은 그림자 안이었다.

만약 자신을 찾기 위해 누군가가 다가온다면 그림자 속으로 숨어 재빨리 자리를 이동해야 한다.

버트는 디텍트 마법을 시전하고 정신을 집중하여 주변을 살피고 있었다.

"음, 상급기사들이 다수 있고 마법사는 없는 것 같구나. 그렇다면 슬슬 움직여 볼까!"

다행히 자신을 막을 마법사는 없는 듯 보였다. 기사라면 상급기사들이야 많았지만 마스터 단계의 기사가 아니기에 크게 위협적이지는 않았다. 큰 호흡을 한 번 하고는 그림자 속으로 사라지는 버트였다.

닉 혼비는 1군단에 있었다. 국경 부근에서 적으로 보이는 침입자에 의해 병사들이 죽고 막사가 불타는 일이 벌어져 전방 시찰 중에 급히 군단 사령부로 돌아와 사태 파악을 하고 있던 중이었다.

닉 혼비 후작은 사령실 막사 밖으로 나와 부관과 함께 국경을 혼란스럽게 했던 일행 중 유일하게 잡힌 기사가 있는 곳으로 가고 있었다.

“신원 파악은 했나?”

“아직 하지 못했습니다. 유일하게 잡힌 기사 놈이 좀처럼 입을 열지 않습니다.”

“몸에서 뭐 나온 것도 없고?”

“네, 전혀 없습니다. 신분을 확인할 만한 것도 없는 데다 억양도 그리니치 공국민과 같은 억양입니다.”

“준비를 철저히 했구먼! 뭐, 사실 뻔한 것 아닌가? 록트나 카트나 둘 중 하나겠지.”

“그렇긴 합니다만, 실제로 몇 명이 들어왔는지 목적이 무엇인지를 알아낼 수가 없으니 위험에 대비할 수가 없습니다.”

둘이 이야기를 하며 막사 사이로 걸어가고 있을 때 닉 혼비 후작이 갑자기 걸음을 멈췄다.

“부관, 마법사를 부르게. 어서 빨리!”

“네?! 넷, 알겠습니다.”

누군가가 자신과 자신의 주위를 향해 마법을 사용한 것이다. 닉 혼비 후작은 상급에서 마스터로 넘어가는 단계에 다다르고 있었기에 조금이나마 알아차릴 수 있었지만 부관이나 다른 사람들은 전혀 알아차릴 수 없었다. 부관은 헐레벌떡 뛰어가 한참 만에야 군단에 단 3명 있는 마법사를 모두 데려왔다.

"부르셨습니까?"

"조금 전에 특별한 것을 느끼지 못했는가?"

"네?"

마법사들은 느낄 수가 없었다. 만약 같은 곳에 있었다면 바로 알아차리고 추적에 나섰겠지만 마법사들은 이곳과 거리가 떨어진 곳에 있었기에 느낄 수가 없었던 것이다.

"조금 전에 내가 있는 방향으로 누군가가 마법을 시전했네."

"그렇습니까? 하면 비상 경계령을 내리고 그 마법사를 찾아야 하는 것 아닙니까?"

"아닐세. 기다려 보게. 그놈이 붙잡힌 놈을 찾으러 온 것이라면 분명 다시 나타날 걸세. 날 따라오게."

"네, 각하."

닉 혼비는 마법사들을 데리고 주변을 돌아다니며 마법적 기운이 흘러나오는 곳을 찾아 나섰다. 아직은 떠나지 않고 기회를 보며 근처에 은신해 있을 것이라 판단한 그는 한동안 자리를 벗어나지 않고 수색을 펼치고 있었다.

"아무런 기운도 발견하지 못했느냐?"

"네, 각하."

"분명 이 근처에서 벗어나지 못했을 것이다. 철저히 수색해라."

"네!"

그때 주변을 돌아보던 마법사 한 명이 닉 혼비 앞으로 말없이 뛰어오기 시작했다. 닉 혼비가 시선을 보내자 마법사는 손가락을 입에 가져다 대며 소리를 내지 말라는 신호를 보냈다.

닉 혼비 후작의 앞까지 다가온 마법사는 조심스럽게 주위를 둘러보며 닉 혼비를 지나쳐 천천히 앞으로 나아갔다.

모든 사람들의 시선이 마법사에게로 쏠렸다. 서너 걸음 앞으로 나아가던 마법사는 좌우를 둘러보더니 돌아서서 닉 혼비 앞으로 다가와 말을 하였다.

"쉿! 적은 그림자를 통해 이동하는 쉐도우 워크라는 마법을 쓰고 있습니다. 어디서 튀어나올지, 어디로 도망갈지 모릅니다. 아마도 주변이 조용해질 기회를 노리고 있을 것입니다."

마법사가 작은 목소리로 말하며 그림자가 생긴 곳들을 둘러보았다. 닉 혼비 또한 마법사의 시선을 따라 그림자들을 둘러본 뒤 손으로 부관을 불러 귀엣말로 상황을 알려주고는 적을 잡을 방법을 찾으라고 명령했다.

그러나 그림자를 통해 이동하는 마법사를 어떻게 잡아야 할지 아는 기사가 있을 리 만무했다. 막막한 상황이었다. 몇몇 기사가 자신들의 칼을 꺼내 들어 자신들이 만든 그림자에 꽂아보기도 했지만 별다른 반응은 없었다.

"마법으론 안 되겠소?"

부관은 마땅한 방법을 찾지 못하자 마법사에게 다가가 작은 목소리로 물어보았다.

"이런 경우 상대자가 나올 때까지 기다렸다 잡든지, 주변에 그림자를 순간적으로 없애서 소멸시키는 방법이 있긴 합니다."

"그럼 그렇게 하면 되지 않소?"

"소멸시키면 아무것도 남지 않습니다. 즉, 적에 대한 모든 정보도 날아가 버리는 것입니다. 며칠 전 국경 부근에서 혼란을 일으킨 자들과 한패 같은데 되도록 생포해야 하지 않겠습니까?"

"음, 그렇긴 하지만 이대로 마냥 기다리기만 할 수도 없지 않소? 만약 해가 지고 주위가 어두워지면 어찌 되는 것이오?"

부관의 물음에 마법사는 그것을 생각하지 못한 듯 얼굴색이 변했다.

"밤이 되면 상황이 더욱 안 좋아집니다. 우리들이 있으니 마음대로 나타나서 마법을 쓰진 못하겠지만 잡기는 힘들 것입니다."

"하면 시간이 별로 없구먼! 혹시 그 순간적으로 그림자를 없앤다는 것은 어떤 마법이요?"

"그 마법은 강한 빛을 연속적으로 발하게 하여 반경 18미터 안에 그림자가 생기지 않게 하는 마법입니다."

"하면 그 마법을 세 분 모두 할 수 있소?"

"네, 할 수 있습니다."

"그럼 쉐도우 워크라는 마법은 얼마나 지속적으로 쓰며, 몇 번이나 쓸 수 있는 것이오?"

"만약 침입한 적이 최대 5서클 정도라면 6번 정도 그림자 사이를 이동하고 밖으로 나와 다시 한 번 시전할 수 있을 겁니다. 시간은 상관없습니다. 놈은 배가 고파 버티지 못하고 나오지 않는 한 지속적으로 그림자 속에 숨어 있을 것입니다."

"그렇다면 그놈을 움직이게 해야겠구먼!"

부관은 마법사들을 한자리에 모아 작전을 짜기 시작했다. 일명 토끼 몰이 작전이었다.

버트가 숨은 곳은 1군단의 지휘소와 막사가 몰려 있는 곳이었다. 다섯 번의 이동으로 지휘통제실 근처까지 온 버트는 그곳에서 잠시 멈춰 있었다. 그림자 속에 숨어 있다가 저녁때가 되면 빠져나와 염탐을 하고는 밤을 이용해 돌아가려고 한 것이다.

"밤이 되려면 아직도 멀었군. 설마 내가 들킨 것은 아니겠지?"

내심 적진의 한가운데에 들어와 있는 상황이라 걱정이 되기도 했지만 자신이 디텍트를 시전하여 알아본 바로는 자신의 존재를 눈치 챌 만큼 뛰어난 사람은 없어 보였다.

느긋하게 밤이 되길 기다리며 그림자 속에 숨어 있던 버트는 순간 놀라 다른 장소로 황급히 이동을 해야 했다.

"뭐지? 왜 이동할 그림자의 숫자가 줄어버렸지?"

버트는 놀라며 주변을 둘러보았다. 이동 가능한 거리에 있던 그림자의 숫자가 눈에 보일 만큼 한번에 사라져 버린 것이다.

연이어 두 곳의 그림자가 순간적으로 사라졌다 한참 만에야 나타났다. 만약 자신이 그곳에 있었다면 소멸되어 버렸을지도 모를 일이었다.

다행히 그 현상은 한곳에 집중적으로 일어나 자신 쪽으로 다가오는 중이었기에 서둘러 피한다면 소멸되는 것은 피할 수 있을 것 같았다.

상황이 다급하니 우선은 피하고 봐야 했다. 뭔가 생각지도 못한 일이 벌어진 것을 직감적으로 느꼈지만, 그림자 밖으로 나가지 않으면 당장에라도 소멸될 것이기에 버트에게는 선택의 여지가 없었다.

가장 가까운 그림자 밖으로 급히 튀어나온 버트는 그 순간 절망할 수밖에 없었다.

"순순히 따라오거라!"

"헉! 어찌 이럴 수가……."

버트가 그림자 밖으로 나오자마자 기다렸다는 듯이 목에 칼이 들이대어졌다. 주변을 둘러보니 수십의 기사에 마법사까지 진을 치고 있었다. 보기 좋게 함정에 걸려든 것이다.

순간 버트는 자결을 시도하려고 빠른 손놀림으로 단검을 꺼내 들었다. 그러나 단검을 꺼냄과 동시에 눈앞이 캄캄해지더니 곧 정신을 잃어버렸다.

"감히 자결을 하려고 하다니!"

칼을 목에 들이댔던 부관이 버트의 턱을 발로 차서 기절시킨 것이다.

"단단히 묶어둬라!"

"네!"

주위의 기사들이 달려와 버트를 양쪽에서 잡고 끌어 한쪽으로 데리고 나가자 닉 혼비가 멀찍이서 떨어져 구경하다가 다가왔다.

"고서클의 마법사 같으니 신중히 다뤄야 할 것이다. 조금이라도 방심하면 어떤 짓을 할지 모른다."

"네, 알겠습니다."

존과 슈슈가 동굴을 나와서 도착한 곳은 그리니치 공국의 국경 부근 마을이었다. 본래 그들이 원했던 1군단 지역은 아니었지만 그렇게 멀리 떨어진 곳도 아니었다. 아벨과의 국경과 그리니치 공국의 탈라 시와의 중간 지점쯤 되는 것 같왔다.

탈라 시라면 헤네시의 후방 지원군이 머무는 곳이었으니 어차피 1군단에 들러 정찰을 마치고 가야 할 곳이긴 했다.

"산맥을 넘어 최대한 빠르게 와도 며칠은 걸릴 거리인데 동굴을 통해서 나오니까 이틀도 걸리지 않고 온 것 같아. 아무리 지름길이고 직선으로 왔다곤 해도 너무 빠르게 온 것 같지? 한번 조사를 해볼까?"

"그렇긴 하지만 당장에 그 동굴에 대해서 조사할 시간은 없어요. 우선 어디를 먼저 정찰하느냐를 정하는 것이 더 급해요."

"그럼 탈라 시에 먼저 들렀다가 1군단 지역으로 가볼까? 어차피 1군단 지역을 통해서 국경을 넘어가야 하니 떨어진 곳부터 가보는 것이 좋겠지?"

"아니, 그럼 다시 국경을 넘어서 가자고요? 동굴이 있는데 그럴 필요가 없잖아요!"

"아! 그렇구나. 그럼 1군단 먼저 갔다가 탈라 시를 들러서 동굴을 통해서 돌아가자."

"네, 어서 출발해요."

둘은 애초에 계획한 대로 1군단을 먼저 정찰하기로 정한 뒤 다시 북상하기 시작했다. 록트에 들어갔다 나오면서 본래의 계획보다 시간을 지체해 아벨로 들어가야 할 시간이 다가왔기에 둘은 서둘러 움직이기 시작했다.

동북쪽으로 길을 잡고 열심히 걷기 시작한 두 사람은 며칠이 흐르자 록트와 그리니치 공국의 국경에 가까워질 수 있었다. 국경 부근의 마을에 도착한 그들은 다른 마을과는 달리 완전 무장한 병사들이 수십 명씩 몰려다니는 모습을 쉽게 접할 수 있었다.

"무슨 일이 있나? 아무리 전쟁이 임박했다고 해도 민간인이 사는 마을치고는 너무 많은 병사들이 돌아다니는 것 같은데?"

"저도 잘 모르겠어요."

"술집이나 여관에 들어가 상황을 알아보자."

"네."

존과 슈슈가 들어간 여관은 1층에 술집과 식당을 하고 2, 3층에 여관을 하는 꽤나 큰 규모의 숙박업소였다.

록트와의 무역이 자유로웠을 때는 양쪽을 오가는 상인들을 손님으로 받았겠지만 지금은 그리니치나 헤네시 군의 기사나 귀족들이 대부분이었고, 간혹 존과 슈슈처럼 정탐을 위해 들어온 사람들이 전부였다.

물론 얼굴에 정보원이라고 써놓고 다니지야 않지만 끊임없이 주위를 둘러보는 사람들의 행동으로 봐서는 상당수의 사람들은 타국의 첩자 같아 보였다.

"분위기가 썰렁하네. 어쩐다? 하나 잡아서 족쳐 볼까?"

술을 파는 곳인 데도 불구하고 생각처럼 왁자지껄하지도

않고, 옆에서 들릴 만큼 큰 목소리로 대화를 나누는 사람들도 적었다.

존은 술 한잔하면서 앉아 있으면 자연스럽게 돌아가는 상황을 알 것이라 생각했지만, 그것이 여의치 않자 직접 정보를 찾을까란 생각이 들었다. 하지만 그것은 마음뿐이었다. 게다가 누구에게 물어봐야 할지도 몰랐다.

"적당한 사람을 찾아봐야겠는데……."

존은 주위를 두리번거리며 정보원으로 보이는 사람들을 관찰하기 시작했다. 존이 여관 문을 바라보는 순간, 문을 열고 일단의 기사들이 뛰어들어 오기 시작했다.

"아무도 내보내지 마라! 샅샅이 수색해라! 18, 9세쯤 되어 보이는 귀족과 무기를 소지한 자들은 전부 잡아서 끌고 내려와라!"

"네!"

기사들의 대장으로 보이는 사람이 명령하자 기사들은 뛰듯이 계단을 올라 윗층의 여관 방을 수색하기 시작했다. 여관 밖도 이미 포위된 듯 계속해서 기사들과 병사들이 여관 안으로 밀려 들어오기 시작했다.

"무슨 일이지?"

존과 슈슈는 당황하면서 서로를 바라보았다.

"일단은 피해요!"

슈슈의 말과 함께 존과 슈슈는 손에 잡히는 주변의 것들을 들어 기사들을 향해 던지고는 여관의 뒷문으로 뛰었다.

그러자 술집 안에 있던 사람들 중 눈치를 보며 상황을 파악하던 사람들이 동조하여 기사들과 대적하거나 잠깐의 시간을 벌기 위해 집기와 술병, 의자 등을 던지며 문을 향해 달려나가기 시작했다.

"모두 잡아라! 반항하면 가차없이 베어라!"

기사들을 이끌고 들어온 자의 명령이 떨어지자 기사들과 병사들은 검과 창을 들고 사람들을 포위하여 한 명씩 꿇어앉혔다.

존과 슈슈는 뒷문을 향해 달려 문 앞까지 다가갈 수 있었지만 뒷문을 통해서도 병사들이 밀려 들어오자 순간 당황하여 제자리에 멈춰 서고 말았다.

창을 들이밀며 들어오는 병사들이 점점 밀려 들어오자 존은 주위를 두리번거리더니 위층으로 올라가는 계단을 지지해주는 나무 기둥에 다가가 기둥을 끌어안고 뽑아내기 시작했다.

"우아아아~악!"

"어어!"

주위에 있던 병사와 기사들은 존의 행동에 처음엔 뭘 하나 싶은 눈동자로 바라보다 기둥이 점점 계단과 분리되면서 떨어져 나오자 커다란 눈이 되어 황당하다는 듯이 쳐다보았다.

"멈춰라! 어차피 넌 포위되었다! 더 이상 쓸데없이 힘 쓰지 말고 항복해라!"

존은 기사의 외침에도 아랑곳하지 않고 기둥을 완전히 뽑아내어 들고는 뒷문을 향해 나아가면서 휘두르기 시작했다.

창을 들이밀며 들어왔던 병사들은 존이 휘두르는 기둥에 맞지 않으려고 뒷걸음질을 치며 물러나기 시작했다.

몇몇은 넘어지기도 하면서 존과 조금이라도 더 멀리 떨어지려고 했다. 지켜보던 기사대장은 소리를 치며 붙잡으라고 했지만, 워낙 엄청난 존의 괴력과 기둥을 뽑는 것을 직접 본 병사들과 기사들로서는 다가갈 엄두를 못 내고 있었다.

"어서 잡아라!"

"어림없다! 앞을 막는 자는 머리를 으깨어줄 것이다!"

존의 외침과 함께 슈슈와 몇몇 사람들이 존의 뒤에 바짝 붙어 앞으로 나아가기 시작했다. 뒷문에 다다라서 밖으로 나가려 하자 기사 서넛이 손에 들고 있던 검을 존의 등을 향해 날렸다.

"윽!"

두 개의 검이 등에 박히자 존이 걸음을 멈췄다.

"어서 공격해라!"

잠깐 멈춘 듯 보이던 존이 이내 다시 발걸음을 앞으로 떼며 나아가기 시작하자 기사대장은 명령했던 것이 무색할 만큼 눈을 크게 뜨며 놀라워하고 있었다. 자신이 보기에 존은 인간이 아니었다. 흡사 몬스터 사냥을 할 때 보았던 트롤이나 오우거 같은 모습이었다.

"이, 인간이 아니다."

혼잣말을 중얼거리며 어떤 명령도 하지 못하는 기사대장이었다.

존과 슈슈가 뒷문 밖으로 나오자 존에 의해 밀려 나왔던 병사들이 여전히 창을 앞으로 하고 존과 슈슈를 향해 서 있었다.

"슈슈, 검, 검 좀 뽑아줘……."

존은 검이 등에 꽂힌 상태였다. 그 상태로 계속 적들과 싸우며 나갈 수는 없는 것이다. 고통 또한 심한지 말을 떠듬거리며 앞으로 나아가기 시작했다.

그 뒤를 따라 서너 명의 사람이 존의 뒤쪽에 서서 검을 꺼내 들어 주변을 경계하며 따라 나오고 있었다.

슈슈는 존이 고통스러워하자 등에 꽂혀 있는 검을 뽑아내어 주었다. 순간 다리에 힘이 풀려 땅에 주저앉으려던 존은 뒤에 서 있던 사내의 부축으로 간신히 일어설 수 있었다.

"헉! 상처가 아물어간다!"

존을 부축하던 사내는 놀란 토끼눈을 뜨며 당황해했다.

"안 잡아먹을 테니 잠시만 부축해 주시오!"

"알겠소."

검을 뽑아낸 곳의 상처가 아물 때까지도 병사들은 다가올 엄두를 못 내고 눈치만 보고 있었다. 사방에 서서 그 모습을 지켜보던 병사들은 경악하며 존을 두려워하기 시작했다.

엄청난 괴력도 두려운데 순간적으로 상처가 아물어가는 모습을 눈으로 확인했으니 그 두려움이란 말로 표현할 수 없었다.

"괴물이다! 트롤인간이야!"

"도망쳐라! 잡아먹힐지도 모른다!"

병사들은 겁에 질려 서서히 뒤로 물러서며 도망가려고 했다.

"뭣들 하느냐! 공격해라!"

어느새 기사단장과 기사들이 뒷문을 통해 존의 뒤쪽으로 다가오기 시작했다. 여관 밖으로 나왔지만 존 일행은 여전히 기사들과 병사들에 둘러싸여 있었다.

"숲 쪽으로 밀고 나갈 테니 뒤를 맡아주시오!"

"그럽시다."

존의 말에 뒤따라 나온 몇몇의 사람들이 칼을 부여잡으며 병사들과 기사들을 향해 눈길을 돌렸다.

병사들은 기사대장의 호통에 주춤거리면서 앞으로 나오기 시작했고, 기사들은 검을 뽑아 들고 존의 앞쪽으로 이동하기 시작했다. 병사들만으로는 존을 막기 힘들다고 판단했는지 기사들 스스로 존을 막아선 것이다.

"흠! 너희들 몇 명으로 나를 막을 수 있을 것 같으냐!"

존은 상처가 모두 아물었는지 다시 힘을 내서 기둥을 들어 휘두르며 앞으로 나가기 시작했다.

병사들은 존이 휘두르는 나무 기둥에 맞지 않으려고 뒤로 물러났고, 기사들은 검을 다시 던지려는 듯 손잡이를 거꾸로 잡아 치켜들었다.

"달립시다!"

존이 소리치며 앞으로 달려나가기 시작하자 기사들이 존을 향해 검을 던지기 시작했다.

"헉!"

두서너 개의 검이 존의 몸에 박힌 듯 잠시 주춤하던 존은 다시 달리기 시작하면서 나무 기둥을 기사들을 향해 던져 버렸다.

"뛰어!"

존의 외침에 일행들은 존의 뒤를 따라 자신이 낼 수 있는 최대한의 속력을 내어 뛰기 시작했다.

"헉!"

제일 뒤에서 따라 뛰던 중년 남자 한 명이 기사의 검에 걸음을 멈춰야 했다. 중간쯤에 뛰던 젊은 청년이 뒤를 돌아보며 인상이 구겨지더니 다시 앞을 향해 뛰기 시작했다. 몇 분을 뛰었을까? 쫓는 사람들이나 쫓기는 사람들 모두 지칠 대로 지쳐 있었다.

눈앞에 숲으로 들어가는 오솔길이 보이기 시작하자 존과 슈슈, 그리고 몇몇 사람들은 숲으로만 들어갈 수 있으면 살 수 있다는 생각에 죽을힘을 다해 다시 뛰기 시작했다.

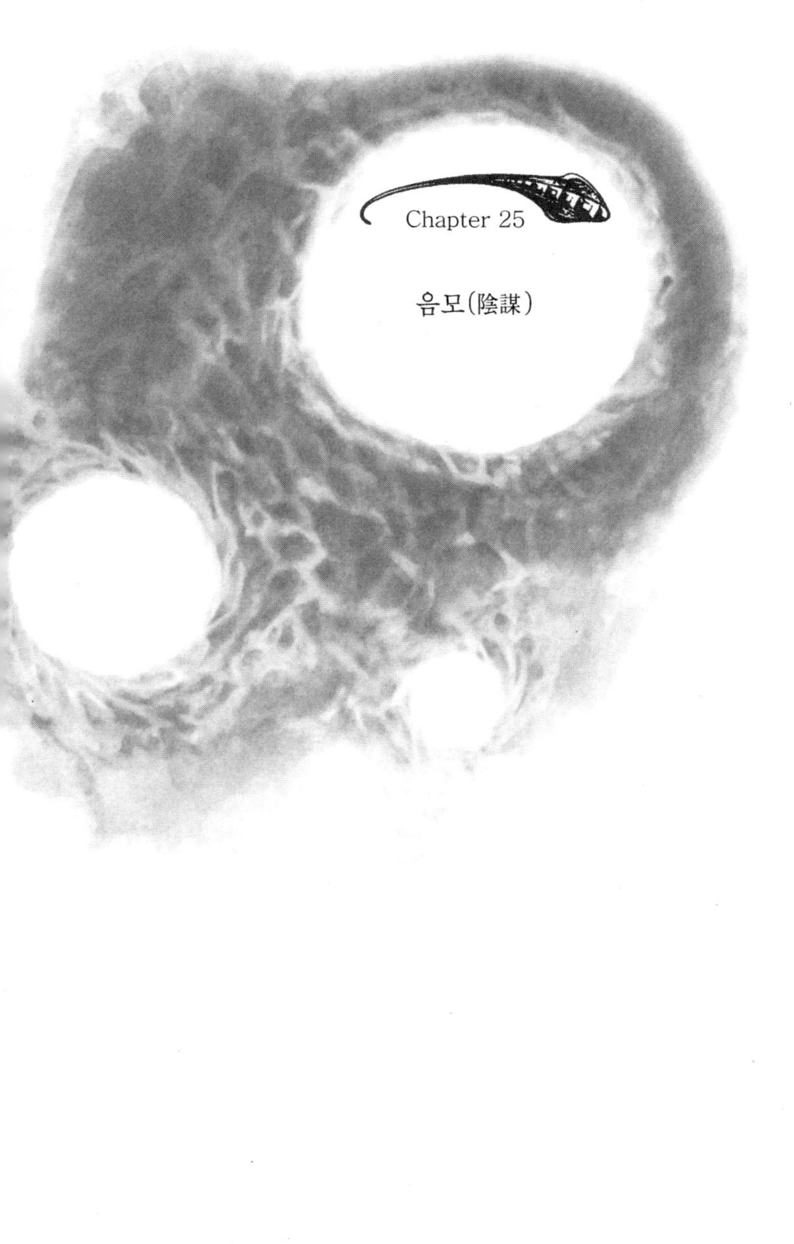

Chapter 25

음모(陰謀)

Chapter 25

록트에 파병 나와 있는 11만의 카트나 제국군 총사령관인 마이어호프 후작은 자신의 책상에 앉아 그림을 그리고 있었다.

"4만의 병력이 필립에 있고, 7만이 록트에 있는 상황에서 개전을 하게 되면 헤네시 놈들은 분명 전력을 다해 이쪽을 노릴 것이다. 그게 아니라면 방어를 하면서 시간을 끌다가 뒤치기를 하려고 하겠지. 과연 어디로 올 것인가? 필립? 아벨? 어느 쪽이든 공격을 하게 될 것이다. 그렇다면 이에 대한 대비도 해야 하고……."

마이어호프 후작은 록트와 그리니치 필립이 나와 있는 삼국 지도를 꺼내놓고 개전 시에 대응할 방안에 대해 고민을 하고 있었다.

물론 군의 총사령관이라면 항시 준비를 해야 하는 직책이긴 했지만, 지금의 마이어호프 후작의 모습은 너무도 진지하기에 전쟁을 바로 코앞에 둔 사람으로 보이기에 충분했다.

"전쟁을 시작할 때가 슬슬 다가오니 긴장이 되는구나! 록트에 온 지 몇 년째인가. 기다리던 전쟁을 하기 위해 무던히 참고 참아왔던 시간이다. 이번에는 꼭 제국을 위해 전쟁을 해야 한다."

마이어호프는 한참 동안 지도를 보며 혼잣말을 하더니 집무실 밖을 향해 소리를 질렀다.

"부관을 불러라!"

"네!"

후작의 외침과 함께 문밖에서 대답이 들렸고 짧은 시간이 흐르자 기사 복장을 한 청년이 뛰듯이 달려 들어왔다.

"찾으셨습니까?"

"그래, 준비는 잘돼가지?"

"네! 계획대로 준비를 마쳤습니다. 내일 각하의 친서를 들고 출발할 예정입니다. 록트의 국왕과 그리니치 공국으로 떠날 기사들까지 전부 준비를 마친 상태입니다."

"그래, 그래! 한 치의 착오도 없어야 할 것이야! 한데 말이야, 혹여 에밀이 돌아올 일은 없겠지?"

"걱정 마십시오. 에밀 백작이 아무리 운이 좋아도 살아서 돌아올 일은 없을 것입니다."

"만약 돌아오더라도…… 알지?"

마이어호프 후작은 자신의 손을 들어 목을 그어 보였다.

"네, 준비하겠습니다!"

대화를 마치고 부관이 나가자 마이어호프 후작은 다시 삼국의 지도를 보며 생각에 잠겼다.

에밀의 보고를 받고부터 준비한 작전이었다. 이번 작전만 계획한 대로 잘 진행된다면 명분도 살리면서 전쟁을 시작할 수 있었다.

만약에 혹시라도 헤네시 제국이 잘 버텨준다고 하더라도 본국의 지원을 더 받아낼 수도 있었다. 그만큼 명분도 챙기고 실리도 챙길 수 있는 작전이었다.

존과 슈슈를 포함한 일행들은 숲 속으로 뛰어들어 목숨을 건질 수 있었다. 숲 속 깊숙이 들어가자 더 이상 병사들이 따라오길 포기하고 돌아간 것이다.

기사 또한 마찬가지였다. 정말로 돌아간 것인지, 일시적으로 뒤로 물러서고 더 많은 병력을 이끌고 올지는 알 수 없지만 당장은 한숨을 돌릴 수 있었다.

"다들 조금만 더 힘을 내시오! 내일 아침까지는 숲을 벗어나야 합니다. 이곳에서 머물다가는 추적병들에 의해 발각되고 말 것입니다."

"네, 동의합니다. 힘들더라도 숲을 벗어나서 쉬는 것이 좋겠습니다. 이 산이 그리 큰 것도 아니니 몇백의 병사만 풀어도 쉽게 발각될 것입니다."

뒤따라왔던 중년의 사내가 나서며 존의 말에 동의했다. 존과 슈슈 또한 지칠 대로 지쳐 있는 상황이기는 했다.

얼핏 존이 뒤돌아 세어본 바로는 7명의 남자가 존과 슈슈를 따라 여관에서 탈출한 것 같았다.

달리느라 정신이 없어 자세히 볼 수가 없었는데, 잠시 틈이 나게 되자 한 명씩 돌아가며 얼굴을 확인할 수 있었다. 사람들을 바라보던 존은 낯익은 얼굴을 찾을 수 있었다.

"어? 혹시 에밀 백작님 아니십니까?"

"아! 그러고 보니 존 남작이구려! 이런 우연이!"

두 사람은 서로를 바로 알아보았다. 얼마 전에 만난 사이이니 서로를 알아보는 것은 쉬웠다. 다만 장소가 생각지 못한 곳이기에 서로가 신기해할 따름이었다. 숲을 벗어나면서 각자가 이곳에 오게 된 이유를 대충 얼버무려 말해주었다.

"저 또한 보다시피 존 남작과 같은 임무입니다. 정찰을 위해 넘어왔는데 이런 꼴이 되어버렸군요."

"저희들 또한 변변한 정보 수집도 못하고 쫓기는 신세가 되어버려서 어찌해야 할지 모르겠습니다."

둘은 숲을 벗어나면서 그동안의 이야기를 주고받고 있었다.

"이제 어쩌시겠습니까? 임무를 계속 수행할 생각이신가요?"

존의 물음에 에밀은 당장에 어떤 대답을 하기가 힘들었다. 정보를 알아오려고 들어간 특수요원은 돌아오지 않고, 오히려 자신들의 위치까지 파악하고 잡으려고 온 것으로 보아 요원이 붙잡혀 자신들의 정보를 모두 알려준 것임이 틀림없었다.

에밀은 자신의 뒤쪽을 돌아보며 기사에게 눈짓으로 어찌할지를 물었다. 기사는 자연스럽게 에밀에게 말로써 대답을 해주었다.

"이만 돌아가는 것이 좋을 것 같습니다. 더 이상 이곳에 머물다가는 적들에게 붙잡힐 위험도 있고, 경계가 삼엄하여 목적을 이루는 것도 쉽지 않을 것 같습니다."

에밀은 너무도 아쉬웠지만 당장에 자신이 고집을 피운다고 어쩔 수 있는 문제가 아니라고 판단했는지 순순히 수긍하며 말을 받았다.

"그러세. 존 남작은 어쩌실 작정이오?"

"저희들은 조금 생각해 봐야 할 것 같습니다. 이곳은 포기하더라도 후방 지원군이 있다는 탈라 시는 한 번 둘러봐야 할 것 같습니다."

"하면 지금 바로 그쪽으로 갈 텐가?"

“그래야 할 것 같습니다. 백작님께서도 저희와 같은 목적이라면 탈라 시에 들러 우리가 알아놓은 비밀 통로를 통해 돌아가는 것은 어떻습니까?”

“비밀 통로를 알고 있다는 말인가?”

“우연히 알게 되었습니다. 어쩌시겠습니까?”

“그 길이 안전하다면 함께하는 것이 좋겠소. 어차피 넘어왔으니 후방 지원군의 상황이라도 알아 가면 좋을 듯하오!”

일행들은 다음날이 되어서야 숲을 벗어나 탈라 시로 방향을 잡을 수 있었다. 다행이라면 뒤쫓던 병사들과 기사들이 더 이상 보이지 않는다는 것인데, 혹시나 하는 마음에 탈라 시로 들어서면서부터는 최대한 조심스럽게 움직일 수밖에 없었다.

그러나 탈라 시로 들어선 일행들은 자신들의 용모파기가 붙어 있는 것을 보고 황급히 되돌아 나와야 했다.

“추격병을 보내는 대신 그리니치 전역에 우리의 얼굴을 뿌렸군요.”

“그런 것 같소. 조심하여 움직입시다.”

“네.”

어쩔 수 없이 탈라 시 외곽 야산에 있는 폐가에 자리를 잡을 수밖에 없었다. 탈라 시를 벗어나며 따라왔던 두 사람이 각자의 길을 가버리자 7명만이 남게 되었다.

"이곳에 헤네시의 병력이 상당히 많은 것 같습니다. 한데 뭉쳐 다니면 아무래도 움직이기 불편하니 각자가 따로 움직이도록 합시다."

에밀의 말에 존도 동의를 했다.

"그럼 저녁때 이곳에서 모이는 것으로 하고 그렇게 하죠."

"그럼 저녁때 봅시다."

에밀은 인사를 하고는 기사들과 함께 밖으로 나갔다. 헤네시 군이 머물고 있는 주둔지를 몰래 숨어 살펴보며 대충의 눈짐작으로 병력과 장비를 확인하고 돌아오던 에밀을 누군가가 불러 세웠다.

"공자님!"

"자크만?"

자신의 호위기사들을 만나자 얼마 전 있었던 안 좋은 기억은 모두 사라지고 반가움이 앞서는 에밀이었다. 자크만과 4명의 호위기사는 웃으며 서 있었다. 사실 계속하여 에밀의 뒤를 따르고 있었지만 그것을 말할 수는 없었다.

"자네들이 여긴 어쩐 일인가?"

"저희야 공자님을 호위하는 것이 임무 아닙니까. 하여 공자님을 찾아 따라 들어온 것입니다."

에밀은 그런 자크만의 말에 기쁨을 감추지 못했다. 자크만과 기사들은 계속하여 에밀의 뒤를 따르다가 에밀이 곤란한 상황에 처한 것을 알고는 더 이상 비밀리에 뒤를 쫓는 것보다 차라리 자신들이 나서는 것이 호위하기에 편하다고 생각하여 모습을 드러낸 것이다.

"잘됐네. 일이 생각처럼 안 돼서 다시 돌아가려던 참이었네."

"네, 저희들이 안내하겠습니다."

호위기사와의 대화를 끝내고 돌아가던 일행들은 임시 거처인 야산으로 들어서려는 순간에 생각지도 못한 공격을 받아야 했다.

쉬익!

"컥!"

"뭐, 뭐야?"

에밀과 자크만이 뒤돌아서며 본 광경은 마이어호프 후작이 붙여준 기사가 에밀의 호위기사들을 공격하는 장면이었다.

4명이서 동시에 에밀의 호위기사들을 불시에 공격한 것이다. 결국 자크만을 제외한 에밀의 호위기사들 모두가 비명횡사를 해버렸다.

"공자님, 피하십시오!"

"그건 안 되지! 순순히 잡히든지 너도 이들과 같이 죽든지 결정해라!"

차가운 목소리로 말을 하는 사람은 기사들의 대장쯤으로 여겨지던 사람이었다.

"도대체! 왜 이러는 것이냐?"

"네가 더 이상 쓸모가 없기 때문이다."

기사의 말에 자크만은 검을 뽑아 들고 달려들었다.

"안 될 말!"

상급기사인 자크만의 검은 빠르게 기사의 목을 찔러 들어갔다. 순간 당황한 듯 놀란 기사는 땅바닥을 구르며 간신히 피했고, 그 순간 주위에 있던 세 명의 기사가 달려들어 자크만을 공격해 들어갔다.

그러나 1대 4의 싸움에서 이기기란 쉽지가 않았다. 더욱이 상대는 실력에 있어 자크만보다 위면 위였지 결코 아래로 볼 수 없는 자들이었다. 몇 번의 공방이 지속되자 자크만은 밀리기 시작했다. 결국보다 못한 에밀이 검을 빼 들고 자크만을 돕기 위해 나섰다.

"이놈들! 감히!"

검을 뽑아 달려드는 에밀을 보고 기사 하나가 에밀의 앞으로 다가왔다. 그리고 모든 것이 끝나 버렸다. 너무도 쉽게 검을 튕겨낸 기사의 검이 에밀의 목을 겨눈 것이다.

"멈춰라! 네가 모시는 공자님을 죽일 수도 있다."

"이, 이……."

결국 자크만은 검을 내려야 했다. 그러나 그것이 잘못된 선택이었다는 것은 다음 순간에 바로 알 수 있었다.

"컥! 이, 이런……."

"자크만 경!"

검을 내리고 항복한 자크만을 한 기사가 바로 찔러 버린 것이다.

임시 거처에 먼저 도착한 존과 슈슈는 에밀과 일행들이 오기를 기다리고 있었다.

"왜들 안 오지?"

에밀과 그 일행들이 오지 않아 출발하지 못하고 기다리던 존이 밖으로 찾아 나설 기세로 자리에서 일어나며 말하자 슈슈 또한 자리에서 일어나 따라나서려 했다.

"나가보려고요?"

"그럴까? 혹시 무슨 일이 생긴 것이라면 여기도 위험할 거야."

"그렇긴 하지만 우리가 자리를 피해 버리면 그들이 위험하지 않을까요?"

"그렇다고 우리가 위험에 처할 수는 없지. 우선 나가서 상황을 살펴보자."

둘이 집 밖으로 나오자 기다렸다는 듯이 두 사람을 향해 화살이 날아오기 시작했다. 화살을 피하자 이번에는 그물이 날아와 두 사람을 덮어버렸다.

"뭐, 뭐야?"

당황한 존과 슈슈가 주변을 살펴보자 에밀과 그의 일행들의 모습이 눈에 들어왔다. 그물에 걸려 당황한 사이 마법을 시전한 것인지 한 청년의 입에서 바인드라는 시동어가 외쳐지고, 순간 존과 슈슈의 몸에 줄이 감기기 시작했다.

"왜 이러는 것이오?"

대답은 에밀에게서 들려왔다.

"나도 모르겠소. 보다시피 나도 이들에게 포박된 상태요."

에밀의 말을 듣고 살펴보니 에밀 또한 두꺼운 줄에 묶여 있는 상태였다. 존은 줄을 끊어보려고 발버둥을 쳐보았지만 무슨 재료로 만든 것인지 꿈쩍도 안 했다.

"괜히 쓸데없이 힘 쓰지 마시오. 마법을 이용해 특별히 만든 줄이라 절대로 끊기거나 풀리지 않을 것이오!"

에밀을 따라다니던 기사 중에 한 명이 앞으로 나서며 말하자 에밀은 배신감 때문인지 눈에 독기를 품고 기사를 바라보았다.

"도대체! 무엇 때문에 이러는 것이오? 당신들, 설마 헤네시의 첩자요?"

"걱정 마시오. 헤네시의 첩자 따위는 아니요. 당신이 원하는 대로 일을 진행시키려면 이 방법밖에 없기 때문이오."

기사의 대답에 옆에서 줄을 끊어보려 힘을 쓰던 존이 질문을 던졌다.

"무슨 말이오?"

"지켜보면 알게 될 것이오. 여하튼 당분간 당신들은 이곳을 벗어날 수 없소."

무슨 말을 하는지 이해가 안 갔지만 당장에 자신들을 상하게 하지는 않을 것 같았다. 세 사람은 동굴로 다시 끌려 들어가 한쪽에 묶이는 신세가 되었다.

대륙의 떠오르는 신성으로 불리는 록트 왕국의 수도, 그 록트 왕국의 수도인 록트리아는 동서남북으로 대로가 놓여 있었다. 그 대로에는 하루에도 수만 명의 사람들이 오고 가며 상행위와 교류를 하고 있었다.

남문에서 시작하여 북문을 관통하는 대로에는 시장이 들어서 수많은 상가와 사람들로 북적였고, 동문에서 서문으로 이어지는 대로에는 왕국민들을 위한 편의 시설과 관공서, 학원 거리 등이 길을 따라 들어서 있었다.

그 동문의 시작점에서부터 궁전이 있는 서쪽의 대로의 끝부분까지 한 번도 멈추지 않고 무섭게 달려가는 말이 있었다.

"급보요! 비키시오! 급보요!"

"말을 멈추게 해라! 인식표를 확인하지 않고는 누구도 들어갈 수 없다!"

전령은 한번에 성안까지 들어가려고 했지만 아무리 카트나 제국의 전령이라도 국왕이 머무는 왕궁 안으로 바로 들여보내 줄 수는 없었다. 어쩔 수 없이 전령은 말에서 내려 인식표를 내보이며 자신을 확인시켜야 했다.

그날 오후가 되어 늦은 시각임에도 궁 안에는 차가운 기운이 감돌고 있었고, 국왕을 비롯한 대부분의 대신들은 퇴청하지 못하고 회의를 지속하고 있었다. 한동안 조용하던 상황에 메린 공작이 자리에서 일어서며 목소리를 내었다.

"시간이 없습니다. 이제는 더 이상 지체할 시간이 없어요!"

"알고 있습니다. 하지만 상황이……."

"우선은 왕세자 전하를 불러들여야 하지 않겠습니까?"

"문제는 헤네시 제국이 아니라 카트나 제국입니다."

"상황이 어찌 변할지 알 수 없으니 하는 말 아닙니까!"

설왕설래 난상토론은 계속되고 있었다. 전령을 통해 전달된 내용은 카트나 제국의 2군단 소속인 에밀 백작이 정찰 중 종적이 묘연하다는 것이었다.

현재 조사 중에 있으나 가장 유력한 결론으론 헤네시 제국군에 의한 납치나 살해 가능성이었다. 에밀 백작이 배속되어 있던 부대가 국경과 가까운 최전방이었고, 하루 정도 거리에 적군와 마주한 상황이었기에 카트나 파병군 총사령관이 보내온 정보대로 헤네시 제국에 의한 납치나 살해 가능성이 높았다.

이 문제는 단순히 사람 하나가 사라진 문제가 아니었다. 제국의 귀족을, 그것도 공작 가문의 차남을 의도적으로 살해한 것으로 볼 수 있는 문제였다.

전쟁 중이라고는 해도 귀족은 서로가 보호해 주면 최소한 목숨만은 살려주는 관행으로 비추어볼 때 이것은 매우 심각한 문제였다.

아직 헤네시 측에서 어떠한 반응도 없기에 속단할 순 없지만, 보고 내용대로라면 록트가 참전하지 않더라도 카트나 제국 단독으로라도 헤네시와의 전쟁을 불사할 듯이 보였다. 심각한 상황이 되어버린 것이다.

거기에다 왕세자인 샤가 헤네시 제국의 황제와 담판을 짓는다며 떠난 상황이었다. 아직 헤네시에 도착했는지 여부는 알 수 없지만 못해도 국경 부근까지는 갔을 것이다.

서둘러 다시 돌아오게 해야 한다.

헤네시가 에밀 백작의 실종과 연관이 없다면 다행이지만, 만약 헤네시의 짓으로 밝혀진다면 전쟁을 피할 수 없는 상황이 되어버리는 것이다.

"국방 대신은 지금 즉시 전령을 급파해 왕세자를 더 이상 가지 못하게 붙잡고 있으라고 하시오. 만약 헤네시의 잘못이라면 되돌아와야 할 것이고, 헤네시와 무관하다면 계획대로 하라고 전하시오."

"네, 폐하!"

록트 왕국의 국방 대신인 메커슨 후작이 대답을 하고는 밖으로 나가자 국왕은 다시 대신들을 바라보며 명령을 했다.

"이번 사태가 어떤 식으로 결론이 나더라도 카트나 제국은 전쟁을 하려고 할 것 같소! 지금 즉시 록트 전역에 파발을 띄워 전시 체제로 전환하라 명하고 후방 군단을 국경에 전진 배치하시오! 또한 메린 공작은 기사단을 대동하고 국경으로 가서 어떻게 된 일인지 진상을 확실히 알아오도록 하시오!"

"네, 폐하!"

록트 왕국은 국왕의 명으로 일사불란하게 움직이기 시작했다. 각 영지는 비상 체제로 돌입하여 병사들을 모으고, 국경뿐만이 아니라 왕성으로 가는 길목에 있는 영지들은 성의 개보수와 식량의 비축 등을 하기 시작했다.

존과 슈슈가 에밀과 함께 에밀의 비밀 요원들에게 붙잡혀 있은 지 하루가 지나자 1명의 감시자를 남긴 채 3명은 일을 보러 자리를 비우는 기회가 왔다. 그러나 기회가 왔다고 해서 도망칠 수는 없었다.

몸을 묶어놓은 줄은 마법으로 만든 줄인지 아무리 힘을 줘도 꿈쩍도 하지 않았고, 남아 있던 감시자는 아무리 설득을 해보려 해도 말을 듣지 않았다.

결국 세 사람은 두 시간가량을 노력해 봤지만 모든 것이 부질없다는 것을 알고 포기하게 되었다.

"이대로 죽는 것인가?"

에밀이 허망하다는 듯이 말하자 존이 생각에 잠긴 듯 조용하다가 대답을 했다.

"그것은 아닐 것입니다. 백작님을 따라온 부하들이 어째서 우리를 묶어두고 감금하는지 모르지만, 죽이려 했다면 벌써 죽였을 것입니다. 아직까지 살려둔 것으로 보아 죽이려는 생각은 없는 듯합니다."

"그렇다면 다행이지만, 어째서 나의 호위기사들은 죽이면서 나는 살려주는지……."

사실 에밀은 할 말이 없었다. 따지고 보면 자신 때문에 존과 슈슈가 위험에 처했으니 미안하기도 하고, 자신 또한 왜 이런 상황이 돼야 하는지 궁금하기도 했다.

하루가 지나고 다음날이 되자 아침 일찍 밖으로 나갔던 세 사람 중에 두 명이 돌아왔다.

"우리를 어쩌려고 마냥 이렇게 묶어두는 것이냐?"

에밀이 막 돌아온 두 명을 향해 물어보자 기사들 사이에서 대장으로 보이는 자가 다가오며 말을 했다.

"아직은 죽을 때가 아니니 걱정하지 마시오."

"누가 죽는 것이 두려워 그러는 줄 아느냐! 우리를 왜 감금하느냔 말이다! 너희들은 제국의 기사가 아닌가?"

"맞소."

"한데 왜?"

"그건 말해줄 수 없소. 단지 당신이 원하고 제국이 원하는 것을 얻기 위해선 어쩔 수 없는 선택이었다는 것만 알아두시오."

"……."

기사가 자리를 뜨고 나서도 한참 동안 에밀은 말없이 골똘히 생각했다. 자신이 원하고 제국이 원하는 것이라면 록트와 헤네시와의 전쟁이었고, 카트나 제국은 어부지리를 얻는 것이었다.

'무엇 때문에? 설마 나의 목숨을 담보로? 마이어호프 후작의 계략이었구나! 아버지와는 정치적으로 반대파이니 그럴 수 있겠어! 하면 내가 내 무덤을 스스로 팠다는 말인가?'

에밀의 생각은 꼬리에 꼬리를 물고 이어지며 끝날 줄을 몰랐다. 기사가 나가고 한동안 말없이 앉아 있는 모습이 걱정되었는지 슈슈가 에밀을 불렀다.

"저기요, 괜찮아요? 혹시 우리가 왜 잡혔는지 알아냈나요?"

"…내 잘못이오. 미안하오."

힘없이 고개를 떨어뜨리며 잘못을 시인하는 에밀이었다.

"그건 알겠어요. 처음부터 저들을 데리고 있던 분은 당신이니까요. 그런데 무슨 이유 때문인지가 궁금해서 물어본 거예요."

에밀은 주위를 둘러보고는 자신들을 감시하는 기사가 조금은 멀리 떨어져 있는 것을 확인하고는 속삭이듯 조용히 말하기 시작했다.

"사실 나는 닉 혼비 후작을 암살하려고 잠입한 것이었소. 한데 같이 왔던 요원이 사로잡혔는지 약속 시간에 나타나지 않아 자리를 피하려던 차에 병사들과 기사들이 몰려들어 온 것이었소."

에밀의 말에 옆에서 듣고 있던 존의 눈이 커지기 시작했다. 닉 혼비라면 존도 알고 있는 인물이었다.

"닉 혼비 후작? 지난 아벨과의 전쟁 때 데이몬 왕세자를 죽인 사람 말이오?"

"그렇소."

"그를 죽이게 되면 전쟁을 해야 할 텐데 어쩌려고 그런 무모한 짓을 하려고 했단 말입니까?"

"우리가 원한 것이 그것이었소. 닉 혼비 후작을 암살하고 전쟁을 일으키는 것이 애초에 목적이었소."

"말이 됩니까? 그를 죽여 전쟁이 일어난다 해도 당연히 록트나 카트나의 짓인 것을 세상이 다 알 텐데, 그런 명분없는 짓을 벌이려고 한 것이란 말입니까?"

에밀은 고개를 숙였다. 그것은 사실 자신의 계획이었다. 생각해 보면 참으로 어리석은 계획이었다.

록트가 한 일처럼 꾸며놓고 자신들이 빠지면 된다고 생각한 것이다. 마이어호프 후작은 그 계획이 완전하지 못하다고 생각하여 비밀 요원들을 시켜 자신을 미끼로 삼아 목적을 이루겠다는 이중 계획을 세운 것이다. 존과 슈슈는 에밀의 설명을 들으며 어떻게 돌아가는 상황인지를 조금은 알게 되었다.

"그럼 어서 이 사실을 록트에 알려야 하는 것 아닙니까?"

"록트에도 벌써 알려졌을 것이오. 애초에 내가 계획한 작전대로만 갔다면 몰랐을 테지만, 내가 헤네시에 의해 당한 것으로 한다면 록트와 헤네시에 알려야 일이 될 테니. 아마 지금쯤 양쪽에 내가 헤네시에 의해 암살당한 것으로 알리고, 본국에도 알려 전쟁의 명분으로 삼으려 할 것이오."

"어쨌든 이 사실을 왕세자 전하나 록트에 알리고 전쟁을 막아야 합니다. 그렇지 않으면 죄 없는 수많은 사람들이 죽어갈 것입니다."

에밀은 존의 말에 대답을 하지 않았다. 원래의 목적이 헤네시와 록트의 전쟁이었기 때문에 그것을 막자는 말에 순간 말문이 막힌 것이다. 배신당해 죽을 위기에 처해 있는 상황에서도 원래의 목적을 잊어버리지는 않은 것 같았다.

"어쨌든 시간이 지나면 풀어주긴 하지 않겠소?"

에밀의 말에 존은 어이없다는 듯이 바라봤다.

"백작님! 절대 그런 일은 없습니다. 만약 이 작전이 성공한다면 백작님은 헤네시 입장에선 누명을 벗을 증인이고, 카트나 입장에선 약점이 될 살아 있는 증인이 되는 겁니다. 다시 말해서 살려둬선 안 되는 존재가 되는 겁니다."

존의 말에 에밀은 충격을 받았는지 고개를 떨어뜨리며 모든 것을 포기한 사람처럼 처량한 어조로 대답했다. 이제는 이곳에서 벗어난다 해도 갈 데도 없는 것이다.

"그렇구려. 내 생각이 짧았소. 그럼 결국 나 또한 죽겠구려."

"아마도 여기서 도망치지 못한다면……."

두 사람은 벗어날 방법을 심각하게 고민했지만 마땅한 방법이 없었다. 팔다리가 묶여 작은 방에 감금되어 있는 데다 감시자들은 돈이나 권력을 준다며 회유해도 넘어오지 않았다.

결국 모든 것을 포기하고 걱정을 하다 잠이 든 두 사람을 한심하다는 듯이 쳐다보던 슈슈는 아무런 말도 없이 조용히 잠자리에 들었다.

그날 밤, 모두가 잠에 취해 있는 새벽 무렵에 슈슈가 살며시 눈을 떠 감시를 하고 있는 기사를 바라봤다.

잠을 이기지 못했는지 감시를 맡은 기사는 머리를 끄덕이며 졸고 있었다. 슈슈는 천천히 몸을 일으키며 자세를 잡았다.

조금의 시간이 흐르자 슈슈의 모습은 사라지고 작고 앙증맞은 여우 한 마리가 나타났다.

"우선 이놈은 그동안 고생한 것에 대한 보상으로 섭취를 해야겠어!"

슈슈는 묶여 있던 줄이 몸에서 떨어져 나가자 다시 인간으로 몸을 바꿨다. 여우에 몸으로는 활동에 제약이 많았기 때문이다. 슈슈는 자신을 묶고 있던 줄을 한 손에 들고 졸고 있는 기사에게 조심스럽게 다가가기 시작했다.

"너도 한번 당해봐라!"

자고 있는 기사를 자신이 묶여 있던 줄로 팔과 다리를 묶은 슈슈는 품속에서 구슬을 꺼내어 기사의 몸으로 가져다 대었다.

그 순간 기사가 눈을 뜨며 일어나려다 묶여 있는 줄 때문에 땅바닥에 다시 주저앉고 말았다.

"헉! 이, 이……."

순간 소리를 치려는 기사의 입을 손으로 급히 막은 슈슈는 기사의 칼을 뽑아 목에 가져다 대며 속삭였다.

"쉿! 말하면 찌른다!"

기사는 당황한 듯 고개를 끄덕이며 주위를 살펴보기 시작했다. 분명 조금 전까지만 해도 묶여 있던 슈슈였는데 어떻게 풀려났는지 이해를 못하는 듯했다.

그것도 마법으로 묶어놓은 것이다. 기사가 주위로 시선을 돌리는 사이, 슈슈가 품에서 꺼낸 구슬을 기사의 배꼽에 가져다 대며 집중하자 기사의 몸에서 푸른빛이 나오기 시작했다.

빛은 점점 안개의 모양으로 변하더니 구슬로 빨려 들어가기 시작했다. 기사는 자신의 몸에 나타나는 변화에 당황하며 뭔가를 말하려 했지만 목에선 철판을 긁는 소리와 흡사한 비명만이 작게 들릴 뿐 말은 나오지 않았다.

아주 잠깐의 시간 사이에 기사는 노인의 모습으로 변하기 시작했다. 피부에 주름이 생기기 시작하면서 생기가 사라져 갔다. 순식간에 노인처럼 늙어버린 기사는 더 이상 버티지를 못하고 정신을 놓아버리고 말았다.

"성인식 성공! 이제 탈출을 해야겠지!"

슈슈는 자신이 세상에 나온 목적을 달성한 것에 만족해하며 존과 에밀의 곁으로 다가왔다. 사실 먼저 그들을 풀어줄 수는 있었지만, 그렇게 되면 자신의 안 좋은 모습을 보여줄 것 같아 일을 끝낸 뒤까지 미룬 것이다.

"존! 일어나요!"

"음?"

"쉿!"

혹시라도 존이 큰 소리를 낼까 봐 급하게 말을 중지시킨 슈슈는 존과 에밀을 풀어주려고 끈의 매듭을 찾고 있었다.

"응? 매듭이 없네?"

"마법으로 만든 줄이라서 아마도 오러가 생긴 검으로 자르지 않는 한 안 잘릴 거요."

에밀이 그사이 일어났는지 조언을 해줬지만 슈슈는 오러를 낼 만큼의 능력은 안 되었다.

"그럼 어쩌죠?"

"저 기사의 검을 가져다주시오. 나와 존 남작이 서로의 줄을 끊으면 되오!"

"아! 그렇군요."

존은 최상급의 기사였고, 에밀 또한 중급을 넘어 상급으로 가는 고급기사였다. 그 정도면 충분한 것이다. 줄을 끊어내고 나갈 준비가 된 세 사람은 다시 주춤거렸다.

"어쩌지요, 나머지 사람들은?"

"그냥 도망친다면 뒤따라올 것이고, 죽이고 가자니 자칫 우리가 당할 수도 있소. 저들은 제국의 정예 요원이오. 감시하던 기사야 부지불식간에 당했다 쳐도 나머지는 그렇지 않을 것이오."

에밀의 걱정스러운 말에 존은 걱정 말라는 듯 검을 들고 나머지 두 명이 자고 있는 방을 향해 다가갔다.

그리니치에 있는 헤네시 진영은 발칵 뒤집혔다는 표현이 옳을 정도로 어수선하고 정신이 없었다.

파비앙이 급하게 탈라 시에서 국경에 있는 1군단으로 달려오고, 닉 혼비 또한 전군 비상령을 내려놓았다.

그 와중에 카트나에서 보내온 에밀에 대한 통보를 받아보고는 더욱 정신이 없어진 닉 혼비 후작과 파비앙 후작이었다.

닉 혼비 후작은 카트나에서 통보한 서한을 보며 너무도 어의가 없는지 경직된 표정으로 말했다.

"뭔 이런 황당한 경우가 있소!"

"아무래도 카트나에서 전쟁을 먼저 일으키려는 것 같소."

"세작의 말로는 록트의 왕세자가 폐하와 협상을 하기 위해 제국의 수도로 향한다는 보고를 받았는데, 아무래도 그 일 때문에 카트나에서 먼저 선수를 친 듯싶소. 이제 어쩌면 좋겠소."

"어쩔 수 없지요. 전쟁을 준비할 수밖에."

"한데 그 잠입해서 들어온 카트나의 요원들은 어찌 되었소?"

"모두 죽었습니다. 나중에 잡힌 놈은 그나마 정보를 좀 줬지만, 아무래도 내막을 알고 불었던 것 같습니다. 에밀이라는 놈을 죽여 달라는 듯이 정확히 말해줬지요. 결국 놓쳤지만, 그러고 나선 자결했습니다."

"증인도 없으니 이제 전쟁만이 남은 상황 같구려."

두 사람은 막상 수적으로 두 배 이상의 차이가 나는 상대와 전쟁을 치러야 한다는 부담감에 무엇부터 해야 할지를 정하지 못하고 있었다.

전쟁을 준비하기 위해 온 것은 사실이지만 이런 식의 도발을 예상하지는 못했다. 만약 이 서한의 내용을 가까운 몰모르 왕국이나 필립 공국 내지는 여타의 왕국에 보냈다면 명분상으로 상당히 불리해지기 때문이다.

명분은 아무것도 아닌 것 같지만 상당히 중요하다. 만약 나눠 먹기를 생각하고 몰모르 왕국이나 4국 연합이 록트와 카트나 연합군에 참여를 하게 된다면, 헤네시 입장으로서는 대륙의 모든 왕국들과 전쟁을 치러야 하는 것이다.

"우선은 이 서한의 내용이 허위임을 입증해야 할 것이고, 또한 그렇지 않더라도 타국에 명백히 전쟁을 하기 위한 카트나의 계략임을 알려야 하오."

"그래야겠지요."

"그리고 카트나가 공격해 올 것에 대한 준비를 해야겠지요. 아무래도 탈라 시의 후방군을 전진 배치시켜야 할 것 같소. 될 수 있다면 그리니치의 수도에 있는 병사까지 전부 전방에 투입해야겠소."

"후방을 비워놓자는 말이오?"

"후방을 노릴 만한 적은 사실상 없으니 초전에 따끔한 맛을 보여줘야 함부로 진격하지 못하지 않겠소?"

"그렇긴 합니다만, 만약의 사태에 대한 준비는 해야 하지 않소?"

"그 정도 병력은 남겨둬야겠지요. 여하튼 준비를 서두릅시다."

"그럽시다. 당분간 파비앙 후작께서는 여기에 머물러 계시면서 지휘를 해주십시오. 저는 각 부대를 돌며 점검을 하고 오겠습니다."

"알겠소. 수고하시오."

두 사람은 각자의 일을 맡아 준비를 시작했다. 이제 활 위의 화살은 시위를 떠난 상태였다. 아무리 헤네시 측이 자신들이 벌인 일이 아니라고 해봤자 카트나에서 인정해 줄 리는 만무했고, 닉 혼비가 죽거나 록트에 인도되지 않는 한 록트와의 전쟁도 불가피했다.

샤는 아벨 궁을 떠나 새로 복속한 영지들을 둘러보고는 헤네시와의 국경으로 향하고 있었다.

샤의 뒤로는 파렐과 120여 명으로 이루어진 기사단이 따르고 있었고, 특별히 플레이르에서 조나단이 넘어와 수행을 하고 있었다.

일행 중에는 특별한 사람도 있었는데, 그건 바로 존의 부인인 리지였다. 행정관으로 복귀하여 근무를 하던 중 샤를 따라가게 된 것이다.

하던 일이 정보를 담당하는 일이어서 꼭 따라가겠다고 하여 허락한 샤였다. 일행들이 팔콘 영지에 잠시 머무르며 헤네시로 들어갈 준비를 하고 있던 차에 헤네시 방면 국경 방어를 맡고 있는 그레그가 찾아왔다.

"전하를 뵙습니다."

"어서 오게. 별일은 없었나?"

"네, 전하. 국경엔 별일이 없었습니다."

"장성 건설의 진척도는 얼마나 되는가?"

"아리엘 대산맥에서 시작하여 마키 영주 구간은 얼추 모양새가 잡히기 시작했습니다. 전체 공정으로 보면 2할도 안 되긴 합니다만, 위치가 산맥과 맞닿아 있어 험하고 가파르기에 사상자가 좀 있었습니다."

"이런, 안전을 최우선으로 생각하라 했는 데도 그랬단 말인가?"

"송구합니다."

그레그는 고개를 숙이며 미안해했다. 하나 그레그로서도 어쩔 수 없었던 것이 건설 현장이 워낙 험한 곳이었다.

"내일 이곳을 떠나 헤네시로 들어갈 것이네. 차후에 무슨 일이 벌어질지 예상할 수 없으니 경계에 만전을 기해주기 바라네!"

"네, 전하!"

샤는 그레그의 보고를 받고는 영주성으로 들어가 잠을 청했다. 아침 일찍 출발하려면 일찍 자야 하는 것이다.

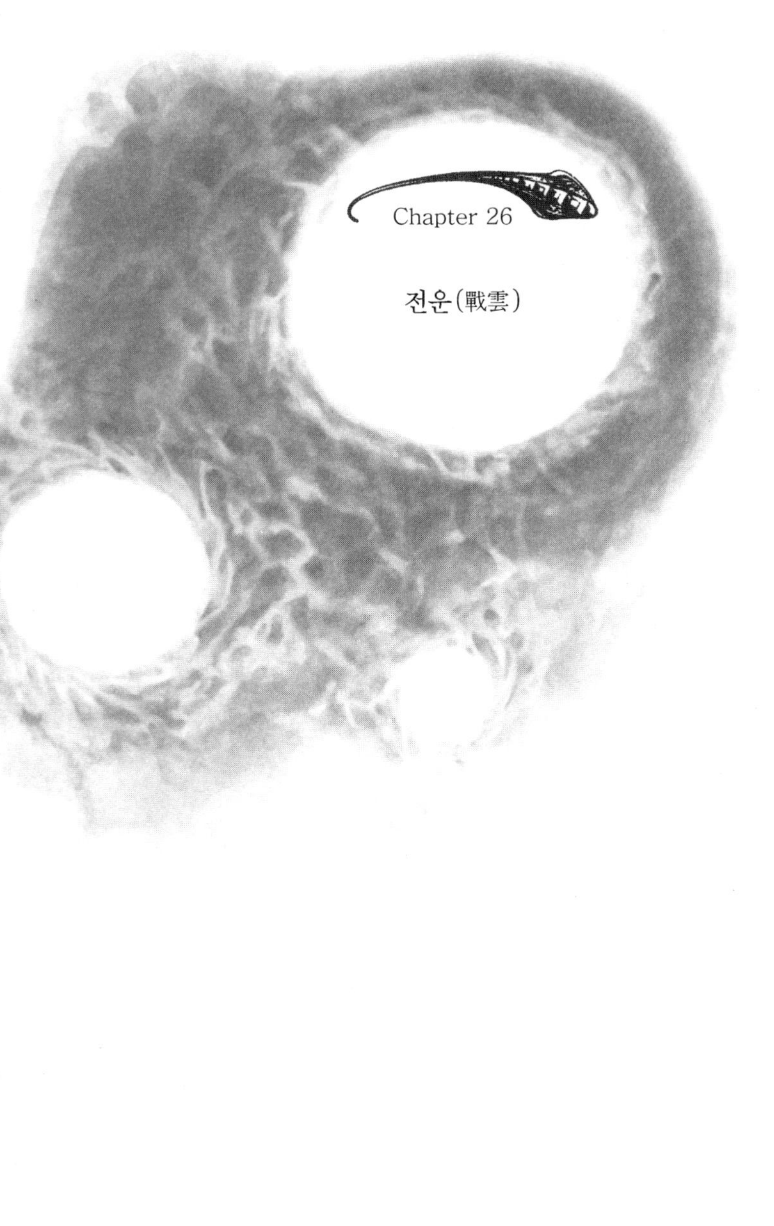

Chapter 26

전운(戰雲)

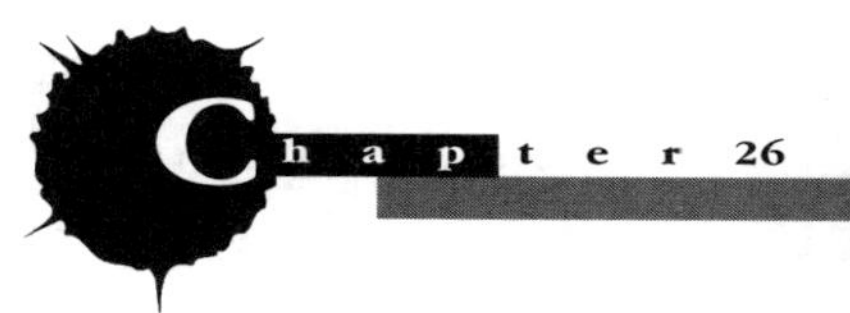

Chapter 26

다음날 아침 일찍부터 샤는 일행들과 함께 국경을 넘어 헤네시 제국의 클로 영지를 향해 움직이고 있었다.

클로 영지를 지나면 제국의 수도로 향하는 대로가 나오는 것이다. 숲길을 따라 말을 타고 일렬로 줄지어 가는 행렬의 맨 앞쪽에서 비명이 터져 나오기 시작했다.

"무슨 일이냐?"

"알아보고 오겠습니다."

마샤은 샤의 물음에 앞으로 달려나갔다. 그러나 한참이 지나도 마샤은 돌아오지 않고, 비명은 여전히 계속 들려왔다. 숲길이라서 나무에 가려 앞쪽이 보이지 않았다.

비명 소리가 점점 가까워지지 시작하더니 이번엔 뒤쪽에서 비명 소리가 들리기 시작했다. 중간에 위치하고 있던 샤는 어디로 가야 할지 몰라 갈팡질팡하고 있었다.

"어서 가보거라! 어서!"

샤가 호위기사들을 닦달하며 호통을 치자 남아 있던 10여 명의 호위기사가 각자 앞뒤로 달려가기 시작했다. 호위기사들이 달려가는 것을 지켜보던 샤는 마음이 급했는지 직접 말을 끌고 앞쪽으로 달려가기 시작했다.

"비켜라!"

우왕좌왕하는 기사들을 물리치며 앞으로 달려가던 샤는 일순간 그 자리에서 멈추고 말았다. 처음이었다.

태어나, 아니, 전생의 모든 기억을 동원해 봐도 처음 보는 모습의 괴물이었다. 그 괴물은 기사와 시종들을 잔인하게 죽이고 있었다.

괴물은 3미터가 넘어가는 키에 피부가 없어 온몸에서는 피를 흘리며 힘줄과 근육이 모두 드러나 보였다. 그리고 잔인했다.

최상급에 다다른 샤의 호위기사들을 한 손으로 잡아 잔인하게 둘로 찢어발기고 있었다. 사람들은 경악하여 더 이상 아무 소리도 내지 못하고 있었다.

마샤의 머리가 붙어 있는 시체가 땅에 떨어져 있었고, 괴물을 막으려던 기사는 단 한 방에 뼈가 부러진 듯 땅에 곤두박

질친 후 더 이상 말이 없었다.

샤는 더 이상 괴물의 난동을 두고 볼 수 없어 검을 빼 들고 괴물에게 달려들었다. 마스터의 상징인 검강을 일으키며 높이 뛰어올라 괴물의 가슴을 향해 칼을 내질렀다.

쿵!

샤의 검강을 아주 간단하게 쳐내는 괴물이었다. 샤는 그대로 땅에 내다 꽂혀 버리고 말았다. 괴물은 온몸에서 피를 줄줄 흘리며 샤를 향해 다가오기 시작했다. 그러나 샤는 떨어지며 큰 충격을 받았는지 한동안 움직일 수가 없었다.

그때 뒤에서 파렐이 뛰어와 괴물을 향해 칼을 겨눈 채 말위에서 뛰어올랐다. 역시 마스터의 상징인 검강을 일으키며 괴물의 목을 향해 검을 날렸다.

괴물은 가소롭다는 듯이 파렐을 향해 고개를 돌리고는 파렐의 목을 손으로 잡아채 버렸다. 엄청난 빠름이었다. 오우거만큼이나 큰 키에 온몸에서 피를 계속 흘리며 괴성을 질러대던 괴물은 파렐의 목을 잡아 샤가 있는 방향으로 내던졌다.

"컥!"

단말마의 비명을 지르며 파렐은 눈을 감아버렸다. 그때 샤는 정신을 차린 듯 간신히 땅에 손을 짚고 자리에서 일어났다.

"파렐 경!"

눈앞에 파렐이 쓰러져 있는 것을 보고는 놀란 눈으로 외쳤지만 그는 대답하지 않았다.

“정신 차리시오, 파렐 경!”

파렐에게 기어가듯 다가가 몸을 잡고 흔들어 보았지만 여전히 아무런 반응도 없었다.

“으아!!”

분노에 소리를 치던 샤는 갈비뼈가 부러졌는지 옆구리를 손으로 누르며 간신히 일어섰다.

“죽이고야 말겠다!!”

고함을 지르며 괴물을 향해 달려가던 샤는 일순간 그 자리에서 멈춰야 했다. 순간 주위가 어두워지며 아무것도 보이지 않았다. 잠깐의 시간이 흐르고 다시 주위가 밝아지기 시작했다.

주위를 둘러보자 좀 전의 풍경과는 전혀 다른 모습이 눈에 들어왔다. 황량한 들판에 시체가 가득했고, 서 있는 사람은 오직 샤 혼자뿐이었다.

주위를 아무리 둘러보아도 시체뿐이었다. 예전에 죽은 형과 지난 전쟁에서 죽은 병사들, 자신을 돕다가 죽어간 기사들의 시체가 보였다.

샤의 눈에서 눈물이 흐르기 시작했다. 자신을 위해 죽어간 사람들이었다. 혹은 자신의 잘못으로 죽어간 사람들이었다.

시체들 사이로 걸어가며 샤는 오열하기 시작했다. 가슴이 메어져 오는 것 같았다. 그렇게 한참을 우는 자신의 모습이

왠지 낯설게만 느껴지는 샤였다.

"헉!"

샤는 침대 위에서 두 눈을 뜨며 잠에서 깨었다. 모든 것이 꿈이었다. 그레그의 보고를 받고는 바로 침실로 들어와 잠을 청했던 것이다.

"너무도 잔혹한 꿈이구나……. 무엇에 대한 암시인가? 꿈에선 항상 전생의 기억들만이 나타나곤 하였는데 미래를 암시하는 꿈이라니."

샤는 자리에서 몸을 반쯤 일으켜 앉아서는 한동안 말없이 생각에 잠긴 채 아침을 맞았다.

"전하!"

"들어오거라."

문이 열리고 마샬이 들어왔다.

"밤사이 별일은 없느냐?"

"네? 네, 아무런 일도 없었습니다."

"그래? 알았다. 떠날 채비를 하자."

"네."

샤의 뜬금없는 질문에 잠시 당황했던 마샬은 밖으로 나가면서 샤가 왠지 전날에 비해 많이 초췌해 보인다고 느꼈지만, 단순히 헤네시 제국에 들어가려니 긴장한 탓이라고 생각했다. 자신 또한 긴장되기는 마찬가지였기 때문이다.

일찍 아침을 먹고 떠날 채비를 하고는 기사들과 함께 마지막 점검을 하고 있던 파렐은 샤가 밖으로 나오자 샤에게 다가갔다.

"전하, 지금 바로 출발하시겠습니까?"

"잠시만 기다려 보시오."

"네?"

준비를 다 마친 상황에서 출발을 지연시키자 다시 반문하는 파렐이었다. 파렐의 반문에 샤가 말을 이었다.

"아무래도 느낌이 별로 좋지 못하오. 국경을 넘어가는 것이니만큼 매사에 안전을 기해야 하기에 미리 몇몇 기사를 보내 헤네시 국경 수비대에 통보도 하고, 혹여라도 매복이 있나 확인도 하고 출발하도록 합시다."

"알겠습니다."

미리 국경 수비대에는 그레그가 알아서 알렸을 것이고, 정찰도 했을 것이다. 또한 만약을 대비해 아벨에서 기사단 전원이 팔콘 영지 방향으로의 출격도 준비하고 있을 것이다.

아무리 샤가 필요없다고 하더라도 파렐이나 밀스 근위기사단장의 입장에선 만반의 준비를 해야 하는 것이다.

그런 모든 준비를 하고도 파렐은 샤의 말에 토를 달지 않고 다시 기사들을 뽑아 국경 수비대에 보내고 정찰을 시켰다.

어두운 숲길을 달리는 세 개의 인영(人影)들은 움직이다 서

다를 반복하며 목적지를 향해 뒤를 보지 않고 달리고 있었다.

"헉헉. 어, 얼마나 남은 것이오?"

"아직도 반나절은 더 가야 합니다."

에밀은 숨을 헐떡거리며 존을 불러 세웠다. 도저히 더 이상 달릴 힘이 남아 있지 않아서였다.

"반나절… 확실히 지름길이오?"

"걱정 마십시오. 세상에 알려진 길이 아니니."

"알겠소. 어서 갑시다."

세 사람은 잡혀 있던 곳을 탈출하여 밖으로 나올 때부터 계속 추적을 당했다. 감시하던 기사를 제외한 두 명의 기사는 슈슈의 행동에 잠이 깨어 존이 칼을 들고 나가려 할 때 이미 모든 준비를 마치고 다가오고 있던 중이었다.

다행히 존의 괴력과 회복력으로 한 명에게 치명적인 상처를 안겨주었지만 나머지 한 명을 상대하려는 순간, 뒤에서 10여 명의 요원들이 더 나타나 부득이하게 줄행랑을 칠 수밖에 없었다.

처음 국경을 넘을 때 소란을 일으키고는 사라졌던 10여 명의 요원들이 합류한 것이다. 그렇게 그곳을 도망쳐 하루가 넘도록 쫓기고 쫓는 상황이 이어지다 간신히 숲에 들어설 수 있었던 것이다.

에밀은 당장에라도 뒤에서 적들이 나타날까 두려워 심장

이 폭발할 듯 뛰어도 그 자리에 멈추질 못하고 에밀을 따라 뛰고 또 뛰었다.

이제 자신의 부대로 돌아갈 생각은 아예 버렸다. 자신이 살아남는 것이 더 급해진 것이다. 세 사람이 동굴의 입구에 도착했을 때는 아침 무렵이었다.

"잠깐만. 이대로 동굴에 들어가 국경을 넘어갈 수는 없습니다. 여기서 최소한 반나절만 머무르며 그들을 확실히 따돌렸는지 확인하고 넘어갑시다. 만약 이대로 넘어갔다 그들이 뒤쫓아오게 되어버리면 이곳의 비밀이 세상에 알려지게 됩니다."

존의 말에 에밀은 수긍할 수밖에 없었다. 존의 말대로 록트로 넘어가는 비밀 통로가 확실하다면 군사적으로 매우 중요한 기밀 사항이 되는 것이다.

당연히 록트의 입장에선 숨겨야 하는 것이다. 세 사람은 동굴로 들어가지 않고 동굴 주변에서 한참 동안 경계를 하며 쉬고 있었다.

"에밀 백작님께서는 앞으로 어떻게 하시겠습니까?"

"아직 어떻게 해야 할지 모르겠소. 그러나 제국에 돌아간다면 필히 아버님을 설득해 마이어호프 후작을 제거할 방법을 찾을 것이오!"

에밀의 표정과 말투로 봐서는 마이어호프 후작이 눈앞에 있다면 당장에라도 달려들 듯한 기세였다.

"우선은 록트를 거쳐 아벨로 들어가 왕세자 전하에게 보고를 한 연후에 카트나까지 안전하게 갈 수 있는 방법을 찾아보는 것이 좋을 것 같습니다."

"알겠소. 내가 증인이 되어 모든 것을 털어놓겠소."

에밀은 더 이상 아쉬울 것도, 미련도 없었다. 이제는 목적이 바뀐 것이다. 오직 마이어호프 후작에게 복수할 생각밖에 없었다.

만약 마이어호프 후작을 죽일 수 있다면 적인 헤네시에게 정보를 넘겨줄 마음까지 먹은 에밀이었다. 두 사람이 앞으로의 일을 이야기하는 동안 슈슈는 여우로 변하여 정찰을 하고 돌아왔다.

"주변에 그들의 기척은 없는 것 같아요. 완벽하게 따돌린 것 같아요."

"그래? 그럼 가자."

세 사람은 추격을 피한 것으로 판단하고 동굴로 들어갔다.

"그런데 이 동굴은 록트로만 연결된 것이오? 혹 아벨 지역과도 연결되진 않았소?"

"그것은 아직 잘 모릅니다. 우린 록트에서 한쪽으로 쭉 따라 왔습니다. 넘어갈 때를 대비해 넘어올 때 표시를 해두긴 했습니다. 어두워 다른 길이 있다고 해도 못 봤을 수도 있으니 확인을 해봐야겠습니다."

"예전에 록트가 제국이었던 시절이 있었소. 10여 년 전에 책으로 본 내용인데… 그 시절에 이용하던 통로 같아서 말이오.”

아주 오래된 이야기였다. 그때의 록트는 지금의 아벨과 그리니치 필립 공국, 그리고 플레이르까지 전부 영토로 가지고 있었다.

그 시절엔 항해 기술이 지금과 같이 발달하지 않은 시절이라 대부분의 교역은 육로를 통해서만 이루어졌다. 좀 더 빠르고 안전하게 상품들을 수송하기 위해 만들어놓은 일종의 무역 통로였다.

“이곳에 대한 기록도 있습니까?”

“그 시절엔 록트가 양 대륙을 아우르는 대제국으로, 무역의 중심지였다고 하오. 하니 이렇게 넓고 안전한 이동로가 필요했을 것이오.”

“그렇겠군요. 그런데 왜 그동안은 안 쓰였을까요?”

“뭐, 여러 나라로 땅이 나눠지고 그동안 수백 년이 지났으니 잊혀진 것일 테지요.”

“네.”

세 사람은 두런두런 이야기를 하며 혹여라도 아벨로 넘어가는 길이 나타나길 기대하며 주위를 살펴가며 이동했다.

상업을 위한 통로로 이용했을 가능성을 두고 바라보니 동굴의 넓이는 생각보다 훨씬 더 넓었다.

인공적으로 만들었다는 것이 맞는지 동굴의 벽면은 매끄러웠고, 바닥은 다니기 편하게 다져져 있었다. 특별한 장식은 없었지만 길로 치자면 아주 잘 닦인 길이었다.

서너 시간을 안으로 들어가다 보니 처음 넘어올 때는 보지 못한 장소들도 눈에 띄었다. 쉬었다 갈 수 있게 넓게 만들어진 광장부터 여러 갈래로 나 있는 길도 있었고, 오랫동안 머무를 수 있는 작은 방 같은 것도 발견했다.

세 사람은 마침내 넓은 홀이 있는 곳에 도착하여 주변을 살펴봤다. 그곳엔 여러 갈래로 나눠진 동굴들의 입구가 모여 있었다.

"다른 길이 보이긴 하지만 어디로 통하는지 알 수가 없어 선뜻 가보기가 그렇군요. 한 시간이라도 빨리 가야 하는데."

"어떤 표시가 되어 있을 법하니 어서 한번 찾아봅시다."

존의 말에 에밀이 대꾸를 했다. 아벨과 록트가 산맥을 사이로 나뉘어 있으니 분명 어떤 표식이 있을 법도 했다. 만약 표식이 없다면 곤란한 것이, 한번 길을 잘못 들면 전혀 다른 곳으로 나가 버릴 수도 있는 것이다.

"있다고 해도 알아볼 수가 있을까요? 록트에서 넘어올 때의 길이 이쪽인 것은 알겠는데."

존은 자신이 표시해 둔 곳을 가리키며 말하자 에밀과 슈슈가 다가가 주변을 살폈다.

"문 옆에 작은 문양이 있네요. 이쪽은 록트 방향인지 왕관 모양이 있는 것이 수도로 가는 것을 알리는 것 같아요."

"그렇다면 다른 입구도 살펴봅시다."

슈슈가 동굴 입구 옆 벽면에서 왕관 모양의 표시를 찾아내고는 하나씩 돌아가며 같은 위치에 나타난 표시를 확인하자 모양만으로 어디로 향하는 길인지를 알아낼 수 있었다.

"각 지역의 특산품을 나타내는 문양이니 거의 확실하겠지만 혹여 아닐 수도 있소. 확실히 하기 위해선 일일이 다니며 확인해 봐야겠지만 당장에는 시간이 없으니 아벨로 들어가는 입구로 생각되는 이곳으로 우선 나갑시다."

"네!"

일행은 차잎 모양의 표시가 되어 있는 동굴로 길을 잡고 들어갔다. 예전부터 아벨 지역은 차로 유명했으니 수백 년 전에도 그랬을 것이란 생각으로 모험을 하는 것이다.

샤의 명령에 의해 출발이 늦어진 일행들은 각자 볼일을 보며 정찰병들의 보고를 기다리고 있었다.

정찰병들이 돌아오면 바로 국경을 넘을 생각에 짐도 풀지 못하고 준비 중인 상태로 대기하고 있는 것이다.

점심때가 지나도 정찰병들이 돌아오지 않자 하루를 더 머물렀다가 다음날 떠나기로 하고 다시 성안으로 들어가려는 샤를 그레그가 불러 세웠다.

"전하! 급보이옵니다!"

내성 안으로 들어가려던 샤가 뒤돌아보자 그레그가 숨을

헐떡이며 달려오는 모습이 보였다.

"무슨 일이냐?"

"헉헉. 카트나의 에밀 백작이 헤네시 제국군에 의해 납치 당했답니다."

"뭐? 소상히 말해보거라!"

"자세한 것은 곧 도착할 전령들이 알려줄 것이나, 우선 전하께서 국경을 넘어가는 것을 막으라는 폐하의 명령이 있다고 하여 먼저 달려온 것입니다."

"알았다. 전령들은 어디까지 왔느냐?"

"곧 도착할 것이옵니다."

샤는 갑작스런 카트나 고위 귀족의 납치 문제가 터진 것에 대해 당황스러웠다. 에밀 백작이라면 지난번 승전 무도회 때 봤던 사람이고, 샤가 알기로 카트나 제국의 양대 기둥 중 한 명인 베링 공작가의 차남이었다.

"알았다. 전령이 도착하는 대로 알려라."

"네, 전하!"

샤는 당분간 국경을 넘는 것을 포기해야 함을 느끼고 파렐을 데리고 내성으로 들어가 전령을 기다렸다.

생각해 보면 아슬아슬한 상황이었다. 자신과 파렐이 아무리 뛰어난 검사이고, 자신의 기사단이 아무리 뛰어나더라도 120여 명의 기사단만을 대동한 채 적국의 수도로 들어가려 한 것부터가 잘못된 생각일지도 몰랐다.

"전하, 전령이 당도하였습니다."

파렐 또한 내막을 알기 위해 샤의 집무실 밖을 서성이고 있었던 듯 파렐의 음성이 들렸다.

"들어오라고 하시오."

문이 열리며 초췌한 모습의 기사 복장을 한 젊은이가 들어왔다. 샤의 앞으로 다가와 국왕의 인장이 찍힌 서한을 파렐에게 전달하고는 별다른 말없이 인사만 하고는 밖으로 나갔다.

파렐이 전해준 서한을 읽어 내려가던 샤는 안색이 점점 굳어가고 있었다.

"결국 카트나가 일을 벌이는구나."

카트나에서 록트에 전한 내용과 록트에서 별도로 알아본 내용 등이 적혀 있는 서한을 찬찬히 읽어 내려가던 샤는 범인이 카트나임을 금방 알아차렸다.

사실 헤네시가 바보도 아니고, 지금 이 시점에서 그런 일을 벌일 이유가 없었다. 나중에라면 몰라도 당장에 전력이 2배 이상이나 차이가 나는 상태에서 즉각 전쟁에 돌입할 수도 있을 만큼 큰 사건을 헤네시가 일으킬 이유가 없는 것이다.

샤에게서 서한을 전해 받아 꼼꼼히 읽어보던 파렐은 이윽고 다 읽었는지 탁자 위에 서한을 내려놓고 샤를 바라봤다. 샤는 대뜸 질문을 던졌다.

"어쩌면 좋겠소?"

"전하, 헤네시에는 들어가지 않는 것이 좋을 것 같습니다. 폐하께서 준전시 체제 상태를 선포하셨다면 전쟁에 돌입했다고 봐도 무방합니다. 헤네시에서도 이런 내용의 서한을 카트나에게서 받았을 것입니다. 이왕 전쟁이 결정된 것이라면 하루라도 빨리 전쟁을 준비하는 것이 이롭습니다."

"……."

샤는 말없이 자리에서 일어나 방 안을 돌며 고민을 했다. 어차피 해야 할 싸움이라면 최소한의 피해로 빠르게 끝내야 한다.

만약 싸우지 않고 해결할 수 있다면 그렇게 해야 한다. 너무도 당연한 말이다. 그런데 생각해 보면 카트나가 너무도 얄밉고 괘씸했다.

자신이 형에 대한 복수도 포기한 채 전쟁을 막으려 헤네시의 수도까지 들어가려 함을 알고도 저지른 자작극이라는 것이 더욱 화가 났다.

이런 생각을 하다 보니 전날의 꿈이 생각났다. 너무도 생생하고 또렷하게 기억나는 꿈이었다. 잊어버리고 싶은 꿈인데 계속하여 머릿속을 맴돌았다.

무엇을 암시하려는 꿈 같기도 하고, 아니면 막상 헤네시로 넘어가려니 긴장된 마음을 나타내는 꿈 같기도 했다.

"어쩔 수 없지. 그레그를 불러 이곳의 방비를 더욱 단단히 하라고 하시오. 내일 당장 아벨로 돌아가 상황을 더 지켜봅시다."

"네, 알겠습니다."

샤라고 별다른 방법이 있을 수는 없었다. 지금은 만약의 사태를 생각하며 자기 자리를 지키고 있는 것이 최선이었다.

그렇다고 카트나와 같이 그리니치와 헤네시를 선공할 마음은 없었다. 만약 카트나가 이번 일로 전쟁을 일으킨다면 최대한 참전을 늦추기로 마음을 먹었다.

이번 기회가 어떻게 보면 카트나의 힘을 줄이고 록트에서 카트나 군을 내보낼 수 있는 기회가 될 수도 있는 것이다.

물론 많은 피를 흘려야 하겠지만 샤의 입장에선 카트나 병사들의 사정까지 생각하며 움직일 여력은 없었다.

"그리고 그리니치와의 국경에 접한 영지민들은 최대한 북쪽으로 피난해 있으라고 각 영지에 전달하시오."

"네, 바로 조치하겠습니다."

파렐이 일을 보러 나가자 샤는 전체적인 상황을 조합하며 앞으로의 일을 생각하기 시작했다. 당장에 전쟁이 발발한다면 카트나의 선공으로 시작될 것이다.

록트의 병사들과 필립 공국에 머물러 있는 병사들, 그리고 필립 공국의 병사까지 포함하면 물경 15만의 병사를 자체적으로 동원할 수 있는 것이 카트나 파병군 총사령관의 능력이었다.

거기에 록트에서 14만의 지원을 받는다면 압도적인 우위에서 전쟁을 치를 수는 있을 것이다. 그러나 헤네시 또한 제국이라는 이름답게 숨겨진 힘이 남아 있을 수는 있다.

막상 겉으로 나타난 전력은 전쟁을 시작했을 때 어떤 변수에 의해 어떻게 변할지 아무도 모른다.

그렇기에 샤 또한 헤네시를 만만하거나 쉬운 상대로 보지 않았다. 가장 우려되는 상황은 헤네시가 지난 4국 연합과의 전쟁과 록트와의 전쟁 등 두 번의 큰 전쟁을 치렀다는 것이다. 그 말을 다시 생각해 보면 대부분의 병사들이 정예병이라는 것이다.

이와는 달리 록트는 기존에 있던 병사를 제외하고는 전부 신병이었고, 카트나는 근 50년 넘게 전쟁을 치러본 적이 없는 병사들이었다.

이런 사실들이 어떻게 전쟁에서 나타날지는 두고 봐야 하겠지만, 결코 헤네시를 만만하게 볼 수 없게 만드는 요인이었다.

파비앙의 입장에서는 이렇게 위험하고 피해야 할 전쟁은 평생에 걸쳐 처음이었다. 자신이 방어해야 할 그리니치 공국은 구 아벨과 록트, 그리고 필립 공국과 더불어 몰모르 왕국까지 네 곳의 왕국과 국경을 맞대고 있었다.

평화 시라면 중개무역이라도 하고 활발한 교류로 인해 이득이면 이득이었지 손해날 일은 아니었다.

그러나 지금처럼 국경을 맞대고 있는 대부분의 왕국들과 적대적인 상황일 경우에는 참으로 곤혹스러웠다. 아벨과 록트가 하나가 되고, 세 개의 왕국과 국경을 맞댄다고 해도 상황은 변하지 않았다.

오히려 록트와 아벨이 하나가 되면서 규모는 거대해지고 명령 체계가 통일되어 더욱 강해졌을 뿐이다.

"우리가 나중을 생각하여 작전을 짜게 되면 당장에 물량에 밀리고 한번에 모든 병사들을 투입하자니 전쟁 중반에 적들이 어떻게 나올지 알 수가 없는 상황이구나. 참으로 힘든 싸움이 되겠어."

만약 이쪽이 병사를 아낀다면 적들은 분명 후방을 노리고 별도의 부대를 투입할 수도 있을 것이다. 그렇지 않더라도 너무나 많은 병력의 차로 순식간에 밀릴 수밖에 없을 것이다. 파비앙이 가장 크게 염려하는 것은 카트나 제국이 몰모르 왕국을 이용하여 배나 육로를 통해 본국의 병사들로 후방을 치는 상황이었다. 그렇게 된다면 현재로서는 막을 수 있는 병사가 전혀 없는 것이다.

"각하, 급보이옵니다!"

사령부로 쓰고 있는 막사의 문을 열고 부관이 달려 들어왔다. 표정을 보아서는 당장 전쟁이 벌어졌다고 해도 믿을 수 있을 것 같았다.

"무슨 일인가?"

"카트나가 록트와 필립에 있는 카트나 군들을 전진 배치하고 훈련에 들어갔다고 하옵니다."

"드디어 시작이군. 록트의 동태는 어떤가?"

"록트 또한 전 영지에 준비 태세를 갖추고 후방 지원군을 국경으로 보내려 한답니다."

"알겠네. 서둘러 각 부대장들을 들어오라고 하게."

부관이 막사 밖으로 나가자 파비앙은 지도를 펴고 생각에 잠기었다. 카트나는 필시 양쪽에서 공격을 해올 것이다. 이에 록트가 가세를 하면 넓게 포위망을 구축하여 전멸, 내지는 항복을 받아내려 할 것이다.

만약 전부를 막으려 한다면 필히 패하고 말 것이다. 한 곳에 집중하여 포위망을 뚫고 위치를 바꿔야 한다. 방어자가 아닌 공격자의 입장이 된다면 더욱 쉽다. 그렇게 하려면 적들은 분산시켜야 한다.

"생로(生路)를 찾자면 한곳으로 집중해야 한다. 어디가 좋을까?"

지도를 보며 고심에 고심을 하는 파비앙이었다. 어디로 가도 쉬운 길은 없었다. 적들의 작전만 안다면 길을 찾을 수 있을지도 모르겠지만, 그것조차 알 수 없는 안개 낀 밤길이었다.

하나둘씩 부대장들이 들어오자 넓다고 생각한 막사 안이 꽉 채워지고 있었다.

"각하, 부장들이 모두 모였습니다."

부관의 보고를 받은 파비앙은 지도를 가리키며 나지막하게 이야기를 시작했다.

"카트나와 록트가 병력을 움직이고 있다는 첩보가 있었소. 당장 전쟁 발발이 내일이 될지 모레가 될지 알 수 없는 상황이오. 명분이야 우리가 놓친 에밀 백작이라는 놈을 내세울 것으로 보이오."

파비앙의 말이 끝나자 막사 안이 술렁이기 시작했다. 서로 이야기하는 부장들을 둘러본 파비앙은 헛기침을 하며 이야기를 이어갔다.

"크흠, 모두 조용히 하시오."

파비앙의 말에 모두의 시선이 파비앙에게로 몰리며 정적이 감돌았다.

"하여 지금부터 우리도 전쟁을 준비해야 하오. 앞으로 들어오는 정보를 보고 결정해야 할 상황이지만, 우리 군은 따로 나뉘어 움직이지 않고 모든 군이 함께 움직일 것이오. 회의가 끝나는 대로 후방군을 전부 이쪽으로 부르시오. 그리고 부관은 즉시 수도에 전령을 보내 전쟁이 임박했음을 황제 폐하께 알리시오."

"네, 각하!"

"이제 우리는 25만 대군을 맞아 살아남는 것뿐만이 아니라 제국의 영토인 그리니치와 우리의 자존심을 지켜내야 할 때요! 모두 단단히 각오들 하시오!"

"네, 각하!"

20여 명이 넘어가는 부장들이 일제히 이구동성으로 대답하자 막사 밖까지 소리가 울려 퍼져 나갔다.

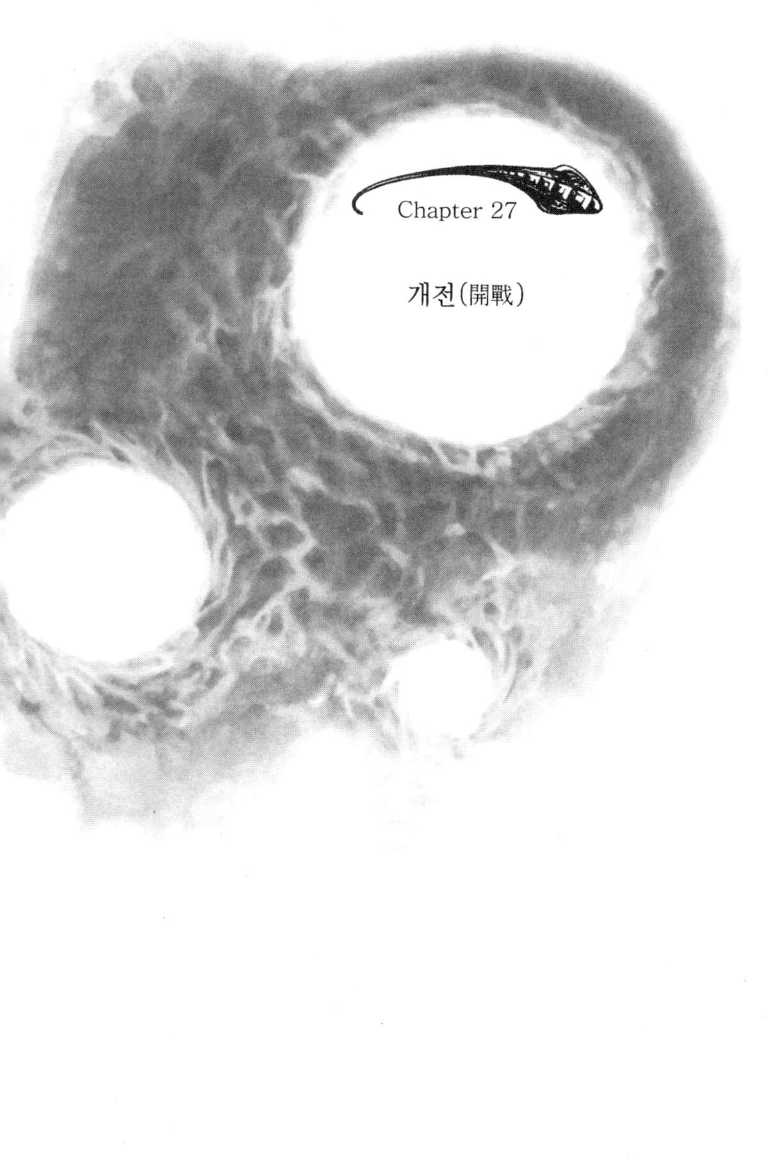

Chapter 27

개전(開戰)

해상왕이라 불리며 중앙해역에 작지만 자신만의 영토를 확보하고 강력한 전함을 소유한 라샤르는 헤네시 제국의 황제에게 직접 주문받은 밀을 수송하고 있었다.

헤네시 제국의 엘라와 바이런 항에 각 10만 자루씩의 밀을 무사히 수송하고, 마지막으로 그리니치 공국에 5만 자루의 밀을 수송하여 주면 끝나는 일이었다.

한 번에 25만 자루의 모든 밀을 싣고 움직이고 있는 상황인지라 여간 조심스럽지 않았던 항해였다.

첫 수송지인 바이런 항을 항해하던 중 만난 프리츠 군도의 해적들을 맞아 완벽한 승리를 거두고 새로운 항로를 개척한 라샤르는 무사히 헤네시 제국의 바이런 항과 엘라 항에 20만 자루의 밀을 하역해 준 뒤 그리니치로 향하고 있는 상황이었다.

대금은 전액 금으로 헤네시 제국의 황실에서 받아 배에 가득 실은 상황이었다. 무사히 거래도 마치고 중앙해역의 골칫거리였던 해적까지 소탕한 라샤르이었지만 그에게는 선원과 부하들에게 말 못할 고민이 있었다.

상인들이라면 모두 알고 있을 정보인 록트와 카트나 연합과 헤네시와 그리니치 공국 연합의 전쟁이었다.

라샤르는 선장실에 딘과 엘튼을 불러놓고 대화를 나누고 있었다. 선장실 안의 분위기가 어두운 것이 심각한 대화를 나누는 듯 보였다.

"록트로 가시겠소?"

라샤르의 말에 딘과 엘튼은 서로를 바라보았다. 생각 못한 것은 아니었지만 자신들이 빠지면 라샤르의 일에 차질을 줄 수도 있었다. 록트에서 샤의 명령으로 라샤르를 따라온 기사들이 대부분 라샤르의 부대를 지휘하고 있기 때문이었다.

"저희들의 마음이야 주군의 어려움을 알기에 도우러 가고 싶습니다만 여기서 영주님을 돕는 것도 주군의 명입니다. 저희들은 여기에 남겠습니다."

"고맙소. 딘 경이 그렇게 말씀하실 줄 알았소. 하나 전쟁이 터진다면 록트에 남아 있는 가족들과 지인들이 위험에 빠질 수도 있소. 당신들이 있다면 큰 도움이 될 것이오. 그래도 가지 않겠소? 나는 걱정하지 않아도 되오."

라샤르는 딘을 떠보려는 듯 전쟁후의 상황을 설명하며 두 사람을 번갈아 바라봤다. 그러나 딘과 엘튼은 무덤덤한 표정이었다.

"물론 그렇습니다만, 저흰 주군이신 왕세자 전하를 믿습니다. 그분이시라면 큰 피해 없이 헤네시를 물리치실 것이라 믿습니다."

"마치 광신도들 같구려. 절대적인 믿음이라니……."

라샤르가 일부러 비꼬려고 한 말은 아니었다. 사실이 그랬다. 라샤르가 록트에 있으면서도 느낀 것이지만 샤의 부하들, 정확히는 기사들이겠지만 그들은 샤를 신처럼 생각했다.

그의 업적을 보면 이해가 안 가는 것은 아니지만 가끔은 그런 샤에 대해서 질투를 느끼기도 하는 라샤르였다.

"어쨌든 당신들의 뜻은 알겠소. 그리니치에 도착하기 전에 어떤 식으로든 결정이 내려질 것이오. 만약 필요하다면 나 또한 최선을 다해 왕세자 전하를 도울 것이오. 그러니 그렇게 알고 이번 일로 동요하지 않길 바라겠소."

"심려 마십시오."

대화가 끝나자 두 사람은 각자의 자리로 돌아갔다. 선장실에 홀로 남은 라샤르는 다시 고민을 해야 했다.

라샤르 또한 샤를 돕고 싶었다. 그러나 자신이 알고 있고 세상이 알고 있듯이 록트는 예전의 록트가 아니었다. 카트나 없이 헤네시와 전쟁을 해도 지지 않을 만큼 강한 왕국인 것이다.

그러나 라샤르의 마음은 편하지 않았다. 어찌 보면 적국이랄 수 있는 헤네시 제국에 군량미를 판매하여 수익을 낸 것이다.

결과적으로는 적국을 도와준 것이니 배신을 한 셈이다. 어떤 식으로든 샤에게 받았던 고마움을 돌려주고 싶은 라샤르로서는 이번 전쟁에서 자신이 록트를 도울 수 있는 일이 있다면 돕고 싶은 것이다.

그러나 현실은 그렇지 못하니 갈등을 할 수밖에 없는 것이다.

"아무래도 이대로는 안 되겠어. 이번 전쟁이 끝나면 언제 다시 샤 왕세자에게 빚을 갚을 길이 있을지 장담할 수도 없는데, 심각하게 참전을 고려해 봐야겠군……."

마이어호프 후작은 헤네시와 록트에 서한을 보내놓고 답신을 기다리면 시간을 저울질하고 있었다.

이미 국경 부근으로 부대를 전진 배치하고 연일 훈련을 하며 언제라도 공격을 할 수 있게 준비를 해놓은 상태였다. 사실상 전쟁 돌입 직전이라고 봐도 무방했다.

"적들의 동태는 어떠냐?"

"후방 지원군을 1군단 방향으로 움직이는 것 같습니다. 아무래도 우리의 움직임을 보고받았겠지요."

"그렇겠지. 그리고 다른 연락은 없었느냐?"

부관의 눈을 바라보며 물어보는 것이 둘만이 알고 있는 비밀 이야기라도 되는 듯 보였다.

"아직 연락이 없습니다. 별일은 없을 겁니다. 10여 명의 요원들이 함께 갔으니 걱정 안 하셔도 됩니다."

"혹시 모를 일이니 재차 확인해 보도록 해라."

"네, 각하!"

"1군단에 병력이 모인단 말이지? 그럼 필립에 전령을 띄우고 록트리아에도 전령을 보내도록 해라."

마이어호프 후작은 카트나의 병력으로 선공을 하고 필립과 록트의 병력으로 그리니치를 포위하여 섬멸한다는 계획을 가지고 있었다.

록트나 필립 공국이 전쟁을 반대하더라도 자신이 선공을 취하면 마지못해서라도 전쟁에 참여할 수밖에 없는 상황인 것을 알기에 과감하게 일을 벌이려고 하는 것이다.

명분도 준비되었으니 이제 공격만 시작하면 되는 상황이었다. 물론 우방인 록트와 필립에 미리 알리기는 해야겠지만 모든 작전이 서고 공격 시점이 되고 나서 알려도 무방할 것이라 생각하여 미뤄둔 것인데 이제 그 시점이 다가온 것이다.

"공격 준비를 서두르고 최후 통첩을 헤네시에 보낸 뒤 대답이 없으면 바로 공격할 수 있도록 만반의 태세를 갖추도록 해라!"

"네, 각하."

전쟁의 시작이 다가오고 있었다. 마이어호프 후작이 직접 거느린 병력은 타린에 7만, 필립에 4만이 주둔 중이었다.

이 병력에 필립 공국 자체 병력 6만이 더해진다면 17만이었다. 물론 필립 공국의 모든 병력을 동원할 수는 없었다. 최대로 잡아 4만 정도만을 움직일 수 있다 하면 15만 병력이었다.

첫 공격은 15만 병력을 그리니치의 1군단과 2군단이 방어하는 국경 지역으로 밀고 들어가는 것이다.

일단 공격이 시작되고 전쟁이 벌어지면 록트는 자동적으로 공격에 참여해야만 하는 상황이 된다.

사실 15만의 병력이라도 헤네시의 12, 3만의 병력과 싸워 승리를 한다는 보장은 없었다. 거기다 헤네시 측은 수성이었다. 즉 공격자가 압도적으로 많지 않으면 힘들다는 것이다. 이것이 마이어호프 후작이 생각한 작전이었다. 공격을 하되 병력의 피해를 최소화하여 공격 시작만을 하고 뒤로 빠진다는 것이었다.

록트가 참전하게 되면 마이어호프 후작은 자신의 병력은 직접적인 전투에 참여시키지 않고 시간을 끌며 뒤로 물러날 참이었다.

그 뒤엔 헤네시와 록트의 전쟁을 지켜보며 적당한 때에 록트를 도와 종전 협상을 주도하면 되는 것이다.

부관이 집무실을 나가자 마이어호프 후작은 지도를 보며 첫 공격을 어디서부터 할 것인지에 대해 작전을 세우기 시작했다.

"일단은 전 병력을 움직여 대단위 공격을 한 번 하고는 뒤로 빠지면 되겠지. 하면 록트에서도 어쩔 수 없이 참전할 터이고 필립의 병력을 참전시키는 것도 가능할 것이야."

지도에 표시를 해가며 혼잣말을 하는 마이어호프의 얼굴은 상기되어 있었다. 몇 년간을 애타게 기다려 온 순간이 다가오고 있는 것이다.

헤네시 제국의 황궁 안에 위치한 대전 안은 다급히 몰려 들어온 대신들로 가득 차 있었다. 니콜이 황제가 된 후 제국의 사정은 날로 좋아지고 있었지만, 아직도 두 번의 전쟁이 남긴 후유증을 완벽하게 복구하지는 못했다. 부족한 식량 사정과 줄어든 전력으로 또다시 전쟁을 치르기엔 무리였다.

니콜은 좌우로 도열해 있는 대신들을 바라보며 질문을 던지고 있었다.

"일라이치 후작 노예병들을 징집하는 것은 어찌 돼가고 있소?"

"네, 폐하. 현재 서부 지역에서 4만이, 동부 지역에서 7만이 지원하였으나 장비 보급과 훈련 미숙으로 전장에 바로 보내는 것은 무리입니다. 전장에 보내려면 최소 1달간의 준비기간은 필요합니다."

"한 달이나 필요하단 말이오?"

"인원이 원체 많은 터라 각 영지에 할당하여 장비를 보급하고는 있지만 아직 전부 보급이 되지는 못했습니다. 그리고 노예병이기는 하나 방패막이로 쓸 인원들이 아닌 일정 기간 복무를 하면 면천하여 제국의 백성이 될 자원인지라 제국의 병사로서 받아야 할 최소한의 훈련은 시켜야 하옵니다."

"알겠소. 그렇다고 하더라도 당장에 제국이 위험에 처해 있으니 최대한 서둘러 주시오."

"네, 폐하."

"전에 샬롯 백작을 통해 해상왕이라는 자에게 밀 구입을 의뢰한 일은 잘 처리되었소?"

멀뚱히 앞만 바라보고 있던 샬롯 백작은 자신의 이야기가 나오자 긴장을 한 채 앞으로 나서며 부복을 하였다.

"폐하의 명을 받아 라샤르 경에게 맡긴 일에 대하여 보고하겠나이다. 현재 보고를 받기로 엘라와 바이런 영지에 각 10만 자루의 밀을 안전하게 하역하였으며, 나머지 5만 자루의 밀을 가지고 그리니치로 향하였다고 하옵니다. 바이런 항에서 떠난 날짜로 보아 10일 안에 도착할 것으로 보이옵니다."

"그래? 일을 잘 처리하였구나. 그 라샤르라는 상단주는 황궁에 들기로 하였느냐?"

샬롯 백작은 순간 긴장감에 등에 식은땀이 흐르기 시작했다. 니콜이 명한 일을 완벽하게 하지는 못했다. 실상 중앙해역의 패권을 가지고 있는 라샤르를 제국의 신하로 삼아 영향력을 확대하고 해상무역을 확대하려고 하였던 것이다. 비록 그것이 제일 중요한 일은 아니나 제국의 미래를 생각할 때, 아주 중요한 일이었다.

"폐하! 신을 벌하여주십시오. 라샤르 드 루델 경은 폐하께옵서 직접 내리신 작위와 영지에 대해서는 확답을 피하고 거래만을 받아들였나이다. 하여 부득이하게 나중을 기약하였나이다."

"그래? 배포가 있는 놈이구나. 알았다. 그 일은 차후에 다시 논의하기로 하자."

"네, 폐하!"

샬롯 백작은 꾸중을 할 줄 알았는데 그냥 넘어가자 다행이면서도 황제가 포기하지 않았으니 언젠가 다시 라샤르를 만나러 가라는 명이 떨어질 것이라 생각하며 천천히 뒤로 물러났다.

니콜은 대신들을 바라보며 자리에서 일어나 이번 전쟁에 관한 당부를 했다.

"모두 들으시오! 그리니치에서 올라온 보고서의 내용으로 봐서는 조만간 카트나 제국이 공격을 해올 것이라 하오! 없는 것을 만들어낼 수는 없지만, 있는 것을 최대한 활용하여 이 힘든 상황을 타개해야 하오! 이는 힘없는 평민들과 노예에게만 미룰 것이 아니라 귀족들이 앞장서야 할 일이오! 귀족의 본분은 나라가 어려움에 처할 때 앞장서는 것이오! 이것을 망각한 귀족이 있다면 단호히 귀족의 작위를 박탈할 것이오!"

니콜의 단호한 말에 대신들은 숨을 죽였다. 황제 본인이 황실의 재산을 내놓았으니 대신들도 내놓아야 할 것이 분명하다.

아니, 제국의 귀족이라면 나라가 힘들 때 앞장서는 것이 당연한 것이지만 주변의 눈치를 보며 미루는 귀족들이 있었다.

니콜은 그런 귀족들에게 들으라는 듯 말하는 것이다. 말이 11만이지 새롭게 11만 병사를 조련하고 병장기를 맞춰주려면 어마어마한 자금이 들어가는 것이다.

전쟁이 임박해서 준비하는 것이 조금은 늦은 감이 있지만 지금이라도 서둘러 준비를 해야 하는 것이다.

니콜의 말이 무엇을 뜻하는지 이해한 일라이치 후작은 앞으로 나서며 니콜의 말을 이어 대신들이 들으라는 듯 자신의 의견을 말했다.

"폐하의 명을 받아 제국의 모든 귀족들에게 작금의 위급한 상황을 알리고, 나라를 위해 나서줄 것을 요청하겠나이다."

"그러시오! 당장 제국 전역에 파발을 띄워 귀족으로서의 본분을 다하라고 하시오! 이 기회에 제국에 충성하는 자가 누구이며 불충하는 자가 누구인지 가려야겠소!"

"네, 폐하!"

좌우로 도열해 있는 대신들은 니콜의 명에 복잡하게 머리를 굴리기 시작했다. 얼마를 내어놓아야 할지 계산하는 것이다. 고위 귀족이라는 후작 이상의 대신들은 벌써 한차례 기부를 한 터였다.

그들의 기준에 맞출 수는 없겠지만 최소한 다른 이들보다 조금이라도 더 내야 생색이 나는 것이다.

록트와 헤네시에서는 원하지 않는 전쟁이었고 카트나는 일어나 줬으면 하는 전쟁이 시작되었다.

첫 전투는 록트와 그리니치의 국경에서 시작되었다. 마이어호프 후작은 직접 록트에 파병 나와 있는 7만의 병사들을 전부 이끌고 공격에 들어갔다.

피렌 소산맥을 넘어 그리니치 공국의 국경 수비군과 대치한 카트나의 7만 병사는 1만 명씩 나뉘어 정렬한 채로 마이어호프 후작의 공격 명령을 기다리고 있었다.

국경성을 지키는 병사의 수는 1만으로 알려져 있었다. 헤네시의 입장에서 보면 수적으로 도저히 막을 수 없는 상대였다. 그러나 그들은 성을 포기하고 도망가지는 않았다. 끝까지 싸우려는 듯 분주히 수성을 준비하고 있었다.

"각하, 모든 준비가 완료되었습니다."

부관의 보고에 마이어호프 후작은 말에 올라 천천히 앞으로 나섰다. 마이어호프 후작의 눈에 그리니치 공국의 국경 수비대가 바쁘게 움직이는 것이 보이기 시작했다.

육안으로 보일 정도의 가까운 거리에 있는 것이다.

허리에 찬 검을 꺼내 든 마이어호프 후작은 한 손으로 하늘을 향해 검을 치켜들고는 온 힘을 다해 공격 명령을 내렸다.

"공격하라!"

"전군 공격하라!"

마이어호프 후작의 명을 각 부대장들이 따라 외치기 시작하면서 각 부대별로 진군을 알리는 북소리가 울리기 시작했다.

둥! 둥! 둥!

"전군 공격하라! 성을 함락하라!"

진군의 북소리가 병사들의 발걸음과 공명하며 땅이 울리고 그 소리와 함께 병사들의 심장 소리도 점점 커지고 있었다.

성벽과 가까워지자 사다리를 들고 있던 병사들이 달리기 시작했다. 성벽에 사다리를 걸치고 병사들이 타고 오를 수 있게 버텨야 하는 것이다.

"달려라! 사다리를 걸쳐라!"

"와! 공격하라! 성벽을 넘어라!"

여기저기서 고함 소리가 들리기 시작했다. 사다리가 성벽에 걸쳐지자 뒤따르던 병사들이 날아오는 화살을 피해가며 혹은 화살에 맞아 죽어가는 동료들을 뒤로한 채 성벽을 오르기 시작했다.

성곽 위에서는 수성을 하는 병사들과 기사들이 화살을 쏘고 돌을 굴리며 성곽 위로 카트나 군이 오르지 못하게 막고 있었다.

"뭐, 뭣들 하느냐! 활을 쏘아라!"

성루에 오른 장수가 신경질적인 고함 소리를 토해냈다. 그러나 자신들만으로 대병인 카트나의 병사들을 막기는 힘들었다. 순식간이었다.

한곳이 뚫리면서 그곳을 통해 수많은 병사들이 성곽 위로 오르기 시작했다. 얼마간의 시간이 지나자 그리니치의 국경을 방어하던 성벽 위엔 카트나 제국 병사들로 가득 차고, 곧 성문이 열리기 시작했다.

"성문이 열렸다! 돌격하라!"

기사의 외침에 병사들이 성안으로 뛰어들기 시작했다. 너무도 쉽게 단 몇 시간 만에 국경성을 함락한 마이어호프 후작과 그의 부하들은 위풍당당하게 성안으로 입성했다.

"수비대장을 찾아라!"

"네! 각하!"

수비대장의 신병(身柄)을 확보하는 것이 무엇보다 중요했다. 마이어호프 후작은 이렇게까지 쉽게 성을 함락시키리라고는 미처 생각하지 못했다.

자신들의 움직임을 모를 리도 없을 텐데 너무도 쉽게 성을 함락한 것이다. 필시 자신들이 예상하지 못한 계략에 속은 것일 수도 있다는 생각이 들어 연신 주위를 두리번거리며 수비대장을 찾으라고 닦달을 했다.

"이상해. 너무도 이상하다. 아무리 우리의 병사들이 용맹하다고 해도 이렇게 빨리 성을 함락시킬 줄은 몰랐는데, 너무 쉽게 끝나 버렸어."

마이어호프 후작은 이해가 안 간다는 듯이 혼잣말을 하며 붙잡혀 끌려가는 적군들의 모습을 살폈다. 그러나 특별히 이상해 보이는 점은 없었다.

"부관!"

갑자기 뭔가가 떠오른 듯 부관을 큰 목소리로 불렀다.

"네, 각하!"

"붙잡힌 적병의 숫자를 정확히 파악하여 보고하라!"

부관이 물러나고 한참이 지나자 각 부대별로 보고를 시작했다.

"적병의 수가 생각보다 적습니다. 고작해야 2천이 될까 말까 합니다. 그마나 성이 함락되기 전에 대부분 도망가서 실제로 붙잡힌 수는 채 몇백이 안 됩니다."

"뭐라? 하면 일부러 성을 버리고 도망간 것이 아니냐?"

"그런 것 같습니다."

뭔가 단단히 잘못되어 가고 있었다. 자신들의 공격을 미리 알기야 하겠지만, 그래도 이곳은 국경이었다. 국경을 지키는 성을 버리고 도망가는 작전이 있다는 이야기는 들어본 적이 없는 마이어호프였다.

"다시 진군을 준비하라. 적들이 한곳에 합류하여 우리를 칠 시간을 주면 안 된다. 아마도 병력의 열세를 느낀 적들이 한곳으로 집결하여 우리의 뒤를 치려는 것 같다."

"네!"

명령이 떨어지자 전장을 정리하던 병사들이 다시 모이기 시작했다. 본래 마이어호프 후작의 계책대로라면 국경성을 함락하고 버티다가 록트가 참전하면 뒤로 빠지는 것이었다. 그러나 이 정도의 전투를 하고 뒤로 빠질 수는 없었다.

이대로 그리니치의 군사 도시로 알려진 탈라 시를 향해 나가면서 몇 번의 전투를 더 치르고 적당한 명분을 만들어 뒤로 빠져야 한다.

그 뒤엔 록트와 헤네시가 알아서 할 것이다. 너무 심하게 헤네시를 몰아붙여서도 안 된다. 록트가 쉽게 이겨 버리면 자신들이 나설 기회가 없어지는 것이다.

아벨로 급히 돌아온 샤는 자신이 당장 할 일을 찾았다. 전쟁이 일어날 경우를 가정하여 기사단을 정비하고 만약의 사태를 대비하여 플레이르에 전령을 보내 지원군을 편성하라는 명령을 하였다.

아직까지는 카트나 제국군이 그리니치의 국경성을 함락한 사실을 모르는 샤는 헤네시 측에서 어떤 조치를 취해서라도 전쟁이 터지는 것만은 막아줄 것이라 기대하고 있었다.

"전하! 그리니치에 들어갔던 존과 슈슈 양이 돌아왔습니다."

"들어오라고 하시오."

마샤의 보고에 샤는 자리에서 일어났다. 굳이 그러지 않아도 되었지만 고생하고 온 부하를 생각하여 일어나 맞아주려는 것이다.

샤가 자리에서 일어나 문을 바라보자 존과 슈슈가 조심스럽게 안으로 들어왔다. 그 뒤에는 뻘쭘하게 서서 어디에 눈을 둬야 할지 모르는 듯한 표정으로 두리번거리고 서 있는 사람이 있었다.

"고생들 했네. 한데 그 뒤에 있는 사람은 혹시 에밀 백작이 아니시오?"

"네, 전하. 맞습니다. 사정이 있어 같이 오게 되었습니다."

존의 대답을 들으며 샤가 손으로 앉으라는 듯 자리를 권하자 세 명은 자리에 앉았다.

"그래, 어떤 사정인지 들어보자."

샤의 물음에 그동안 자신들에게 있었던 일들과 에밀의 일까지 모두 보고를 끝마친 존은 마지막으로 품속에서 지도를 꺼내놓았다.

"전하, 이것은 앞에서 말씀드린 지하 통로와 그곳을 통하여 나가면 나오는 곳들의 지도이옵니다. 아직 모든 것을 기록하지는 못했지만 록트와 아벨, 그리니치를 연결하는 길은 모두 표시를 해두었습니다."

"그래? 훌륭하게 임무를 완수했구나. 존은 당분간 근위기사단인 아이올로스 기사단에 머물며 훈련을 하고 있도록 해라. 그리고 슈슈 양은 임무를 마쳤으니 집으로 돌아가야겠지?"

"……."

"아직 성인식을 못 치른 것이냐?"

"치렀습니다."

"다행이구나. 하면 앞으로 어찌할 것이냐?"

사실 슈슈도 성인식만 치르면 바로 집으로 돌아가려고 했다. 그러나 막상 성인식을 치르고 나니 집으로 돌아갈 마음이 사라졌다. 아직 한참 어린 나이에 산속에 틀어박혀 있을 생각을 하니 막막했던 것이다.

"세상을 좀 더 구경하고 싶습니다."

"그래? 하면 내가 존의 아내인 리지 행정관에게 이야기해둘 터이니 당분간 그녀와 함께 일하며 지내도록 해라."

"네, 감사하옵니다."

두 사람과의 대화를 끝낸 샤는 에밀을 바라보았다. 존과 샤가 이야기하는 내내 말없이 자리를 지키고 있던 에밀은 참 민

망하기도 하고 뭐라고 먼저 말을 꺼내기도 애매하였다. 지난 번 전승 기념 무도회에서의 사건도 있었고, 이자벨과의 일도 마음에 걸리는 에밀이었다.

"이야길 들어보니 자네의 상황이 참 안됐구먼. 하나 자네는 당분간 이곳에 머물러야겠네."

"네……."

두 사람의 대화는 그것으로 끝이었다. 마이어호프 후작이 내세운 명분대로 에밀 백작의 실종 및 납치가 전쟁의 명분이라면 에밀 백작을 찾았으니 전쟁을 막을 수 있었다.

하지만 그것은 명분일 뿐이고, 사실상 마이어호프 후작에 의해서 제거될 수밖에 없는 상황인지라 쉽게 밖으로 나다닐 수도 없는 처지가 되었다.

에밀이 살아남기 위해서는 자신의 본가로 무사히 가는 방법밖에는 없는 것이다.

대화를 마치고 사람들이 나가자 샤는 급하게 월리와 파렐을 불러들였다. 존의 말대로라면 전쟁은 필연이었고, 그에 대한 대책을 논의해야 하는 것이다.

마이어호프 후작은 병사들을 몰아 1군단 주둔 지역으로 향했다. 물론 그곳을 직접적으로 공격할 생각은 없었다. 지근거리까지 다가가 병력을 주둔시키고 록트의 참전을 기다리려는 심산이었다.

그리니치의 1군단 지역은 파비앙이 지휘하고 있었고, 병력이 기존의 그리니치 공국군 2만에 닉 혼비가 록트와의 전쟁에서 패하여 데리고 간 병력이 3만 가까이 되었다.

거기에 헤네시 제국 측에서 꾸준히 병력을 보내 6만에 달하는 대병력이 집결하여 있었다. 그리니치 공국에 있는 병력의 반이 이곳에 주둔하고 있는 것이다.

마이어호프 후작의 병력은 국경에서 1군단 지역까지 내려오면서 3곳의 마을을 불태우고 1천에 달하는 병사들을 사로잡았다.

그래서인지 길게 줄지어 행군하는 카트나 병사들의 어깨에는 잔뜩 힘이 들어가 있었다. 국경성 함락과 함께 지나오면서 치른 모든 전투를 너무도 쉽게 이겼기 때문이다.

마치 자신들이 무적의 병사라도 된 듯한 표정들이었다. 그것은 비단 병사들만의 모습은 아니었다.

기사와 지휘관들도 너무도 쉽게 전투가 진행되자 이대로 자신들이 그리니치를 지나 헤네시 제국까지 진격하자는 말도 하고는 했다.

긴 행군의 중간에 위치한 마이어호프 후작의 옆으로 부관이 말을 타고 다가와 보고를 했다.

"각하, 반나절만 더 가면 적군의 진영이옵니다. 더 가까이 가옵니까?"

"그래? 하면 이곳에 진지를 구축하고 정찰병을 보내 주변 상황을 파악하도록 하라!"

"네, 각하!"

병사들은 행군을 멈추고 주변을 정찰하여 막사를 짓고 목책을 만들기 시작했다. 7만의 대병력인지라 주변에 조금이라도 넓어 보이는 공터에는 빠짐없이 막사를 세우고 둘레에 목책을 치고 있었다.

"와! 이 억새풀 때문에 막사 치기가 너무 힘들다. 이거 전부 잘라내야 하나?"

"잘라내라잖아! 잔말 말고 어서 풀이나 베어내."

병사들은 여기저기서 막사를 치기 위해 잡풀과 나무를 베어내고 있었다. 막사와 막사의 거리를 일정 거리 이상 두어서 세우라고 명령했지만 병사들은 그 말을 잘 듣지 않았다.

그 일정 거리를 유지하려면 일거리가 많아지는 것이다. 나무도 베어야 하고 사람 키만큼이나 자란 억새풀들도 베어내야 해서 밤이 다되도록 일을 해야 하는 것이다.

하여 모든 막사들을 다닥다닥 붙여서 세우고 있었다. 또한 막사 주위로 도보 20보 안에 있는 풀들과 나무들을 베어내라고 명령했지만 그것 또한 잘 이뤄지지 않았다. 국경에서부터 행군을 해서 오느라 피곤했던 병사들이 말을 듣지 않은 것이다. 기사들도 길어야 며칠 있다 갈 것이라는 생각에 더 이상 재촉하지는 않았다.

밤이 되어 각 부대장을 호출한 마이어호프 후작은 적군이 바로 앞에 있다는 것을 강조하며 경계를 강화하라는 명령을 내렸다.

"진지 구축이 끝나는 대로 병사들을 보내서 적군의 상황을 세밀히 파악하게 하고 경계병을 2중, 3중으로 세우도록 해라!"

"네, 각하!"

마이어호프 후작의 명령에 각 부대장들은 자신들의 부대로 가서 병사들을 닦달하여 100미터 간격으로 3겹에 걸쳐 경계를 세웠다.

"아이고, 피곤하구먼. 뭔 놈의 경계를 이렇게 철통같이 세우는 거야."

경계를 나가면 한 병사가 투덜거리자 옆에서 따라가던 병사가 대꾸를 했다.

"적군이 코앞에 있으니까 해야지. 아무리 우리가 무적의 병사라고는 해도 잠잘 때 적이 야습이라도 해오면 곤란하잖아."

"우리가 무서워서 오지도 못할 놈들이야. 걱정 마."

"그래야지."

두 사람은 이야기를 하며 풀숲을 지나 자신들이 경계를 서야 할 장소를 향해 걷고 있었다.

대꾸를 하던 병사가 뭔가를 본 듯 앞서 걷던 병사를 불러 세웠다.

"이봐."

"왜?"

"저기 지나가는 게 사람이지?"

"뭐가? 안 보이는데?"

"뭔가 지나간 것 같은데……."

"숲 속이니 산짐승이 지나갔겠지 뭐. 야밤에는 보통 노루나 멧돼지가 돌아다니고는 하잖아."

"그런가? 그렇겠지?"

자신이 본 것이 산짐승이었을 것이라는 동료의 말에 확인도 안 한 채 그대로 자신들의 근무지로 가는 병사들이었다.

병사들이 지나가고 조금의 시간이 지나자 바닥에 엎드려 있던 인영이 모습을 드러내기 시작했다.

말없이 조용히 소리 죽여 몸을 일으킨 것은 사람이었다. 검은 옷으로 몸을 가린 두 사람이 허리를 숙인 채로 다시 풀숲을 헤치며 앞으로 나아가기 시작했다.

카트나 제국군의 주둔지로 잠입하는 사람들은 그들 둘만이 아니었다. 수백 명은 됨직한 사람들이 일정 거리를 두고 잠입을 시도했다.

그러나 그 정도의 인원으로 야습을 할 리는 없었다. 자그마치 7만에 이르는 대병력을 공격하는 인원치고는 너무 적은 수였기 때문이다.

새벽으로 넘어가는 시간이 되자 쌀쌀한 공기가 주변을 휩싸기 시작했다. 카트나 제국군의 주둔지 안에서 경계를 서던 병사들도, 막사 안의 당직병들도 모두 졸음을 이기지 못하고 고개를 끄덕이며 잠에 취한 상태였다. 그리고 그 사이를 조용하고 은밀하게 움직이는 사람들이 있었다.

그리고 얼마 후, 조용하기만 한 주둔지에서 연기가 피어오르기 시작했다. 연기는 주둔지 안쪽이 아니라 밖에서부터 피어오르기 시작하여 안쪽으로 번지기 시작했다.

"콜록! 콜록! 뭐야? 불난 거 아니야?"

"뭐?"

잠을 자던 병사들은 연기와 매캐한 냄새에 잠에서 깨어 급하게 밖으로 뛰쳐나오기 시작했다. 그제야 경계를 서며 졸던 병사들도 눈을 비비며 주위를 살폈다. 하지만 연기가 사방으로 번지기 시작해 시야가 확보되지 않아 주변이 잘 보이지 않았다.

막사 밖으로 뛰쳐나오자 낮에 자신들이 베어서 한쪽에 쌓아두었던 억새풀 더미와 나무들이 불에 타고 있는 것이 보였다.

그리고 그것들을 태우던 불길은 곧 막사 주변의 풀들을 태우기 시작했다. 막사 주변의 풀들을 조금만이라도 더 깎아주었더라면 막사에까지 불길이 번지지는 않았을 테지만 불에 타고 있는 풀들과 막사와의 거리가 너무도 가까웠다.

막사에 불길이 옮겨 붙어버린 것이다. 하나둘씩 막사에 불이 옮겨 붙더니 이윽고 막사 전체가 불길 속에 타 들어가기 시작했다.

여기저기서 들리는 비명 소리와 불을 끄라는 소리에 막사 밖으로 뛰쳐나오는 병사들로 인해 야영지는 아수라장을 넘어 지옥이 되어가고 있었다. 자그마치 7만의 병사들이 불길 속에 갇혀 버린 것이다.

"으악! 살려줘! 등에 불이 붙었어!"

"콜록! 콜록! 숨을 쉴 수가 없어!"

병사들의 살려 달라는 외침에 막사 밖으로 뛰쳐나온 마이어호프 후작과 부관은 주위를 둘러보고는 아연실색하고 말았다.

"이게 무슨 일이냐?"

"헤네시 군의 화공에 당한 듯하옵니다. 어서 피하셔야 하옵니다. 분명 적들이 이 주변을 포위하고 있을 것입니다."

"어디로! 어디로 간단 말이야! 우리의 병사들은 어쩌고!"

"각하, 우선 이 자리를 떠나야 합니다! 어서요!"

마이어호프 후작은 불길 속에서 우왕좌왕하며 어쩔 줄을 몰라 하는 병사들을 보면서 어찌해야 할지 갈피를 잡지 못했다. 그러나 주둔지 밖으로 도망 나가던 병사들이 화살에 맞아 죽는 것을 보고는 다짐한 듯 주위를 에워싸고 있는 기사들과 함께 급하게 탈출을 시도했다.

이와는 반대로 4킬로미터 밖에 위치한 산 위에서 카트나 제국군의 주둔지가 불에 타는 모습을 느긋하게 바라보는 이가 있었다.

"병사들을 시켜 주변을 포위하라 하고 나오는 족족 모두 사살하라고 해라!"

"네, 각하!"

파비앙은 자신의 작전이 성공한 것을 보며 흐뭇한 미소를 짓고 있었다. 비록 이것이 전쟁의 끝이 아니라 시작이겠지만, 어쨌든 전쟁의 시작은 파비앙 후작의 대승이었다.

무려 3만에 달하는 병사들을 불에 태워 죽이고 2만에 이르는 병사들을 포로로 잡아들였다. 나머지 2만은 그 화염 속에서도 살아서 도망을 갔다. 그 속에는 당연히 마이어호프 후작도 포함되어 있었다.

아침 나절에 도착한 전령을 통해 카트나 제국군의 그리니치 침공에 대한 소식을 전해 받은 샤는 오후가 되자 기사단 전체를 아벨 왕궁의 훈련장에 집합시켰다.

샤의 기사단은 총 5개로 이루어져 있는데, 각 기사단의 수가 타국의 기사단과는 성격이 현격히 달랐다.

우선 정원부터가 달랐는데, 근위기사단인 아이올로스 기사단의 경우 총인원만 1,980명이었다. 하나의 기사단이 4개로 나뉘어 아이올로스 제1기사단부터 제4기사단까지, 각기 480명씩 4개의 기사단이 합쳐져 하나의 기사단이 되는 것이다.

샤가 출정하면 따라나서는 기사단은 5개였다. 근위기사단과 함께 제피로스, 보레아스, 노토스, 에우로스까지 총 5개의 기사단에 각기 1,980명씩 5개 기사단의 총인원이 모두 9,600명이었다.

물론 이들 모두가 익스퍼트에 이른 정식 기사는 아니었다. 이는 수련 기사까지를 포함한 수였고, 이제 막 기사단에 들어와 변변히 검 한 번 잡아보지 못한 사람들도 있었다.

샤의 명령으로 훈련장에 집합한 기사단은 헤네시와의 국경에 머물러 있는 기사단이 하나를 제외한 나머지 4개의 기사단 전체가 집합한 상태였다.

"제군들 모두는 잘 들어라! 아침에 도착한 전령이 보고한 내용은 이미 너희들도 소문을 들어 아는 사람도 있을 것이다! 그렇다! 카트나가 기어코 록트가 원하지 않은 전쟁을 시작해 버렸다! 어찌 되었든 이것은 우리의 전쟁이고, 우리가 마무리를 지어야 할 전쟁이다! 또한 록트의 진면목을 온 천하에 알릴 기회가 될 것이다!"

샤가 잠시 말을 멈추고 오와 열을 한 치의 흐트러짐 없이 맞추고 서 있는 기사들을 둘러보았다. 훈련장 안은 적막감이 들 정도로 조용했고 모든 사람들의 눈은 샤를 향해 있었다.

"나와 함께! 왕국을 위해 죽겠는가!"

"악!"

기사들은 지난 영지 탈환 작전 전에 훈련하며 사용하던 구호를 외치고 있었다. 그런 기사들을 뿌듯한 표정으로 하나하나 눈빛을 맞추며 살피는 샤였다.

멀리 뒤쪽의 기사를 바라보던 샤는 아주 어리고 앳돼 보이는 수련 기사와 눈이 마주쳤다. 그 어린 수련 기사는 이제 막 성인식을 치렀을 법한 나이로 보였다. 샤의 눈에 그는 집에서 부모님의 보살핌을 받으며 살아가야 할 어린아이로 보였다.

그러나 지금은 전쟁 상황이었다. 농사를 짓다 전쟁에 나서는 병사들도 부지기수인 상황에 수련 기사라 해서 뒤로 물러날 수는 없었다.

훈련장에서 샤와의 대면식을 마친 기사들은 각자의 숙소로 돌아가 전쟁에 나아갈 준비를 했다. 3일 후 록트와 그리니치의 국경으로 출정을 하기 때문이다.

아직까지는 마이어호프 후작이 국경성을 함락하고 그리니치 공국의 수도를 향해 진격을 하고 있다는 보고만을 받은 상황이었다.

샤는 우선 국경으로 기사단을 이끌고 내려가 상황을 더 지켜본 후 카트나를 도와 그리니치로 진격할 것인지, 전쟁없이 사태를 마무리할 것인지 결정하기로 한 것이다.

"우리는 방어만 하면 안 되나요?"

프란시스가 집무실 문을 열고 들어오면서 샤를 향해 인사도 없이 바로 내뱉은 말이었다. 걱정이 되기에 한 말이라는 것을 알기에 샤는 작은 미소를 지어 보이며 대답했다.

"걱정 마시오. 당신도 잘 알 듯이 우리의 전력이 헤네시에 비해 훨씬 강하니 지는 일은 없을 것이오."

"그건 알지만……."

걱정이 되는 것은 어쩔 수 없는 일이었다. 샤의 출정 소식을 듣고 집무실로 달려온 사람은 프란뿐만이 아니었는데, 그 중에 플레이르 공국에서 샤를 돕기 위해 와 있던 슈비나를 포함한 여러 엘프들도 있었다.

"저희들도 참전하게 해주세요."

"당신들이 전쟁에 나가 싸우겠다는 것이오?"

"아니요. 저희들은 부상자들을 돌보는 일을 하고 싶어요."

"당신들에게서 치료 기술을 배운 사람들이 많으니 굳이 당신들이 직접 가지 않아도 되오."

"그들보다는 저희들이 조금이라도 더 나을 거예요. 저희들도 참전할 수 있게 해주세요."

샤는 치료사로서 전쟁에 참전하겠다는 그들을 차마 말릴 수가 없어 마지못해 허락하였다.

3일 후, 샤는 자신의 기사단 9,600명과 특수병이라면 나름 특수병인 초급 수준의 정령사와 마법사 10여 명, 그리고 부상자를 치료하기 위해 따라나선 엘프들까지 데리고 존이 알려준 동굴의 입구를 향해 길을 나섰다.

그리니치로 넘어가는 동굴의 입구가 있는 곳은 피렌 소산맥에서 시작하여 아벨을 관통하며 흐르는 올리브 강의 발원

지였다.

그곳은 산이 험준하고 높아 다른 곳과 연결된 길이 전혀 없었다. 때문에 그곳으로 사람들이 들어갈 이유는 없었다.

그러나 앞으로 수없이 많이 드나들 길이 새로 만들어지고 있었다. 1만 명에 이르는 사람들이 지나가면서 새롭게 길이 만들어지고 있었기 때문이다.

보기 좋게 대승을 거둔 파비앙은 4만의 병력을 데리고 급히 필립과 그리니치의 국경을 지키는 2군단으로 향했다. 이미 필립과 카트나의 연합군 8만이 2군단을 향해서 다가온다는 보고를 받기도 했고, 그렇지 않더라도 최소한 국경을 넘어 들어올 것이라는 것은 누구나 예상할 수 있었다.

본래 마이어호프 후작이 이끌고 내려온 7만의 병력과 함께 필립에서 8만의 병력으로 그리니치를 에워싸며 장기간 농성을 벌이려는 계획이었기 때문이다.

하나 그것을 파비앙이나 헤네시 측에서 알 리가 없었다. 당연히 8만의 대병력이 움직이니 2군단을 무너뜨리고 1군단을 향해서 올 줄로만 예상하고 있는 것이다.

"적들이 국경을 넘었다더냐?"

"전령의 말로는 국경성 바로 앞에 진지를 구축하였다고만 하였습니다. 2군단장에게 섣불리 움직이지 말라고 명하셨으니 국경성이 함락되었다고 하더라도 2군단과의 전투는 아직 없었을 것이옵니다."

"그래야지. 내가 갈 때까지만 버텨줬으면 좋겠구나."

파비앙은 마음이 급해지기 시작했다. 아직 그리니치의 수도에 있는 후방 군단의 병력이 전부 2군단으로 합류하지 못한 상황이었다.

그들이 합류한다고 해도 5만이 전부였기에 자신이 4만의 병력을 데리고 합류하지 않으면 압도적인 열세로 2군단이 무너질 수밖에 없는 것이다.

급한 대로 전령을 보내 자신들이 구원하러 갈 것이니 오로지 수성만 하며 버티라는 전갈을 보내긴 했다. 하나 걱정되는 것은 어쩔 수가 없었다. 자신들보다 적들이 더 가까운 거리에 있는 것이다.

또 하나 파비앙이 걱정하는 것은 록트였다. 록트가 1군단 방향으로 대병력을 몰고 내려온다면 도저히 손을 쓸 수 없을 정도로 심각한 상황에 직면하게 되는 것이다.

파비앙이 기대하는 단 하나의 희망은 니콜이 하루라도 빨리 병력을 지원해 주는 것이었다. 11만의 새롭게 징집된 병력만 도착한다면 충분히 싸워볼 만한 것이다.

"록트의 동태에 관해서 올라온 보고는 없느냐?"

"아직까지는 조용하다고 합니다. 우선 아무리 동맹이라곤 하더라도 참전할 명분도 빈약하고, 우리가 록트로 넘어가지만 않는다면 록트 또한 넘어올 일은 없을 듯도 보입니다."

"그건 모르는 일이지. 우리가 밀리게 되면 그리니치를 노리고 들어올 수도 있다. 그리고 명분이야 지난 전쟁을 들먹이면 충분하지 않겠느냐."

"그렇긴 합니다만… 그땐 록트가 승리한 전쟁이었으니 굳이 그것을 빌미로 쳐들어오기도 힘들 것입니다."

둘의 대화만 본다면 록트가 참전할 명분은 없었다. 그러나 두 사람이 착각하는 것이 있었다. 그건 바로 샤의 형인 데이몬의 죽음에 대해 록트에서는 아직까지 이를 갈고 있다는 것이다.

샤와 그의 기사단이 동굴의 입구에 도착하여 진을 치기 시작했다. 존의 말대로라면 동굴 통로를 통해 그리니치로 넘어가는 것이 이틀이면 가능하다는 말에 더 이상 전진하지 않고 동굴 입구 주변에 자리를 잡았다.

"혹시 모르니 이곳에 방어 시설을 짓도록 하고, 기사 서너 명을 반대쪽 입구로 보내서 주변을 정찰하도록 시키게."

"네, 전하. 하옵고 전령이 도착하였사온데 헤네시에서 들어온 정보가 있사옵니다."

"뭔가?"

"헤네시에서 노예를 면천하여 주는 조건으로 병사를 징집하여 훈련 중이온데 그 수가 11만에 이른다고 하옵니다. 한데 그 병력이 조만간 그리니치로 들어올 것 같다고 하옵니다."

"뭐라? 11만?"

샤는 그 숫자에 놀랐다. 자신이 실행했던 정책을 따라 한 것은 생각도 하지 않았다. 단지 11만이라는 숫자에 크게 놀라워하였다. 이제 막 징집하여 짧은 기간 훈련을 하였으니 자신들의 병사와 질적으로 차이는 있겠지만, 그럼에도 큰 숫자임에는 틀림없었다.

"자네는 지금 즉시 록트리아에 전령을 보내 그 사실을 알리게."

"네, 전하."

샤는 급하게 각 군단 사령부와 록트리아에 전령을 띄웠다. 예상하던 적군의 전력에 변동이 생겼으니 알려야 하기도 했지만, 그것이 위협이 되기에 더욱 서둘러야 하는 것이다.

전령을 보내놓고 동굴 주변에 목책을 치는 것과 동굴 앞에 검문소 등을 짓는 것을 감독하며 반나절이 지나 오후가 되자 록트에 있는 4군단으로부터 전령이 도착했다.

"전하! 급보이옵니다."

"말하라!"

"마이어호프 후작이 이끌고 들어갔던 7만의 대병력이 파비앙 후작의 화공에 당해 대패를 하였다고 하옵니다."

"뭐?"

샤는 당황스러워하며 다시 재차 물었다.

"뭐라고 했느냐? 자세히 말해보거라!"

"마이어호프 후작이 이끄는 7만의 카트나 제국군이 그리니치의 국경성을 함락하고 1군단 방향으로 진군을 하다 1군단 앞 하루 거리 부근에 진지를 구축한 그날 밤 화공에 당해 5만에 가까운 병력이 손실되어 간신히 필립으로 피난하였다고 하옵니다."

너무도 어처구니없는 보고에 샤는 아연실색하고 말았다. 자그마치 5만의 병력이 하룻밤 만에 사라진 것이다. 자신들의 병력이 아니라고 하더라도 우방이고, 자신들의 국토를 지키는 병력임에는 틀림없었다.

"하면… 혹시라도 헤네시 군의 동태를 알려온 보고는 없었느냐?"

"1군단 병력 중 4만의 병력이 필립과의 국경 방향으로 향했다고 하옵니다."

"필립과의 국경이라… 하면 필립에 주둔하고 있던 카트나 군도 움직였다는 말이냐?"

"동시에 그리니치를 향해 공격하였을 것이오나 그중 마이어호프 후작의 병력이 먼저 나선 것 같사옵니다. 아마도 필립에 주둔 중이던 카트나 군도 이제야 마이어호프 후작이 패한 것을 알았을 것이오니 진격을 멈췄을 것이옵니다."

"카트나 군이 필립으로 다시 되돌아갔으면 좋겠구나. 어설프게 복수를 한답시고 하다 다시 패하기라도 하면 힘들어지는데……."

샤는 당장에 록트의 전력이 약화되는 것이 걱정되기 시작했다. 전쟁 전의 압도적인 전력이 헤네시 제국의 11만 증원과 마이어호프 후작의 패배로 전체 전력이 열세로 돌아서는 것처럼 보였기 때문이다. 샤는 다시 전령을 급히 보내야 했다.

지하 통로를 통해 4군단과 5군단에 전령을 보내 방어를 위한 최소한의 병력을 남겨둔 후 모든 병력을 그리니치로 통하는 지하 통로의 출구 쪽으로 보내라고 명했다. 그리고 샤 또한 서둘러 기사들을 데리고 지하 통로를 통해 그리니치로 향했다.

전쟁을 되도록이면 하지 않으려 했던 샤였지만 헤네시와 카트나 간의 대단위 전쟁이 터지고 11만이라는 숫자의 병력이 증원된다면, 자신이 하고 싶지 않다고 안 할 수 있는 상황이 안 되는 것이다.

어차피 치러야 할 전쟁이라면 헤네시의 병력이 모이기 전에 그리니치의 1군단 지역과 탈라 시에 남아 있는 병력을 제거해야 한다.

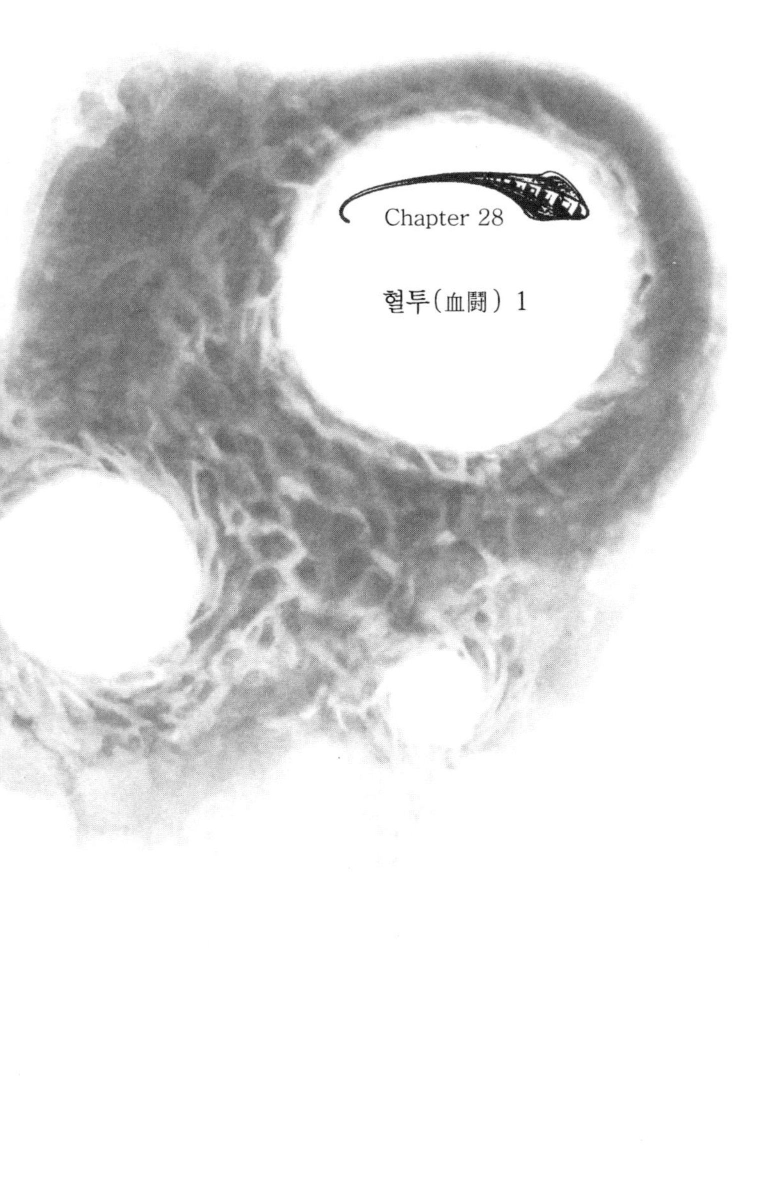

Chapter 28

혈투(血鬪) 1

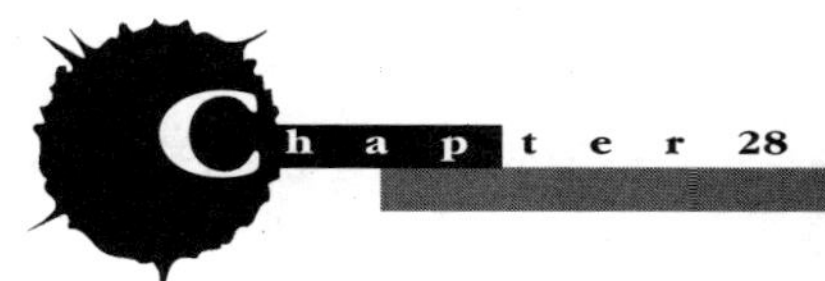

Chapter 28

파비앙이 4만의 병력을 이끌고 2군단 지역에 도착하기 며칠 전에 카트나와 필립 공국의 8만 병력은 그리니치의 2군단과 전투를 시작했다.

카트나와 필립 공국의 연합군 수장은 필립 공국의 총사령관인 어네스트 폰 루스카 후작이었는데, 그는 샤의 어머니와 외사촌 간이었다.

샤와는 먼 친척이 되는 것이다. 한데 그는 기사라기보다는 학자와 같은 사람으로, 군부와는 무관한 사람이었다.

단지 록트와 카트나, 그리고 필립 공국 연합의 전력이 압도적인 상황에서 연합군의 총사령관을 카트나에 넘겨주기 싫었던 필립의 공왕이 자존심 때문에 억지로 앉혀놓은 인물이었다.

어네스트 스스로도 잠시간 자리를 지키다 다른 사람에게 물려줄 생각이었지 자신이 병사들을 이끌고 전쟁에 나가야 할 줄은 생각지도 못했다.

그런 그에게 마이어호프 후작이 압도적으로 많은 병력이니 걱정 말고 병력을 이끌고 국경만 넘어서 적당한 자리에 진지를 구축한 후 시간만 보내면 된다는 말에 출정을 한 것이다. 그런데 막상 국경성을 너무도 쉽게 함락하여 넘고 보니 욕심이 나기 시작한 것이다. 자신의 부관과 부대장들의 말로는 앞에 있는 2군단 병력 또한 자신들의 반박에 안 되니 이 기회에 밀어붙여서 공국의 영토를 확장하자는 것이다.

며칠간 고심을 하던 어네스트 후작은 대단한 결심을 한 듯 진격 명령을 내렸다.

"급보이옵니다!"

어네스트 후작을 향해 부관이 달려오고 있었다. 요사이 며칠간 필립과 카트나 제국의 연합군은 공성전을 하고 있었다. 한두 번의 공격으로 백기를 들 줄 알았던 적군은 끈질기게 버티고 있었다.

그리니치의 2군단이 주둔하는 성은 하이델로 불리는 성으로, 10만 이상이 주둔할 수 있는 큰 규모에 성벽은 8미터 높이에 2중벽으로 건설한 단단한 요새였다.

하이델 성은 헤네시에 공개적으로 적대적인 모습을 자주 보이는 카트나의 전진 기지랄 수 있는 필립과 국경을 맞대고 있었기에 그리니치 측에서 특별히 신경을 써서 건설한 성이었다. 이런 튼튼한 요새에 4만의 병력이 수성을 하고 있는 것이다. 때문에 아무리 8만의 병력으로 공격을 한다고 해도 단 며칠 만에 함락시키기는 힘들었다.

"뭐냐?"

어네스트 후작은 처음 생각한 것처럼 쉽게 하이델 성이 함락되지 않아 초조해하던 차에 급보라는 전령의 말을 듣고 짜증스러운 표정으로 바라봤다.

"마이어호프 후작께서 대패를 하였다고 하옵니다. 또한 대승을 거둔 파비앙 후작이 4만의 병력을 이끌고 이리로 달려오고 있다고 하옵니다."

"뭐라?"

너무도 충격적인 소식에 어네스트 후작은 잠시간 말을 잊고 눈만 껌뻑거리고 있었다.

"각하!"

옆에서 지켜보던 부관이 걱정이 되었는지 후작을 불렀지만 충격이 워낙 컸는지 한동안 말이 없었다.

"어찌해야 좋겠느냐? 철수를 해야 하느냐?"

"각하, 아니 되옵니다. 여기서 철수를 해버리면 천하에 웃음거리가 될 것입니다. 그들이 도착하기 전에 성을 함락시키면 되옵니다."

"못하면? 안 되면? 그럼 뒷감당은 네가 할 것이냐?"

"그때는 그때 가서 생각하면 되옵니다. 지금은 성부터 함락하는 것이 우선입니다."

부관이 아무리 안 된다고 해도 어네스트 후작의 심정은 당장에 병사들을 이끌고 필립 공국으로 돌아가고 싶었다.

부관이나 각 부대장들은 공을 세우고 싶은 마음이 앞서 있기에 절대로 돌아갈 수 없다고 버티고, 총사령관인 어네스트는 상황이 어려워졌으니 뒤로 병력을 빼자고 하는 상황이었다. 결국 이러지도 저러지도 못하고 시간만 흘러가고 있었다.

"이대로는 안 됩니다. 시간만 지체되고 있습니다. 아직 며칠간의 여유가 있을 때 대단위 공격을 감행하여 함락시키고 성안에서 수성을 하면 되옵니다!"

부관의 말에 어네스트는 다시 고민에 빠졌다. 하이델 성을 함락시킬 수만 있다면 4만쯤은 문제도 아니었다. 아무리 어네스트가 병법이나 전략에 문외한이라고 해도 수성이 공성보다 쉽다는 것은 알고 있다.

하물며 두 배에 이르는 병력이 수성을 한다면 아무리 적들이 날고 긴다고 해도 자신의 부대를 어쩌지는 못할 것이다.

성을 함락하고 록트의 참전과 카트나 제국의 지원만 기다리면 되는 것이다. 그러나 문제는 눈앞의 성을 뺏을 수 있느냐이다.

"내일 아침 대단위 공성전을 펼칠 것이다. 준비하라!"

"네, 각하!"

어네스트가 결심하자 부관은 날듯이 막사 밖으로 뛰어나갔다. 제대로 된 공성전을 치르기 위해서는 충차나 투석기, 운제와 같은 공성 무기들이 대량으로 필요했다.

지금까지는 투석기와 화살로만 공격하며 이쪽의 병력이 많으니 서로 큰 피해를 보지 말고 끝내자는 생각에 항복 권유만을 했던 상황이라면, 이제는 필히 함락시켜야 하니 제대로 된 전투 준비를 하는 것이다.

그날 오후부터 다음날 아침까지 모든 병력이 달라붙어 공성 무기 제작을 끝낸 어네스트의 병력들은 아침을 먹고 다시 집결을 했다.

정렬해 있는 병사들의 앞에는 각 부대장들이 작전을 설명하며 전투 의지를 고취시키고 있었지만, 잠을 못 자고 밤새 중노동을 한 병사들은 눈이 감기고 입 안이 바짝바짝 타 들어가고 있었다.

"준비는 다 되었나?"

"네, 각하!"

"그럼 공격을 명해라."

어네스트 후작은 힘없는 목소리로 공격을 명했다. 자꾸만 이러면 안 되는데라는 회의감이 들었다.

8만의 병력이 충차와 투석기 운제(雲梯) 등을 앞으로 밀며 나아갔다. 그러자 성 위에서 바라보던 그리니치의 병사들이 아연실색하여 비상종을 치기 시작했다.

"공격이다!"

"적들이 쳐들어온다!"

"침착해라! 이곳은 하이델 성이다!"

성곽 위에서는 잠시간 혼란스러운 상황이 보였으나 2군단장인 한스 피셔 백작이 성곽 위로 올라오며 내지른 호통에 금세 다시 차분하게 각자 자리를 잡기 시작했다.

자신들이 있는 곳이 하이델 성이란 사실을 인지하고 최선을 다하면 아무리 많은 적이라도 막을 수 있다는 자신감이 생기는 것이다.

지난 며칠간의 전투가 그랬다. 적들은 감히 성을 넘어올 수 없었던 것이다. 부관이 걱정스럽다는 듯 울상을 지으며 옆으로 다가왔다.

"이번엔 단단히 각오를 하고 오는 것 같습니다."

성곽 위에서 내려다본 필립과 카트나 연합군은 지난 며칠간의 전투 때와는 다른 모습으로 등장했다.

충차와 투석기 운제 등을 앞세우며 그 뒤로 수많은 병사들이 긴 사다리를 들고 다가오기 시작했다.

"그래봐야 싸움 한번 변변히 해보지 못한 약졸들이다. 겁먹을 것 없다."

군단장의 단호한 말에 부관은 더 이상 말을 하지 못하고 병사들을 향해 명령을 내리기 시작했다. 자신이 생각하기에도 저들의 모습은 마지막 발악이었다. 이번만 잘 버티면 지원군도 올 것이니 적들은 물러날 수밖에 없을 것이라 생각했다.

"모두 겁먹지 마라! 각자의 자리를 지켜라!"

각 부대장들이 위치를 잡기 시작하자 성곽 위로 돌을 든 병사들이 올라오기 시작했다. 지난 몇 번의 전투로 경험이 생긴 병사들은 명령이 없어도 알아서 하나씩 준비하기 시작하는 것이다.

하이델 성을 지키는 병사들과 성을 뺏으려는 병사들 간에 긴장감이 최고조로 올라가고 있었다.

슈웅— 쿵!

전투를 알리는 첫 공격이 시작되었다.

샤가 지하 통로를 통해 그리니치에 도착하고 반나절이 지나자 록트의 4군단과 5군단에서 병력이 몰려들기 시작했다.

앞서 들어온 4군단장의 보고로는 1차적으로 4만의 병력이 들어오고 후방에서 병력이 오는 대로 추가되어 모두 8만의 병력이 들어올 예정이라고 했다.

샤가 이끌고 온 1만의 기사단과 4만의 병력이 움직이기 시작한 것은 도착하고 하루가 지난 다음날 아침이었다. 4군단장은 한뜻 고무되어 진격 명령을 기다린다는 표정으로 질문했다.

"우선 이곳은 그리니치의 1군단과 탈라 시 두 곳의 거리가 비슷합니다. 탈라 시로 바로 진격합니까?"

"두 곳 다 비슷한 병력이 남아 있을 테니 1군단 지역부터 점령하고 탈라 시로 가도록 한다."

샤는 뒤에 적을 남겨두고 가는 것이 옳지 않다고 판단했기에 후방 군단이 있는 탈라 시로 바로 가지 않고 국경을 지키는 1군단 지역으로 향했다.

갔다가 다시 탈라 시로 진격하려면 꽤 많은 시간을 지체해야 하겠지만 후환을 남겨둘 수는 없는 것이다.

샤가 4만의 병사와 1만의 기사를 이끌고 본격적으로 그리니치의 1군단이 주둔하고 있는 캘자드 성 앞에 도착할 때까지 성안에 남아 있던 2만의 병력은 록트 군이 몰려올 줄은 꿈에도 모르고 있었다.

그럴 수밖에 없는 것이, 온다면 국경을 넘어 정면으로 와야 하는데 전혀 엉뚱한 곳에서 록트 군이 나타났기 때문이다.

또한 샤가 이동 시에 최대한 빠르게 움직이며 그리니치 군에 알리지 못하게 하려고 귀족과 병사들만은 철저히 제거하며 움직였기에 마땅히 록트 군의 움직임을 알려야 할 사람도 없는 상황이었다.

단 며칠 만에 캘자드 성까지 도착한 록트 군은 진지 구축을 하지 않고 잠시간의 휴식만을 가진 뒤 바로 공격에 들어갔다. 속전속결이었다.

그 잠시간의 휴식을 취하는 동안에도 병사들은 가져온 장비들을 조립하고 모자란 사다리를 만들어야 했다.

성곽 위에서 록트의 병사들을 본 부대장은 당황하여 어찌 할 줄을 모르고 있었다. 얼핏 봐도 자신들보다 3배는 되어 보이는 병력이었다.

"저, 저들은 어디의 병력이냐?"

"깃발로 보아 록트의 병사들 같습니다."

"뭣이라? 록트가 어찌 저리로 올 수 있느냐! 그게 말이 되느냐!"

"그것보다 어서 빨리 전투를 준비해야 하옵니다."

"어서 병사들을 제 위치에 배치시키고 수성을 준비해라!"

"네!"

조용하던 캘자드 성은 록트 군의 급작스런 출현으로 벌집을 쑤셔놓은 듯 부산스럽게 움직이기 시작했다.

그러나 미리 알고서 준비를 해도 모자랄 판에 급작스럽게 2배가 넘는 병력이 쳐들어오자 무엇부터 해야 할지 갈피를 잡지 못하고 우왕좌왕하느라 준비도 하지 못한 상황에서 공격을 받아야 했다.

"병사들은 뒤에서 지원 사격만 해라! 성벽을 넘는 것은 기사들이 할 것이다!"

"네!"

샤의 기사단은 각 기사단별로 나뉘어 사다리를 들고 5곳의 각기 다른 성벽을 향해 뛰기 시작했다. 샤는 거세게 몰아붙여단 한 번에 성을 함락하기로 마음먹었다.

록트의 4만여 병사들은 성과 일정 거리에서 오직 화살과 돌만을 성안으로 날리며 지원 사격을 하고 있었고, 사다리를 들고 성을 향해 달려가는 것은 샤의 9,600명의 기사들이었다.

"더 빨리 뛰어라! 성곽 위로 올라가면 자리를 확보하고 한 곳에 뭉쳐 적들을 상대해라! 성곽 위만 점령하면 된다."

"뛰어라!"

파렐과 각 기사단장들의 재촉에 기사들은 있는 힘을 다해 사다리를 들고 성벽을 향해 뛰었다.

그들이 달리는 방향으로 기사들을 보호하기 위한 돌과 화살들이 끊임없이 날아가 헤네시와 그리니치 병사들은 성곽 위로 머리를 내놓을 수조차 없을 정도였다.

그러나 그런 화살과 돌 등도 한계가 있기에 최대한 빠르게 성곽 위로 올라가야 하는 것이다.

이윽고 한두 개씩 사다리가 성벽에 걸쳐지기 시작하면서 기사들이 날 듯이 사다리를 타고 성벽을 오르기 시작했다.

"막아라! 사다리를… 컥!"

소리를 지르며 명령을 하던 부대장 하나가 엄호 사격을 하던 화살에 목이 꿰뚫리며 더 이상 말을 할 수 없게 되자 병사들은 기겁하며 더욱 몸을 낮추기 시작했다.

몸을 낮춘 채로 간간이 올라오는 록트의 기사를 밀쳐 내기도 했지만 그대로 기사의 검에 죽임을 당하거나 성곽 아래로 떨어지는 병사들이 생기기 시작했다.

10미터가 안 되는 높이의 성곽 위는 높다고 보면 높았지만, 화살이 무서워 머리도 들지 못하는 병사들이 지키는 상태에서 사다리를 걸고 뛰어오르고자 마음먹으면 낮은 높이였다.

더구나 고도의 훈련을 받은 샤의 기사들에게는 단 몇 초 만에 뛰어오를 수 있는 높이였다.

"성곽 위가 점령됐다! 전군 진격하라! 성문을 향해 진격하라!"

성곽 위로 기사들이 올라가 자리를 잡기 시작하자 병사들이 성문을 향해 진격하기 시작했다. 병사들은 자신들을 공격할 적이 없기에 성문만을 바라보며 빠르게 다가가 성문을 타격하기 시작했다.

쿵! 쿵! 쿵! 철커덩! 쿵!

충차로 성문을 두드리자 그 충격에 성문이 들썩이며 삐꺼덕거리기 시작했지만 몇 겹으로 만들어놓은 성문은 좀처럼 열리거나 부서질 기미가 보이지 않았다. 그것을 지켜보던 파렐이 답답하다는 표정으로 앞으로 나섰다.

"비켜라!"

파렐은 자신의 검을 꺼내 들었다.

"와! 검강이다!"

파렐은 자신의 검에 정신을 집중하여 검강을 만들어냈다. 그리고 적병이 아닌 성문을 향해 검을 휘둘렀다. 지켜보던 병사들은 태어나 처음 보는 검강의 위용에 압도되어 눈을 떼지 못하고 있었다.

순식간이었다. 정말 순식간에 검강이 발출되어 있는 검으로 성문의 중앙 한두 곳을 긋고는 다시 충차를 앞으로 내세워 성문을 때리기 시작했다. 그러자 몇 번의 가격으로 성문은 자연스럽게 열렸다. 성문을 버티게 해주던 단단한 빗장이 잘린 것이다.

"성문이 열렸다! 진격하라!"

"와아! 공격이다!"

병사들은 환호성과 함께 성안으로 달려 들어가기 시작했다. 성문이 열리며 문 안쪽에서 지키고 있던 병사들과 기사들이 있었지만 사기가 한껏 오른 록트의 병사들과 파렐을 위시한 기사들의 발걸음을 막을 병사들은 없었다. 록트의 기사와 병사들이 뛰듯이 안쪽을 향해 거침없이 나아가기 시작했다.

"막아라! 컥!"

성문 안쪽에서 지휘를 하던 부대장이 파렐의 검에 단칼에 목숨을 잃자 막아야 할 병사들은 뒤로 슬금슬금 물러나기 시작했다.

끊임없이 록트의 병사들이 성안으로 몰려들기 시작하자 더 이상 버티기가 힘들다고 생각했는지 여기저기서 무기를 버리고 항복하는 병사들이 나타나기 시작했다.

"투항하라! 투항하면 살려줄 것이다!"

록트의 부대장과 기사들의 외침에 점점 더 많은 헤네시와 그리니치의 병사들이 무기를 내려놓으며 두 손을 들었다.

"서둘러 군단장과 귀족들을 잡아라!"

샤의 명령에 기사들은 성안으로 달려가기 시작했다. 모든 기사들은 자신의 손으로 적군의 대장을 잡는 것을 엄청난 명예로 생각했다. 이런 상황에서는 먼저 잡는 사람이 임자인 것이다.

어네스트 후작이 이끄는 8만의 카트나와 필립 연합군은 그리니치의 2군단이 주둔하는 하이델 성을 향해 투석기를 쏘기 시작했다.

병사들은 성곽 위나 성안으로 날아 들어오는 돌덩이에 맞지 않으려 몸을 움츠리고 성벽 뒤에 몸을 숨기느라 제대로 된 공격을 할 수가 없었다.

그저 활시위에 화살을 걸고 빠르게 고개를 내밀어 쏘고는 다시 몸을 움츠릴 수밖에 없었다.

당장에 제대로 반격할 기회를 잡지 못하고 있던 그리니치의 병사들은 갑자기 공격을 멈추고 주위가 조용해지자 몸을 일으켜 성 밖을 내다보았다.

"자리를 벗어나지 마라!"

몸을 일으킨 병사들의 뒤로 부대장들이 뛰어다니며 자리를 지키라며 소리치고 있었다. 그리니치의 병사들은 이런 대단위 공격에 대비해 미리 몇 가지 준비를 해두고 있었다.

"침착해라! 적들이 진격하더라도 당황하지 말거라!"

부대장의 말에 병사들은 자리를 지키며 차분히 준비를 했다. 몸을 낮춘 상태로 성곽 위로 돌을 나르고 기름 단지를 올리고 있었다. 조만간 적들은 공성 무기를 앞세우고 진군을 할 것이기에 기회를 노리고 있는 것이다.

"전군 앞으로!"

"공격하라! 성을 함락해라!"

"와! 와! 공격이다! 하이델 성을 함락하자!"

성 밖에서 울려 퍼지는 소리에 본격적인 공격이 시작됐음을 알고 성곽 위의 병사들은 고개를 내밀고 적들의 모습을 보았다.

8만의 병사들이 한데 뭉쳐 성을 향해 달려오는 모습은 가히 장관을 연출하고 있었다. 그 모습을 본 병사들은 하나같이 침을 삼키며 긴장한 표정을 지었다.

이윽고 선두에서 달리던 병사들이 성 앞 50미터 안까지 달려오고 있었다.

"침착하라! 명령이 있기 전에는 절대 공격해서는 안 된다!"

군단장인 한스 피셔 백작이 직접 나서 병사들에게 명령을 하기 시작했다. 자신의 눈으로 봐도 적군은 엄청난 규모의 병력이었다.

달려오던 카트나와 필립 연합군 병사들 중 선두에선 몇 명이 땅에 꼬꾸라지기 시작했다.

"악! 발바닥이 뚫렸어!"

"함정이다!"

"진격하라! 계속 진격하라!"

몇몇 병사들이 땅에 뿌려놓은 철질려에 발바닥이 박힌 것이다. 그러나 8만의 대군이 움직이는 상황에서 채 몇십 명도 되지 않는 부상자 때문에 공격을 중지할 수는 없었다. 병사들은 계속된 공격 명령에 쓰러져 가는 동료들을 내버려 두고 다시 달릴 수밖에 없었다.

"조금만… 조금만… 더. 지금이다! 공격하라!"

적들을 뚫어져라 바라보며 적절한 상황을 기다리던 한스 백작은 이윽고 공격 명령을 내렸다. 그러나 화살을 쏜다든지 투석기를 날리는 공격은 아니었다.

백작의 공격 명령과 함께 성곽 위에서 수많은 기름 단지들이 성곽 아래로 던져지기 시작했다. 한스 백작은 전날 성문 앞으로 병사들을 내보내 병사들이 들어와 공격할 장소를 예상하여 바닥에 건초를 적당한 두께로 깔아놓고, 그 사이 사이에 철질려를 뿌려놓았다.

그 위에 적병들이 어느 정도 들어와 다시 나가기 힘들 정도가 되면 기름 단지를 던지고 불화살을 쏘는 것이다.

"불화살을 쏴라! 모두 불태워 버려라!"

"와! 모두 불태워라!"

백작의 명령이 떨어지자 병사들은 일사불란하게 불화살을 만들어 성 밖의 땅바닥을 향해 쏘기 시작했다.

"으악! 불이다! 몸에 불이 붙었다!"

바닥의 건초는 기름이 먹어 불화살에 닿자마자 빠르게 불길이 치솟기 시작했다. 그 안에 몰려 있던 카트나와 필립 연합군 병사들은 불길 속에 갇혀 버리는 상황이 되었다.

아무리 적게 잡아도 1, 2만은 될 것 같은 병사들이 불길 속에서 길길이 날뛰는 것이 말 그대로 참혹함, 그 자체였다.

"으악! 살려줘!"

"수, 숨을 못……."

지옥이 따로 없었다. 성곽 위에서 바라보는 상황이 바로 지옥의 모습 같았다. 사람들이 불에 타 들어가고 살을 태우는 냄새가 코를 찔렀다.

상황이 이렇게 변하자 어네스트는 병사들을 후퇴시킬 수밖에 없었다. 불길 속을 뚫고 공격을 계속하라고 할 수는 없는 것이다.

"후퇴시켜라!"

뒤따라오던 병사들이 후퇴를 시작하자 불길 속에 갇혀 있던 병사들도 살기 위해 죽을힘을 다해 뛰기 시작했다.

"와! 적들이 물러간다!"

적들이 물러가는 것을 본 성곽 위의 병사들은 기쁨의 환호성을 질렀다. 두 배가 넘는 적군을 물러가게 한 것이다.

샤는 캘자드 성을 함락한 뒤 빠르게 부대 정비를 마치고 성곽 위에 록트의 깃발을 꽂았다. 수성을 하던 그리니치와 헤네시 연합군 병사 2만 중 4천이 넘는 병사가 죽었고, 1만이 넘는 병사를 포로로 잡을 수 있었다.

5천이 넘는 병사는 전투가 이루어지는 사이에 사라져 버렸다. 도망을 친 것이다. 때문에 공격 측인 록트의 병사는 거의 손실이 전무하다고 할 수 있었다.

기사 일백여 명이 사망하거나 부상을 당하였지만 이 정도의 대규모 전투에서 그 정도의 사상자는 없는 것과 다름없었다. 준비할 틈을 주지 않고 빠르게 공격한 덕분이었다.

"후발대는 언제 들어온다고 하오?"

"전령의 보고로는 10일 안에 도착할 것 같습니다."

"하면 후발대가 도착하는 대로 탈라 시로 진격할 수 있게끔 준비하시오."

"네, 전하."

샤는 파렐과의 대화를 끝내고 캘자드 성을 돌아보았다. 샤는 이곳을 전진 기지로 삼을 생각이었다. 조만간 후발대가 들어오면 주변에 병사들을 보내 병탄 작업을 하게 하고, 그리니치의 다른 곳에서 공격해 올 것을 대비하여야 하는 것이다. 록트에서도 꾸준히 병사가 들어올 테니 그 일은 별 무리 없이 진행될 것이라 생각했다.

성 주변을 살피고 집무실로 들어오는 샤를 향해 정보부를 책임지고 있는 월리가 빠른 걸음으로 다가왔다.

"전하, 상황이 급박하게 되었사옵니다."

다짜고짜 급박해졌다는 월리의 말에 샤는 걸음을 멈추고 월리의 얼굴을 바라봤다.

"무엇이 말이냐?"

"헤네시에서 11만에 이르는 병사들이 그리니치의 국경을 넘어 수도를 향해서 오고 있다고 하옵니다."

"그렇게 빠르게?"

헤네시 제국에서 11만의 병사를 육성하여 참전시키려 한다는 사실을 알고는 있었다. 하지만 적어도 2, 3달은 걸려야 참전이 가능할 것으로 예상했다. 병사는 만들고자 해서 그렇게 빠르고 쉽게 만들어지는 것이 아니었기 때문이다.

또한 이동 거리에도 제약이 있는데 각 영지에서 징집하여 한곳에 모으는 시간도 만만치 않은 시간이었다.

"훈련도 시키지 않고 바로 참전시키는 것인가?"

"우리가 알고 있던 것보다 일이 일찍 진행되고 있었던 것 같습니다."

"그럴 수도 있겠지. 이를 어쩐다?"

샤의 혼잣말에 월리는 뭔가를 생각하는 듯 골몰해 있었다.

"전하, 지금 즉시 탈라 시를 공격하는 것이 어떻습니까?"

"당장?"

아직 록트에서 후발대가 도착하지 않은 상황이었다. 5만여의 병사로 탈라 시를 공격하는 것은 무리가 없지만 그 뒤가 문제였다.

11만의 병력이 소식을 듣고 탈라 시로 바로 공격해 온다면, 후발대와 합류하기 위해 다시 되돌아와야 하는 것이다.

만약 파비앙이 이끄는 부대가 가던 길을 되돌아오기라도 한다면 앞뒤로 대군을 맞아야 하는 상황이 발생한다.

"시간적 여유가 너무 없지 않느냐?"

"탈리 시는 군사적 도시이기는 하지만 현재 대부분의 병력이 2군단과 파비앙 후작에게 가 있습니다. 지키는 병사 수가 얼마 없으니 이곳에 4만 병력은 두시고 기사단만을 이끌고 가시면 됩니다. 그 뒤에 후발대가 도착하는 대로 8만의 병력이 뒤를 따를 것입니다."

"문제는 카트나와 필립 연합군이겠구나."

"네, 그렇습니다. 마이어호프 후작이 대패하면서 일이 복잡해졌습니다. 여하튼 필립 쪽에서 최대한 파비앙 후작의 부대를 붙잡아줘야 합니다. 최소한 한 달간이라도……."

대패한 마이어호프 후작과 패잔병 2만여 명은 록트로 도망친 후 필립으로 다시 들어가 있는 상황이었다.

그렇기에 그들이 다시 전장에 복귀할 수 있을지는 모르는 상황이었다. 한다고 하더라도 별 도움이 안 될 것이라는 생각은 누구나 하고 있었다.

"알았다."

샤는 대화를 끝내고 캘자드 성안에 급히 마련된 집무실로 들어가며 파렐을 불러 기사단의 출정을 준비시켰다.

하이델 성은 필립과 카트나 연합의 첫 대공세를 무사히 막아내고 뒷수습을 하고 있었다. 밤이 되면 또다시 공격할 수도 있기에 야습에 대비하여 경계를 두 배 이상 늘리고, 공성전에 대비하여 성곽 위에 돌과 기름 단지 등을 준비해 놓고 적이 쳐들어오기만을 기다리는 상황이었다.

한스 피셔 백작은 새벽 전투를 예상하고 약간의 휴식을 취하고 나오는 길이었다. 성곽 위로 오르며 살펴본 바로는 준비 상태는 양호한 듯 보였다.

"적들의 동태는 어떠냐?"

"아직 별다른 움직임은 없는 것 같사옵니다."

"이대로 전쟁을 끝낼 놈들이 아니다. 한시도 경계를 소홀이 해서는 안 될 것이다."

"네, 각하!"

두 사람이 성곽 위를 거닐고 있을 때 반대편의 어네스트 후작이 이끄는 카트나와 필립의 연합군 사령부 막사에는 찬바람이 불고 있었다.

"이것이 당신들이 말한 기회요? 이제 어쩌실 것이오?"

어네스트 후작의 질타에 부대장들은 말이 없었다. 자신들도 이렇게까지 호되게 당할 것이라고는 전혀 예상하지 못한 것이다.

문제는 평화로운 시기를 너무 오랫동안 구가했다는 것이다. 본격적인 공성전이라는 것을 처음 치러봤으니 단순히 투석기로 돌을 날린 후 사다리를 타고 성곽을 넘어 들어가 점령하면 되는 것으로 생각했지 대단위 화공에 당하리라고는 꿈에도 생각지 못한 것이다.

"국경성으로 퇴각합시다."

"각하, 아직은 안 됩니다. 이대로 물러나게 되면 파비앙 후작과 하이델 성의 병력들이 우리를 따라 뒤를 치게 될 것입니다. 아직 파비앙 후작이 하이델 성에 도착하려면 며칠의 여유가 있으니 그 안에 성을 함락해야 합니다."

다시 시작되는 부대장들의 설득에 어네스트 후작을 머리를 감싸 쥐고 고개를 숙였다.

"각하, 더 늦기 전에 전열을 재정비하고 공격을 해야 합니다!"

"맘대로 하시오!"

어네스트 후작은 자리에서 일어나 밖으로 나가 버렸다. 그런 모습을 바라보는 부관과 부대장들은 실망감과 걱정으로 얼굴색이 굳어지기 시작했다.

일국의 총사령관이라는 사람의 행동으로는 옳지 않은 것이다.

"맘대로 하라고 했으니 공격 준비를 서두릅시다."

카트나에서 부대를 이끌고 참전한 부대장 중 한 명이 나서며 말하자 모두의 시선이 그를 향했다.

"말이 되는 소리를 하시오! 이런 분위기 파악도 못하는 자를 누가 부대장으로 앉힌 거요?"

부관의 말에 말을 꺼냈던 부대장은 얼굴색이 굳어지며 부관을 노려보았다. 서로가 같은 백작의 작위를 가지고 있는 상황이어서 평시에는 서로 존칭을 쓰며 존중해 주는 관계였다. 다만 맡은 일이 달라 전쟁 시에는 총사령관의 부관인 키튼 백작의 발언권이 더 강하기는 했지만, 이런 식으로 모욕을 줄 정도의 차이는 아니었다.

"무슨 말이오? 나에게 시비를 거는 것이오?"

도저히 참을 수 없다는 듯이 부관의 두 눈을 바라보며 따지자 순간 막사 안의 분위기가 냉랭해지기 시작했다.

보다 못한 부대장 한 명이 나서며 둘 사이를 비집고 들어가 상황을 바꾸려고 했다.

"어어, 왜들 이러시오! 전쟁 중에 같은 편끼리 분열을 일으키는 것은 적을 이롭게 하는 것임을 모르시오! 그만들 하시오!"

"알겠소. 어쨌든 사령관 각하의 명 없이는 어떠한 병력 운용도 불가요!"

키튼 백작은 돌아서며 쐐기를 박듯 말하고는 밖으로 나가버렸다. 그 뒤를 따라 부대장들이 한 명씩 나가기 시작했다.

모두 필립 공국의 부대장들이었다. 얼마 후 막사 안에 남은 것은 카트나 제국의 부대장들만이 남아 있게 되었다.

"참으로 답답하게 상황이 돌아가는구려. 어쩌다 제국의 검인 우리들이 이런 상황에 직면하게 되었는지……."

카트나 제국군 중 필립에 주둔하는 병사들의 수장에 있는 네이스트 백작의 자조 섞인 말에 부대장들은 고개를 떨어뜨려야 했다. 이 모든 것이 마이어호프 후작 때문이라는 생각들을 했다. 네이스트 백작은 부대장들을 돌아보다 문뜩 생각난 듯 다시 말을 이었다.

"한데 사령관께서는 어디에 계신 것이오?"

"필립 수도에 있다고 합니다."

"수도라……."

"어쨌든 패장이니 조만간 제국 수도로 불려가지 않겠습니까?"

"두고 봐야겠지요. 우선은 병사들의 사기가 많이 떨어졌을 테니 각자 위무의 말이라도 해주시오."

"그래야지요."

네이스트 백작은 이런 상황이 자신에게 오히려 잘된 일일지도 모른다고 판단했다. 이럴 때 공을 세운다면 자신이 더욱 돋보일 것이기 때문이다.

"어네스트 후작에게는 내가 다시 잘 말하여 마음을 돌려볼 테니 모두들 다시 전투를 할 수 있게 만반의 준비를 갖춰놓으시오. 우리가 아니면 파비앙 후작을 막을 수 없소."

"네! 그래야지요!"

막사 안의 분위기는 다시 밝아지는 듯 보였다. 실상 8만의 병력 중 카트나와 필립 양쪽이 4만씩의 병력이 참전한 상태에서 이번 전투로 손해를 본 것은 대부분 필립의 병사들이었다. 이는 부대 배치의 문제 때문이었는데, 공을 탐한 필립의 부대장들이 서로 자신의 부대를 앞에 세우려 했기 때문에 벌어진 일이었다.

이런 상황이기에 어네스트 후작이나 필립의 부대장들은 재차 공격하자는 카트나 부대장들의 말에 쉽게 동의를 할 수 없었던 것이다. 결국 이번 전투로 인해 필립은 이미 참전한 병사의 반을 잃어버린 것이다.

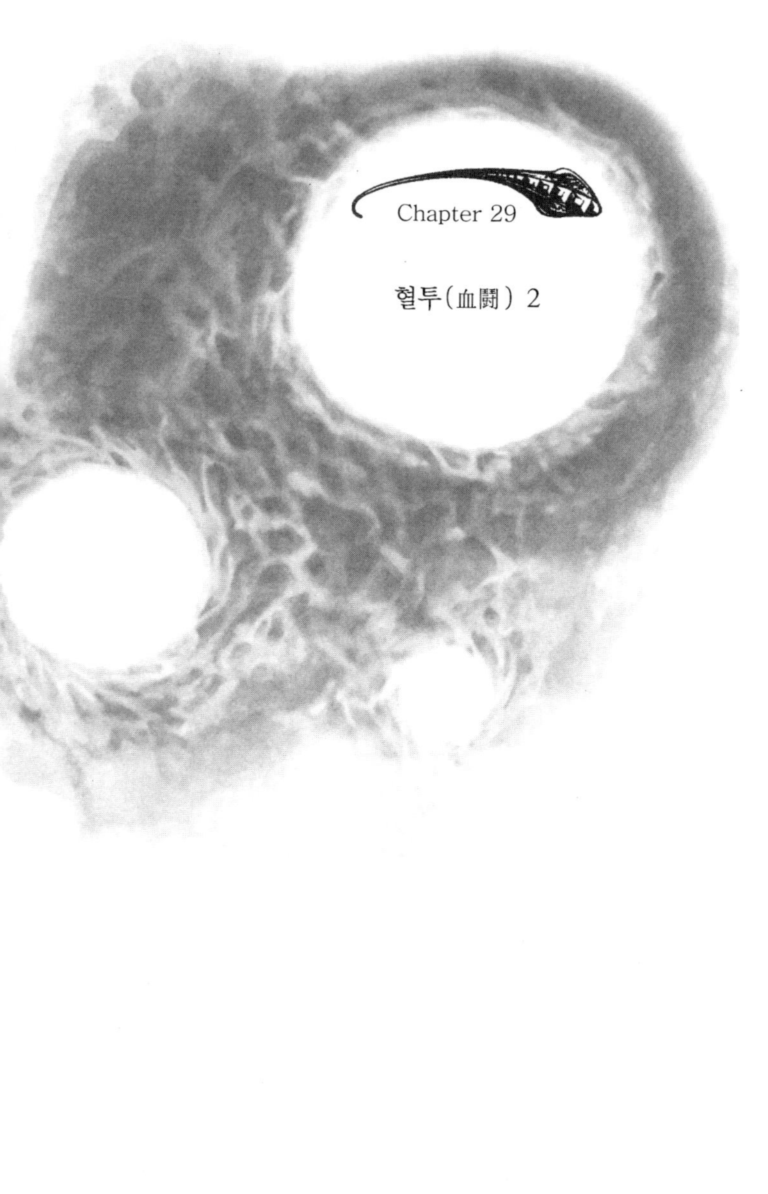

Chapter 29

혈투(血鬪) 2

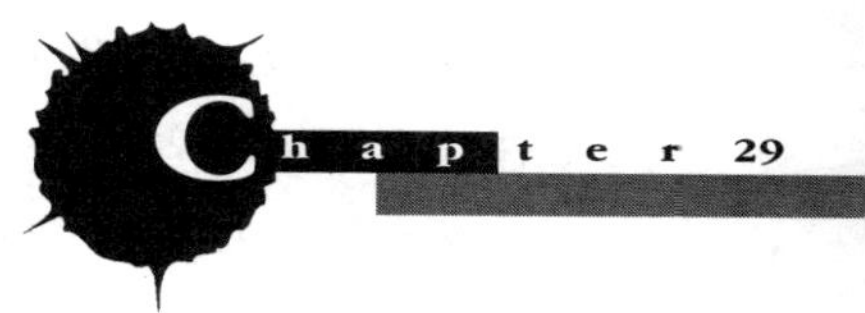

Chapter 29

샤가 기사단을 이끌고 탈라 시로 출발한 후 며칠이 지나자 캘자드 성에 록트의 후발대가 도착했다.

후발대의 총사령관으로는 메린 공작이 직접 내려왔는데, 4만으로 예상했던 병력을 대폭 늘려 7만에 가까운 병력을 이끌고 내려왔다.

이 중에 2만가량은 메린 공작이 직접 키운 병사들이었다. 샤가 키운 병력을 보고 메린 공작이 직접 국왕의 허락을 받아 메린 영지에서 육성한 병력이었다.

"공작 전하를 뵈옵니다."

메린 공작은 밝은 표정으로 파렐의 인사를 받았다.

"오! 파렐 사령관, 오랜만이오! 한데 왕세자 전하께옵서는 어디 계신가?"

"저에게 이곳을 맡기시고 기사단을 이끌고 탈라 시로 향하셨습니다. 공작 전하께서 직접 오실 줄은 몰랐습니다. 왕세자 전하께서 후발대가 오는 대로 2만의 병력만을 남겨두고 탈라 시로 진군하라 하셨습니다."

"탈라 시로? 하면 내일 당장 출발하도록 하세."

"네!"

메린 공작과 파렐은 9만에 이르는 대군을 이끌고 탈라 시로의 진군을 시작했다. 그 시각, 샤는 빠르게 달려 목표 지점인 탈라 시 인근에 당도하여 자리를 잡고 정찰을 보내놓은 상황이었다.

"전하! 정탐을 나갔던 기사들이 돌아왔습니다!"

"보고하라!"

샤의 명령에 평민 복장을 한 사내 한 명이 앞으로 나섰다.

"탈라 시의 동태는 어떠냐?"

"군사들이 머물던 주둔지에는 약 5천의 병사만이 남아 있었습니다. 사람들의 말로는 대부분 2군단이 주둔하는 하이델 성을 향해 떠났다고 합니다."

"인구는 어느 정도더냐?"

"정확히는 알 수 없으나 대략 2만 내외라고 하옵니다."

"2만이라… 알았다. 단장들을 불러라."

"네, 전하!"

마샬이 달려가 각 기사단의 단장들을 불러오자 말 위에 앉은 채로 회의가 시작되었다.

"탈라 시에는 일반 백성 2만에 병사 5천이 있다고 한다. 기사단별로 나뉘어 탈라 시로 통하는 모든 통로를 차단하고 중앙으로 몰고 들어간다."

"네!"

"질문 있나?"

"범위를 정해주십시오."

"반항하는 자나 귀족, 군인은 제거해도 좋다. 단, 일반 백성들은 반항하지 않는 한 건드리지 마라."

"네!"

"좋다. 그럼 각자 맡은 구역을 확인하고 최대한 신속하게 움직인다. 목표 지점은 중앙에 위치한 시청 건물이다."

샤는 회의라고 부르기엔 무언가 어색해 보이는 회의를 끝내고 근위기사단인 아이올로스 기사단을 이끌고 선두에 서서 진격을 시작했다. 탈라 시는 외곽을 두른 낮은 성벽은 있으나 방어를 위한 군사적 목적의 성은 없었다.

그럼에도 군사 도시로써 많은 병력이 주둔할 수 있었던 것은 이곳이 그리니치 공국의 각 국경으로 빠르게 이동할 수 있는 교통의 요충지였기 때문이다.

또한 수많은 상인들이 거쳐 가는 상행로에 위치해 있기도 하며, 주변에 높은 산보다는 넓은 초지가 많아 대군이 머물기에 좋았다.

말 그대로 이곳을 점령하게 되면 그리니치 공국의 숨통을 조일 수 있는 위치에 서게 된다. 수도와 각 대영지들로 갈 수 있는 통로가 확보되는 것이고, 물자(物資)의 흐름을 막을 수 있어 경제적으로도 큰 타격을 줄 수 있는 것이다.

"그 누구도 외부로 나가지 못하게 차단하라!"

앞서 달리던 샤는 각 기사단이 나눠는 시점에서 다시 한 번 외부로 도망치는 사람을 철저히 막으라는 명령을 하고는 자신이 맡은 방향으로 달려나가기 시작했다.

쉬이익! 퍽!

어느새 기사들은 활을 꺼내어 보초를 서는 병사들을 향해 공격을 시작했다.

"헉! 적이다! 비상이다!"

탱! 탱! 탱!

급하게 비상종을 치며 안쪽으로 달려 들어가는 병사들을 향해 수십 발의 화살이 날아들었다.

"컥!"

1만에 가까운 기사들이 말을 타고 사방에서 돌격해 들어오는 모습에 일반 시민들은 기겁하며 집 안으로 도망쳐 들어갔다. 간혹 도시 밖으로 도망가려는 사람들이 보였지만 얼마 가지 못해 붙잡히거나 화살에 맞아 생을 달리해야 했다.

시청 건물 뒤로 몇 동의 건물과 막사들로 이루어진 후방 군단의 주둔지에도 비상종이 울리며 병사들이 급히 소집됐다.

"시청 건물과 중앙광장을 사수해야 한다! 들어오는 길목을 막고 목책을 쳐라! 절대로 뚫려서는 안 된다!"

부대장의 외침에 병사들은 급히 달려나가기 시작했다. 중앙광장으로 몰려 나간 병사들은 어떡하든 들어오는 길목을 막아보려고 목책을 끌어다 방어선을 구축하기 시작했다.

쉬익! 퍽!

"화살이다! 몸을 숨겨라!"

어느새 기사들이 시야에 보이자 화살을 날리기 시작했다. 목책을 치던 병사들 몇 명이 화살에 맞아 쓰러지자 나머지 병사들은 치던 목책을 버려두고 몸을 숨기기 위해 급하게 뒤로 물러나기 시작했다.

날아오는 화살에 맞대응하기 위해 화살을 날려보았지만 록트의 기사가 있는 곳까지 날아가지도 못하였고, 날아간다고 해도 힘없이 땅에 떨어지기 일쑤였다.

기사들이 더 가까이 접근해야 타격을 줄 수 있는 것이다. 그러나 그것 또한 쉽지가 않았다. 어찌 된 일인지 록트의 기사들은 말을 타고 달려오면서도 화살을 쏘고 있었다.

수적 열세인 상황에 몸만 보이면 날아오는 화살에 도저히 밖으로 머리를 내밀 수가 없었다. 병사들은 시청 건물 쪽으로 계속하여 후퇴를 할 수밖에 없었다.

병사들이 뒤로 후퇴하는 듯 보이자 순식간에 중앙광장과 연결된 모든 통로를 록트의 기사들이 밀고 들어오기 시작했다.

"막아라! 막아야 한다! 커억!"

뒤로 물러서는 병사들을 독려하던 기사 하나가 화살에 맞아 쓰러지자 그나마 진형을 유지하던 병사들은 화살에 맞을 것이 두려워 이리저리 흩어지기 시작했다.

그러나 도망갈 곳은 애초에 없었다. 밖으로 통하는 모든 통로가 차단된 상황이었다. 중앙광장을 완벽히 차단한 록트의 기사단은 달려 들어가지 않고 포위한 채로 화살만을 날리고 있었다.

"급하게 뚫고 들어갈 것 없다. 밖에서 하나씩 사살하면 된다."

"네!"

샤의 명령에 달려 들어가려 했던 기사들이 뒤로 물러서며 활을 들어 조준하기 시작했다.

기사들은 병사들이 모여 있는 중앙광장과 백 미터 이상 떨어져 더 이상 밀고 들어가지 않고 화살만을 날리기 시작했다.

눈앞에서 화살에 맞아 하나씩 죽어가는 동료들의 모습을 지켜보는 것은 엄청난 고통이고 충격이었다.

그리니치의 병사들은 철창 안에 갇힌 새처럼 이러지도 저러지도 못한 채 계속 뒤로 물러서며 자신들의 주둔지까지 밀려가기 시작했다. 그때 뒤에서 대량의 화살이 날아오기 시작했다.

"뒤쪽까지? 도대체 얼마나 많은 기사들이 존재하기에……."

부대장은 뒤쪽에서 날아오는 화살에 더 이상 버틸 수 없다는 것을 알았다. 그러나 이대로 포기할 수는 없었다.

자신이 포기하게 되면 탈라 시가 무너지는 것은 물론이고, 이 소식을 전할 사람도 없어지는 것이다. 어떻게 하든지 포위를 뚫고 나가야 하는 것이다.

라샤르는 그리니치 공국에 밀을 수송해 준 뒤에도 그리니치를 떠나지 않고 주변 정세를 알아보고 있었다. 헤네시를 떠날 때의 분위기로는 당장에 전쟁이 터질 것 같은 상황이었기 때문이다. 무엇보다 샤가 지원해 준 기사들이 잠시간만 정황을 살펴보자는 말에 라샤르 또한 연관이 있다면 있는 상황인 터라 그러자고 할 수밖에 없었다.

그리니치의 부두에 정박해 있는 160여 척의 수송선이 매일같이 돈을 잡아먹긴 했지만 그 정도는 라샤르 입장에서 별 부담이 되지는 않았다.

기사들이 정세를 파악하러 돌아다니는 시간에 라샤르와 그의 가신들은 노예들을 사 모으기 시작했다.

프리즈 군도의 해적들과 일전을 벌여 30여 척의 해적선을 물속에 가라앉혔으니 전력이 많이 약화되었을 것이라 판단하고 자신의 섬으로 돌아가는 대로 전열을 가다듬어 프리츠 군도를 노려보려고 하는 것이다.

그곳까지 손안에 들어오게 되면 중앙해역의 반을 차지하게 되면서 명실상부하게 양 대륙을 잇는 해상무역권을 손아귀에 쥘 수 있게 되는 것이다.

대장선인 루델함 갑판에 올라 부두를 내려다보며 생각에 잠겨 있는 라샤르를 부른 것은 정세를 파악하기 위해 그리니치의 아덴 영지를 다녀온 딘과 엘튼이었다.

"영주님!"

"오! 다녀왔는가. 들어가서 이야기하세!"

라샤르와 기사들은 선장실로 들어가 자리를 잡고 앉아 밖에서 알아온 정보를 놓고 이야기를 시작했다.

"전쟁이 터지고 말았습니다."

"그것은 알고 있네. 카트나의 대군이 국경을 넘어 내려온다고 하네만, 그 뒤의 소식은 없는가?"

"문제가 복잡하게 진행되는 것 같습니다. 헤네시 제국의 파비앙 후작이 6만의 병력으로 7만의 카트나 제국군을 괴멸시켰답니다. 화공을 이용하여 몇만이 넘는 병사들을 불길 속에 태워 버렸다는 이야기가 떠돌고 있습니다. 더욱 심각한 것은 헤네시에서 11만이나 되는 대병력을 그리니치로 재차 보낸다고 하옵니다."

"11만? 그만한 숫자가 헤네시에 있었소?"

"정확히는 모를 일입니다만, 록트가 했던 정책을 따라하여 노예 면천을 조건으로 병력을 늘렸다는 이야기 같습니다."

"아무튼 상황이 생각했던 것과는 다르게 흘러가는구려. 어쩐다? 카트나가 그렇게 대패를 당하다니……."

라샤르는 자신이 미처 생각하지 못했던 방향으로 이야기가 전개되자 자못 심각한 표정을 지었다. 한참 동안 말이 없던 라샤르는 선장실을 나와 부두에 정박해 있는 배들을 바라보았다.

"어쩌면 이것 또한 운명이고 기회일지도 모른다."

"영주님, 결정하신 겁니까?"

뒤따라 나왔던 기사들이 라샤르의 혼잣말을 들으며 생각을 굳힌 것 같아 무엇을 해야 할지를 물었다.

"지금 즉시 출항 준비를 하시오. 목적지는 루멘 제국이오!"

"넵! 명을 받듭니다!"

그날 저녁, 라샤르가 이끌고 들어온 160여 척의 배들은 빠른 속도로 루멘 대륙을 향해 떠나갔다.

파비앙은 전령으로부터 하이델 성이 카트나와 필립 연합군에 의해 공격을 받고 있다는 소식을 듣고 행로를 변경했다.

하이델 성으로 바로 가는 것이 아니라 우회하여 어네스트가 이끄는 연합군의 뒤를 치기로 한 것이다. 그러기 위해서는 하이델 성이 잘 버텨줘야만 한다.

자신이 도착하기 전에 함락되어 버리면 모든 계획이 수포(水泡)로 돌아가는 것이다.

"어느 정도 남았느냐?"

파비앙은 초조한 마음에 하루에도 두세 번씩 부관을 향해 남은 거리를 물어보곤 했다.

"이틀은 더 가야 하옵니다."

"이틀이라… 좀 더 서두르자."

"네, 각하!"

파비앙의 재촉에 그렇지 않아도 다른 때보다 빠른 행군 속도를 또다시 올려야 했다. 말을 타고 가는 사람들은 별 차이를 못 느끼지만 두 발로 걸어야 하는 병사들은 힘에 겨운 행군이었다.

여기저기서 이러다간 적군을 만나도 힘이 없어서 싸울 수 없을 것이라는 볼멘소리가 튀어나왔다.

파비앙 또한 그것을 알고 있었지만 한시가 급한 마음에 계속하여 속도를 올리라는 주문을 하는 것이다.

그렇게 길을 재촉하여 파비앙이 도착한 날은 대단위 공성전을 치른 다음날이었다. 필립과 카트나 연합군을 하이델 성과의 사이에 둔 파비앙 후작은 정찰병을 보내놓고 언제라도 전투에 임할 준비를 하고 있었다.

"적들의 동태는 어떠냐?"

"하이델 성에 다녀온 전령의 말로는 어제의 대단위 공성전으로 아군이 대승을 거두었다고 하옵니다."

"대승! 하하하! 잘되었구나! 하면 어쩐다? 이대로 성안으로 들어가야 하나?"

대승이라는 말에 파비앙은 몹시 기뻐하면서도 앞으로 어찌해야 할지를 생각했다. 본래의 계획이 어그러지기는 했어도 안 좋은 상황이 아니라 좋은 상황으로 변했으니 맘은 편했다.

"각하, 그럴 것이 아니오라 성안에 기별하여 앞뒤로 적들을 포위하여 섬멸하는 것은 어떨런지요?"

"아직은 아니다. 아무리 대승을 거두었다고 하더라도 적들이 즉각 물러가지 않았다는 것은 재차 공격할 여력이 남아 기회를 노린다는 뜻이다. 잘못하다가는 우리가 당할 수도 있다."

"하면 성으로 들어갑니까?"

부관의 말에 파비앙은 고민을 해야 했다. 당장은 급한 상황에 달려오긴 했지만 성으로 들어가 수성만을 할 수는 없다.

적을 물리쳐야 하는 상황에서 방어만 하다가는 전쟁이 길어지고, 록트의 참전으로 결국 패하는 결과가 생길 수 있는 것이다.

"기회를 만들어봐야지."

기회를 만들겠다는 파비앙의 바람을 들어주기라도 하는 듯, 다음날이 되자 필립과 카트나 연합군은 이동을 시작했다.

"각하! 적군이 움직입니다."

"그래? 혹 우리를 발견한 것이 아니냐?"

"그것은 모르겠사오나 적군이 하이델 성 방향으로 움직이는 것으로 보아 재차 공격을 감행할 듯 보이옵니다."

"전군 출전 준비를 하라!"

파비앙은 기회가 왔다는 생각에 얼굴에 웃음꽃이 피었다.

한편, 필립과 카트나 연합군의 사령부에서는 긴박감이 흐르고 있었다.

"정말 이 계획이 먹힐 것이라 보오?"

"각하! 전쟁이란 장담을 할 수는 없사옵니다. 하나 지금 상황에 이 방법 말고는 달리 취할 방도가 없사옵니다. 이대로 있다가는 앞뒤로 협공을 받아 전멸할 것이옵니다."

"알겠네."

어네스트 후작은 어쩔 수 없이 네이스트 백작의 말을 따라야 했다. 전날 정찰을 나갔던 병사에 의해 파비앙 후작의 부대가 은밀히 자신들의 주둔지 뒤쪽으로 이동했다는 보고를 받았다.

보고를 받은 어네스트는 아연실색하여 어찌할 바를 몰라 안절부절못하고 있었고, 그런 어네스트를 걱정 말라며 설득하여 진정시켰다. 그리고 이 기회를 빌려 파비앙을 제거할 수도 있을 것이라며 자신에게 모든 것을 맡겨 달라고 한 것이다.

어네스트 후작은 특별한 방법이 떠오르지 않자 모든 것을 네이스트 백작에게 맡긴 것이다.

"얼마나 하이델 성에 근접해야 하는가?"

"파비앙이 눈치를 채지 못할 만큼은 접근해야 합니다. 어차피 우리보다 병력이 작기에 우리가 하이델 성과 전투를 시작하면 뒤를 치려고 노릴 것입니다. 중앙의 2만 정도의 병력을 하이델 성과 최대한 가깝게 붙이고, 나머지 4만을 양쪽으로 나눠 포위한 뒤 중앙의 2만이 뒤를 돌아 공격하면 3면에서 포위한 형상이니 파비앙 후작이 아무리 전쟁 영웅이라도 빠져나가지 못할 것입니다. 설혹 빠져나간다 하더라도 우리는 시간을 벌게 되니 그사이 국경성으로 퇴각하면 됩니다."

네이스트 백작의 설명을 찬찬히 듣던 어네스트 후작은 계획이 그럴듯하다는 생각에 조금은 안심하는 눈치였다.

네이스트 백작의 말대로 파비앙 후작은 카트나와 필립 연합군이 하이델 성을 공격하러 가는 것으로 보고 은밀히 그 뒤를 따라 이동하기 시작했다.

파비앙이 이끄는 4만의 병력은 혹시라도 자신들이 발각되지 않을까 하는 조심스런 마음으로 정찰병도 보내지 않은 채 하이델 성을 향해 일정 속도로 이동하고 있었다.

"하이델 성과는 어느 정도 거리냐?"

"한 시간 거리입니다. 더 이상 이동하면 안 됩니다."

"모두 멈추라고 해라!"

"네!"

파비앙의 명령에 4만 병력은 길게 늘어선 상태로 휴식에 들어갔다.

"정찰병을 보내 전투가 개시되는 대로 알리라고 전해라!"

"네, 각하!"

정찰병을 보내놓고 쉬고 있던 파비앙은 뭔가 이상함을 느껴야 했다. 자신들이 지나온 길을 되돌아봤다. 공성전을 벌이게 되면 투석기와 같은 공성 무기를 동원할 것이고, 그렇다면 필히 지나간 길에 공성 무기가 지나간 자국이 남아 있어야 했다. 그러나 자신들이 지나온 길이나 지나갈 길을 아무리 살펴봐도 공성 무기가 지나간 흔적이 보이지 않았다.

"부관!"

"네, 각하!"

"이 길이 카트나와 필립 연합군이 지나간 길이 맞느냐?"

"맞습니다."

"그래? 하면 신속히 정찰병들을 주위로 보내어 적군이 숨어 있는지 확인해라. 아무래도 포위된 것 같다."

"네? 아, 네!"

부관은 급히 정찰병들을 사방으로 보내기 시작했다.

탈라 시에 주둔 중인 5천의 병사 중 3천이 죽어나갔다. 포위된 상황에서 항복을 권유했지만 부대장은 포위를 뚫고 밖으로 나가려고만 했다.

어쩔 수 없이 전투가 계속되었고, 압도적인 전투력과 병력 차이로 결국 부대장이 죽고 항복할 수밖에 없었다. 탈라 시를 점령하고도 마음이 편치 못한 샤였다.

"외곽 경계에 만전을 기하라. 후발대가 도착하기 전까지는 안심할 수 없다."

"네, 전하!"

샤는 기사단을 따라온 정보원을 찾았다. 사실 시급한 것은 헤네시에서 출정한 11만에 이르는 병사들이 어디까지 왔느냐이다.

만약 후발대가 탈라 시까지 들어오기도 전에 헤네시의 병력이 몰려오기라도 한다면 점령한 탈라 시를 내주고 뒤로 물러서야 하는 것이다.

"새로 들어온 정보는 없느냐?"

"그리니치 공국 2군단이 있는 하이델 성에서 들어온 정보가 있습니다."

"무엇이냐?"

"어네스트 후작 각하께서 이끄시는 연합군이 하이델 성을 함락하려고 대단위 공성전을 펼치시다 화공에 당하여 2만여의 병력을 잃었다고 하옵니다."

"뭐라? 또! 도대체 그들은 전쟁을 어찌하기에 싸우기만 하면 패배를 한단 말이냐!"

샤는 몹시 짜증스러웠다. 말이 제국이지 단순히 병력의 숫자로만 싸우려고 하는 동네 아이들 수준의 작전만을 구사한다고 생각했다.

"다른 소식은 없느냐? 그러니까 헤네시 출정군 소식 말이다."

"국경을 넘었다는 소식 뒤로는 아직 없습니다."

"헤네시와의 국경에서 이곳까지는 얼마나 걸리느냐?"

"11만 대군이 움직이는 것이니 못해도 한 달은 걸릴 것이옵니다. 그 속도로 보자면 지금쯤 수도를 지나 아크라 영지를 향하고 있을 것이옵니다."

"아크라? 아크라까지는 이곳에서 얼마나 걸리느냐?"

아크라는 수도와 탈라 시의 중간 지점에 있는 영지였다.

"빠르면 7일, 늦어도 10일 거리입니다."

샤는 보고를 받고는 얼추 후발대가 도착하는 시간과 비슷하다고 생각했다. 조금만 후발대가 빨리 도착해 줬으면 하는 마음이었다.

"전령을 보내 후발대에게 속력을 높이라고 해라!"

"네, 전하!"

샤는 정보원을 보내놓고 단장들을 불러 회의에 들어갔다. 하이델 성을 공격하던 카트나와 필립 연합군이 대패를 하였다면 조만간 최소 6만의 병력이 더 몰려올 수도 있다는 말이었다.

카트나와 필립의 헤네시가 추가 파병한 병력을 무찌르고 그리니치의 공왕을 잡을 때까지만 하이델 성의 병력을 잡아준다면 충분히 승산이 있어 보였지만, 그럴 가능성은 희박해 보였다. 어쨌든 자신들이 지금 할 수 있는 일은 탈라 시를 방어 거점으로 삼아 11만 대군과 일전을 벌이는 일이었다.

"이곳은 보다시피 성도 없고 주위에 방어를 도와줄 변변한 산도 없어 공격에 너무도 취약한 곳이오. 하여 후발대가 도착하기 전에 최대한 방어책을 강구해야 하오. 좋은 의견이 있으면 말해보시오."

"시 외곽에 걸쳐 목책을 치고 목책 앞에 땅을 파 함정을 만들어두는 것은 어떻습니까?"

"음, 시 외곽 전부를 그렇게 하려면 엄청난 시간이 걸릴 것 같소만?"

"하면 적들이 올 수 있는 곳을 예측하여 그곳에 집중적으로 설치하는 것은 어떻습니까?"

샤의 말이 끝나자 여기저기서 다양한 의견들이 나오기 시작했다. 샤는 가만히 단장들의 의견을 듣고만 있었다.

"밀스 단장님의 생각은 어떻습니까?"

샤의 옆에서 조용히 듣고 있던 근위기사단장인 밀스에게 질문이 돌아왔다.

"내 생각엔 적군이 들어오는 것을 미리 알 수 있다면 매복하여 적을 함정으로 유인하는 방법이 가장 좋을 것 같소."

"함정을 파놓고 그쪽으로 유인하자는 말입니까?"

"그렇소."

"순순히 넘어올까요?"

샤는 기사단장들의 이야기를 들으며 미소를 짓고 있었다. 자신이 직접 나서서 끌고 가도 되지만 이들의 계책도 나빠 보이지 않았다. 될 수 있으면 이들이 의논하여 세운 계획대로 따라야겠다고 생각하는 샤였다.

파비앙이 포위되었다고 느낀 순간은 이미 늦었다. 정찰을 나갔던 병사들이 돌아오지 않더라도 어찌 된 상황인지 금방 알 수가 있었다. 카트나와 필립 연합군의 공격이 시작된 것이다.

쉬익!

"컥!"

"적군의 기습이다! 모두 대응 사격을 해라! 아니다. 뒤로 물러서라! 본진과 합류한다!"

기습적인 화살 공격에 당황한 부대장들은 제대로 된 통솔을 하지 못하고 우왕좌왕하고 있었고, 파비앙 또한 갑작스러운 공격에 신속한 명령을 내릴 수가 없었다.

당장은 맞대응을 하고 있지만 첫 공격에서 너무 많은 피해를 본 탓에 제대로 된 전투도 불가능했다.

"뒤로 후퇴해야 합니다."

"아니다. 그러면 더욱 큰 피해만 입는다. 우리보다 적군의 수가 훨씬 많다. 앞으로 뚫고 나아가 성안으로 들어가야 한다."

"하면 진격 명령을 내립니까?"

"목표는 하이델 성이다. 각 제대별로 뭉쳐 성안으로 돌격하라고 해라!"

"네!"

부관은 급히 몸을 움직여 명령을 하달했다. 한곳에 뭉쳐 있다면 즉각적인 이동이나 반격이 가능했겠지만, 길게 늘어서 있던 상황이라 적절한 대응이 불가능했다. 이럴 때는 빨리 자리를 벗어나는 것이 최선책이었다.

"하이델 성을 향해 돌격하라! 앞을 막는 모든 것을 뚫고 성안으로 들어가야 한다! 뛰어라! 성안으로 들어가는 자만이 살아남는다! 돌격!"

병사들은 돌격 명령이 떨어지자 주변의 동료들과 하나둘씩 뭉치기 시작하면서 하이델 성 방향으로 뛰기 시작했다.

앞에는 2만의 카트나와 필립 연합군이 그들의 진로를 막고 있었다. 기습 공격에 5천이 넘는 병력이 손실된 파비앙의 부대는 2만의 적이 막고 있는 장벽을 뚫고 성안으로 들어가야만 살 수 있었다.

"길을 뚫어라! 돌격하라!"

쉬익!

"컥!"

"으아! 비켜! 비키란 말이야!"

"돌격!"

가야 하는 자와 막아야 하는 자의 처절한 싸움이었다. 양옆에서는 화살 비가 쏟아지고 앞에서는 수천의 군사들이 방패를 모아 방어하며 길을 막고 있었다.

어떻게든 뚫고 나가야 하는 헤네시 군으로서는 초반 출혈을 각오하고 끊임없이 두드리는 수밖에 없었다.

이와는 다르게 카트나와 필립 연합군은 최대한 길을 막고 헤네시 군을 줄이거나 전멸시키려 하고 있었다.

"길을 뚫어라! 돌격!"

"앞을 막는 적군들을 물리쳐라!"

"적들이 성안으로 들어가지 못하게 하라! 막아라! 단 한 놈도 놓치지 마라!"

그때였다. 하이델 성에서 밖에서 들리는 소란스러운 소리 덕분에 알았는지 파비앙의 상황을 알고 4만의 병력이 뛰쳐나와 파비앙 후작의 앞길을 막고 있던 적군의 뒤를 치며 길을 뚫기 시작했다.

"와! 구원군이다!"

한쪽에선 환호성을 질렀고, 한쪽에선 급하게 퇴각을 시작했다.

"퇴각하라! 전군 퇴각하라!"

예상했던 일이라는 듯 네이스트 백작은 병사들에게 퇴각 명령을 내렸다. 그의 명령과 함께 병사들이 좌우로 흩어지면서 전장에서 물러나기 시작했다. 길이 뚫리자 드디어 끝이라는 듯 병사들이 환호성을 지르며 성을 향해 뛰어가기 시작했다.

헤네시에서 11만 대군을 이끌고 그리니치로 들어오는 사람은 헤네시 제국의 황제인 니콜이었다.

신하들의 만류가 있었지만 믿을 만한 사람이 없는 니콜로서는 자신이 직접 병사들을 이끌고 참전하는 것이 오히려 맘이 편했다.

"폐하, 내일이면 아크라에 도착할 것이옵니다."

"알았다. 그리고 새로 들어온 정보는 없느냐?"

"별다른 정보는 없사옵니다. 며칠 안으로 탈라 시로 록트의 대군이 도착할 것이라는 것과 파비앙 후작이 카트나와 필립 연합군을 몰아내는 대로 이곳으로 온다는 전갈만이 있었사옵니다."

닉 혼비 후작의 보고에 니콜은 눈앞까지 다가온 록트에 관한 정보가 너무 부족하다는 생각을 했다.

별도의 정보 부서가 있었지만 황제로 등극하고 제대로 정비를 하지 못해서인지 정보의 양이 매우 적게 들어오고 있었다.

니콜은 이번 전쟁이 끝나는 대로 필히 정보 부서를 확대 개편해야겠다는 생각을 하며 닉 혼비에게 명령했다.

"정찰병들을 추가로 더 보내도록 해라. 록트의 움직임을 하나도 놓치지 말고 모든 것을 보고하라 하고, 내일 내가 아크라로 들어가는 즉시 이곳 공왕에게 전령을 보내서 내가 왔음을 알려라."

황제가 친정을 하는 것을 외부에 알릴 수는 없었다. 전투가 시작되면 알려지겠지만, 이동 시에는 비밀에 붙여야 하는 것이다. 니콜은 말을 끝내는 듯하다 다시 말을 이었다.

"공왕에게 전해라. 공왕성 안에서 웅크리고 숨어 있지만 말고 검을 들 수 있는 사람들을 모두 이끌고 밖으로 나오라고 전해라. 만약 그래도 공왕성 밖으로 나오지 않고 버틴다면, 당장에 황명을 거역한 죄로 처형할 것이라고 전해라."

"네, 폐하!"

니콜의 단호한 말에 긴장해야 하는 상황임에도 닉 혼비의 얼굴엔 오히려 웃음이 피어나고 있었다.

닉 혼비 또한 전전대 황제를 모시던 몸으로, 전전대 황제와 함께 대륙을 질타하던 기사였다. 유약하던 전대 황제에 실망하였던 그는 니콜의 모습을 보며 니콜의 아버지가 떠올랐다. 그는 강인했고 활달했으며 공사가 명확했다.

제국의 앞길에 방해가 된다고 판단되면 아무리 가까운 인물이라도 가차없이 쳐낸 사람이었다.

따지고 보면 지금의 그리니치 공국의 공왕은 니콜의 작은 아버지뻘 되는 사람이었다. 신하라고는 하나 그런 사람에게 검을 들고 전쟁터로 뛰어나오라고 하기는 힘들었다.

지금의 공왕과 그의 가신들이 전쟁이 터져 수만 명이 죽어 나가는 상황에서도 별다른 행동을 하지 않는 것은 실상 전대 황제가 잘못 들여놓은 버릇 때문이었다.

예우를 해준답시고 조금만 복잡하고 어려운 일이 발생하면 제국에서 직접 나서서 도와줬으니 이번 전쟁 또한 자신의 일이면서도 남에 일처럼 여기는 것이다.

니콜은 이야기를 끝마치고 나가려는 닉 혼비를 불러 근위 기사에게 들었던 소문에 대해서 물었다.

"듣자 하니 록트에 마스터가 있다는데, 그게 사실이오?"

닉 혼비가 뒤돌아서며 자신이 정보원들에게 들었던 것을 말하기 시작했다. 자신 또한 들었지만 믿기지 않는 소문이었다.

"네, 폐하! 록트 군이 캘자드 성을 함락할 당시 마스터가 나타났다고 하옵니다. 아직 그 사람의 신분은 정확히 알 수 없으나 록트 왕세자가 이끄는 기사단의 단장이라는 이야기가 들립니다."

"마스터를 수하로 거느렸다? 그자 말고 록트에 마스터가 또 있나?"

"들리는 풍문으로는 왕세자 본인도 마스터라는 소문이 있사오나 아직 확인된 바는 없사옵니다. 전에는 록트의 메린 대공이 마스터로 알려졌으나 워낙 오래된 일이라 아직 살아 있을지도 의문입니다."

"신기한 일이군……. 내가 알기로 마스터란 한 시대에 한두 명 나오기도 힘들다고 하던데 그 작은 왕국에 하나도 아니고 동시대에 3명이나 나오다니, 안 그런가?"

"보기 드문 일이긴 하옵니다."

"어쨌든 록트의 동태를 더욱 면밀히 살펴야 할 것이오. 허고 아직은 병사들의 훈련 상태가 낮아 전투력이 떨어질 것이니 이동 시나 주둔 시에도 끊임없이 훈련을 시키시오."

"알겠사옵니다."

니콜은 록트의 왕세자를 만나보고 싶다는 생각을 했다. 자신과 비슷한 나이 또래인 그가 어떻게 마스터의 실력이라는 소문이 났는지도 궁금했고, 더구나 자신이 황제가 된 후 끊임없이 올라오는 록트에 관한 보고서의 진위도 궁금했다.

파비앙이 이끄는 부대는 구사일생으로 하이델 성으로 입성할 수 있었다. 4만의 병력이 단 한 번의 공격에 2만 8천의 병력으로 줄어버렸다.

처음 집중적인 화살 공격에 수천 명의 사상자가 나왔고, 성으로 돌격하며 제대로 된 진형을 유지하지 못해 낙오되거나 공격을 받아 또다시 수천 명의 사상자가 나왔다.

“정확하게 인원 파악을 하도록 해라!”

“네!”

파비앙은 전투에서 패배했다고 의기소침하거나 힘들어 하지 않았다. 그런다고 달라질 것은 없었다. 오히려 그는 빠르게 부대를 재정비하여 다음 전투를 준비하는 사람이었다.

“각하, 정찰병이 돌아왔습니다.”

“보고해라.”

“적들이 국경성 쪽으로 향했다고 하옵니다.”

“국경으로 되돌아갔다?”

“아무래도 지금의 병력으로 공성을 하기엔 무리라고 판단했던 것 같습니다. 국경성에 주둔하며 수성을 할 모양입니다.”

승리를 거두었다고 해도 이쪽의 병력이 7만인 상황에서 6만이 채 안 되는 카트나와 필립 연합군이 공성전을 하여 하이델 성을 함락시킬 수는 없었다.

“그렇단 말이지. 적들이 국경성에 도착하려면 얼마나 걸리겠느냐?”

“못해도 10일 안에는 국경성 안으로 들어갈 것입니다.”

“지금 출발하면 따라잡을 수도 있겠지만 놓칠 수도 있겠군! 반나절이나 하루만 잡아둘 수 있으면 충분히 뒤를 칠 수도 있겠어."

파비앙은 말을 탈 수 있는 병사와 기사를 급히 소집했다. 200여 명의 기사와 100여 명의 병사를 모아 부대 안에 있는 모든 깃발과 함께 병사들의 옷을 쥐어주고 카트나와 필립 연합군을 앞질러 가라고 명했다.

일명 허장성세(虛張聲勢)였다. 대군이 앞에 있는 것처럼 해서 잠시간이라도 시간을 끌어보자는 생각인 것이다.

기사들과 병사들이 떠나자 파비앙은 부대를 신속히 재정비하고 하이델 성에는 5천의 병사만을 남겨둔 채 모든 병력을 끌고 출격하였다. 당한 만큼 돌려주고 싶은 것이다. 파비앙이 이끌고 출격한 병사는 6만 3천에 달했다.

카트나와 필립 연합군은 이번 습격으로 대승을 거두긴 했지만 손해가 없었던 것은 아니었다. 파비앙의 부대가 돌격하는 앞길을 막아선 2만의 병사 중 3천에 이르는 사상자가 발생한 것이다.

물론 파비앙의 부대가 당한 피해에 비해서는 적은 숫자였지만 피해를 본 것은 사실이다. 6만이 채 안 되는 병력으로 공성전을 치를 수 없게 된 어네스트 후작과 네이스트 백작은 국경성으로 퇴각하기로 하고 급히 길을 떠나는 중이었다.

"각하!"

"왜 그러느냐?"

"전방에 헤네시 군의 깃발이 보이옵니다."

"뭐라?"

에네스트 후작은 부관이 가리키는 방향을 바라보았다. 뚜렷하게 잘 보이지는 않았지만 헤네시 제국 고유의 색으로 치장된 깃발 같아 보이긴 했다.

"저것이 헤네시 제국의 깃발이냐? 난 잘 보이지 않는구나."

"맞습니다. 벌써 우리를 앞질러 올 수는 없을 텐데……."

"그렇다면 국경성을 향해 진격한 또 다른 헤네시 군이 있다는 말이냐?"

"잘 모르겠습니다. 확인을 해봐야 할 것 같습니다. 정확한 부대의 규모도 모르니 정찰병을 보내어 확인한 후 움직이는 것이 좋겠습니다."

"행군을 중지하고 이곳에 진영을 꾸려라."

"네!"

어네스트 후작의 명이 있자 병사들의 행군이 멈추고 주변을 정리하며 진영을 설치하기 시작했다.

확인을 해봐야 하겠지만 당장에 깃발이 꽂혀 있다는 것은 적군이 있다는 말이니 적든 많든 무시하고 지나갈 수는 없는 일이었다.

"왜 정찰병들이 돌아오지 않느냐?"

한참을 기다려도 정찰을 나갔던 병사들이 돌아오지 않자

네이스트 백작이 병사들을 불러 물어봤지만 같이 있던 병사들이 그 사정을 알 리는 없었다.

"다시 정찰병을 보내보거라!"

"네!"

병사들을 다시 보내봤지만 역시 되돌아오는 병사가 없었다. 네이스트 백작은 당장 전부대의 진퇴를 결정해야 할 상황에서 정찰병들이 제 역할을 못하자 뭔가 일이 난 것이라 생각하고 어네스트 후작에게 보고를 해야겠다고 생각했다. 기사단이나 수백의 병사를 움직이는 것은 보고를 해야 하는 것이다.

"각하, 정찰병들을 두 차례 보내봤지만 모두 감감무소식입니다. 아무래도 변고가 생긴 듯합니다. 하여 실력이 출중한 기사를 보내보는 것이 좋을 것 같습니다."

"그래? 정찰병이 돌아오지 못한다? 아닐세. 기사단을 보내서는 안 되네! 정찰병이 붙잡혔다면 우리의 상황을 안다는 말이 아닌가!"

네이스트 백작은 후작의 말에 아차 싶었다. 붙잡혔다면 이곳의 상황을 훤히 꿰뚫고 있을 것이다. 어서 부대를 이동시키거나 전투 태세를 취해야 하는 것이다.

"어서 전투 준비를 시키게!"

"네, 각하!"

네이스트 백작과 부관이 달려나가며 전 부대에 비상을 걸었다. 비상을 걸어 전 병력이 전투 준비를 했다고 해도 문제가 되는 것이, 적에 대해서 어떤 정보도 아는 것이 없었다. 결국 전투 태세를 한 상황에서 다시 기사들을 보내야 했다.

"너무 가까이 가지 말고 멀찍이 떨어져서 대략적인 상황만이라도 알아오게!"

"네!"

기사들을 보내놓고 한참을 기다리자 이번에는 온몸에 피칠을 한 기사 하나가 급히 말을 타고 달려왔다.

"어찌 된 일이냐!"

그 모습에 놀란 네이스트 후작이 달려나가며 묻자 기사가 말에서 내리지도 못하고 대답을 했다.

"매복이……. 우리가 가는 길을 알고 미리 매복을 하고 있었습니다. 숫자로는 기사만 200이 넘었습니다."

"그래? 어서 들어가 치료를 해라."

네이스트 후작은 혼란에 휩싸였다. 200의 기사란 말에 더욱 기도 안 찼다. 그 정도의 기사를 매복에 동원할 정도면 록트의 기사단 정도는 부려야 한다.

헤네시가 아무리 병력이 많고 기사의 숫자가 많아도 제국을 통틀어 2, 3천밖에 없는 기사들을 매복 같은 위험한 작전에 투입하지는 않는다.

물론 록트처럼 평민이나 노예들을 기사로 쓰는 경우라면 이야기가 다르지만, 기사는 귀족인 것이다.

또한 기사들은 병사들을 이끄는 장교이기도 하기에 그런 숫자의 기사들을 동원하기가 쉽지는 않았다.

"이런, 도대체 얼마나 많은 병력을 집결시켰기에……. 돌아가야 하나?"

네이스트의 걱정과는 달리 파비앙이 보낸 기사단은 사실 파비앙이 가진 기사단 전력의 반이었다.

깃발을 본 카트나와 필립 연합군이 정찰병을 보낼 것을 미리 예상하여 도착하는 대로 매복하여 정찰병을 제거하여 적에게 혼란을 주라고 명한 것도 파비앙이었다. 그는 그렇게 해서라도 조금이나마 발길을 늦출 수 있기를 바랐다.

네이스트 백작은 이런 상황을 각 부대장과 어네스트 후작을 불러 이야기하고 의견을 물었다. 어쨌든 저번 전투 뒤로 부대를 이끌다시피 하는 이가 네이스트 백작이니 자신의 생각대로 해도 되겠지만, 일이 잘못될 경우 모든 것을 책임져야 하기에 미리 알리고 이해를 구하는 방법을 선택했다. 또한 상황이 그렇게 좋아 보이지도 않았다.

"하면 어쩌자는 거요? 뒤돌아 다른 길로 가자는 거요?"

"그것도 방법이 되겠지요. 하나 우선은 가더라도 정확하게 적의 실태를 알고 가야 하는 것 아닙니까?"

"지금 병사를 두 번이나 보내고도 안 되어 기사 20명을 보내어 알아낸 정보가 '적의 매복에 모두 당했습니다' 이 한마디뿐입니다. 기사만 무려 200이 매복해 있다고 합니다. 그런데 더 보냅니까?"

뒤돌아 다른 길로 가자는 말에 부관이 발끈하여 적의 실태를 제대로 파악하는 것이 우선이라고 하자 네이스트 백작이 다시 맞받아친 말이 매복에만 200의 기사가 기다리고 있다는 말이었다.

갑론을박(甲論乙駁)이었다. 끝나지 않는 말싸움만 길어지고 있었다. 점심 무렵 진영을 꾸리고 정찰을 시작하여 전투태세에 돌입한 카트나와 필립 연합군은 움직이지도 못하고 그렇다고 제대로 방어 준비도 못한 채 밤을 맞고 말았다.

이때 파비앙 후작이 이끄는 6만 3천의 병력은 카트나와 필립 연합군 바로 뒤까지 쫓아오고 있었다.

"각하! 앞에 적군이 진을 치고 있답니다."

"얼마의 거리냐?"

"1, 2시간 거리랍니다."

"하면 이곳에서 새벽까지 기다렸다가 기습을 할 것이다."

"네!"

쉬지 않고 달려 드디어 자신에게 패배를 안겨준 카트나와 필립 연합군을 따라잡은 파비앙은 기회를 노리고 있었다.

풀잎에 이슬이 맺힌 새벽녘, 수만에 달하는 병사들이 발소리를 줄여가며 움직이고 있었다. 병사들과 기사들, 각 부대장들은 오직 복수한다는 생각에 숨소리조차 죽여가며 움직이고 있었다.

카트나와 필립 연합군은 적군이 앞에 있다는 생각에 평소보다 3배는 더 많은 보초를 세워둔 상태로 아침을 기다리고 있었다.

"보초가 아무리 많다고 하더라도 병사의 반은 잠을 자고 있을 것이고, 지휘할 부대장들 또한 마찬가지일 것이다. 모두 단 한 명도 남겨놓지 않겠다는 각오로 몰아붙여라!"

파비앙의 단호한 말에 뒤따르는 부대장들은 고개를 숙여 대답을 하고는 각자의 부대로 흩어졌다. 잠깐의 시간이 지나고 하늘 위로 전투 개시를 알리는 불화살이 날아올랐다.

쉬익!

"컥!"

"적군이다! 기습이다!"

"공격하라! 모조리 없애야 한다! 단 한 명도 남겨두지 마라!"

일제히 화살을 날린 병사들은 이번에는 막사와 식량을 운송하는 마차에 불화살을 날리기 시작했다.

불화살에 맞아 화염이 피어오르자 자고 있던 병사들이 뛰쳐나왔고, 나오는 족족 다시 화살과 창에 꽂혀 쓰러져 갔다. 어느 정도 예상한 기습이었지만 이런 대단위 공격을 받을 것이라고는 생각지 못한 네이스트 백작과 부대장들은 어떤 것을 먼저 해야 할지 갈피를 못 잡은 채 반격하라는 말만을 되풀이하고 있었다. 어네스트 후작의 부관이 급히 막사 밖으로 달려 나와 네이스트 백작에게로 향했다.

"이 자리를 피해야 하는 것 아니오?"

"어디로 말입니까? 앞에 대군이 있습니다."

"왔던 길로라도 돌아가야지요. 이러다가는 전부 몰살당합니다. 어서 후작 각하를 모시고 자리를 피해야 합니다."

"총사령관은 후작 각하십니다. 각하는 어디 계십니까?"

"안에 계십니다. 그것이 중한 것이 아니지 않소. 엄연히 사령관 각하께 전권을 위임받지 않았소? 어찌할 것이오?"

부관의 날카로운 질문에 네이스트 백작은 자신이 필립 공국으로 후퇴하기 전까지 전권을 위임받았다는 것을 떠올리고 주변을 둘러봤다. 하지만 도저히 막아낼 상황으로는 보이지 않았다.

"어쩔 수 없군요. 병사들을 한곳으로 모아 뚫고 나가야겠습니다."

결국 자리를 피하는 것으로 결정한 네이스트는 부대장들에게 피해를 최소화하며 뒤로 빠지라고 명한 후, 자신도 기사들과 함께 뒤로 물러서기 시작했다.

이번 전투로 카트나와 필립 연합군은 3만이 넘는 사상자가 나왔고, 파비앙 측은 8천여의 사상자가 나왔다. 말 그대로 대승이었다.

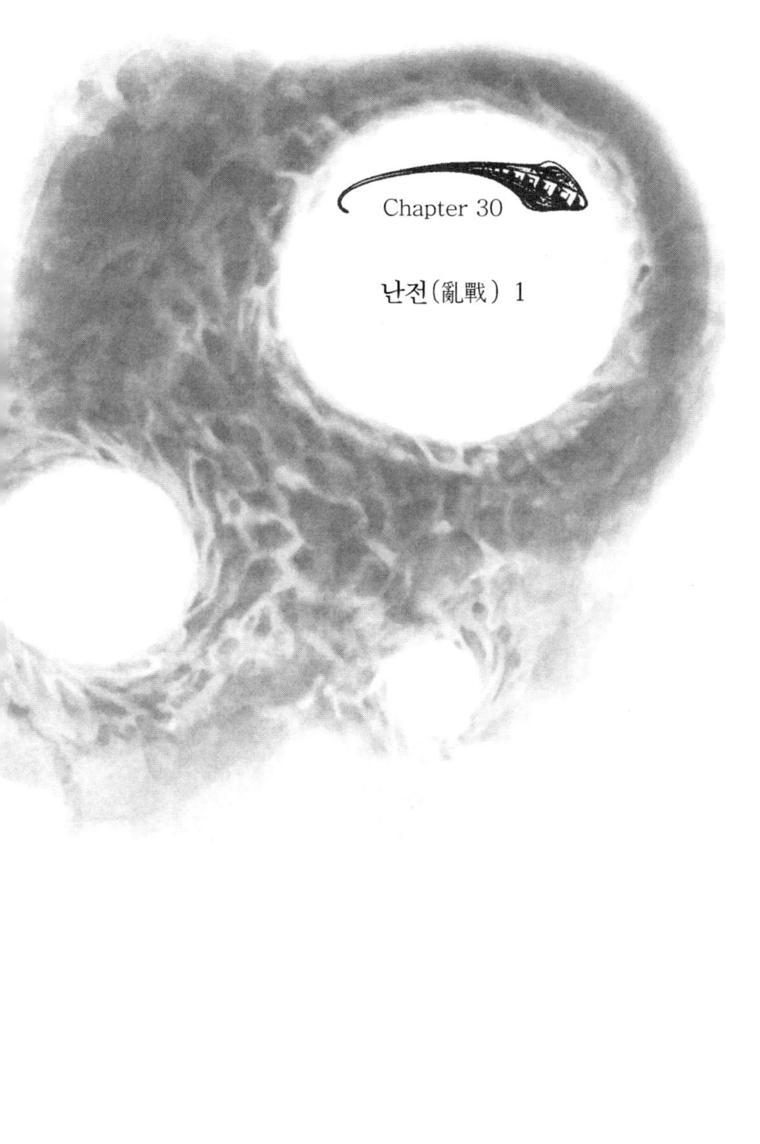

Chapter 30

난전(亂戰) 1

Chapter 30

다행스럽게도 메린 공작이 이끌고 오는 후발대가 헤네시의 대군이 공격해 오기 전에 탈라 시에 입성을 했다. 헤네시군이 곧바로 공격을 할지는 아직 미지수였지만 적의 대군이 이동한다는 사실을 알고 있는 샤의 입장에서는 천만다행한 일이었다.

"어서 오십시오!"

"왕세자 전하를 뵙습니다."

"직접 군을 이끌고 오셨다는 이야기는 들었지만 여기까지 오실 줄은 몰랐습니다. 여긴 일촉즉발의 상황입니다. 캘자드 성에 계시지 않고요?"

샤의 말에 메린 공작은 서운한 마음이 들기도 했지만 작은 아버지뻘인 자신을 생각하여 하는 말이라는 것을 느낄 수 있었다.

"저도 록트의 검입니다. 당연히 앞서 나아가 싸워야지요!"

메린 공작의 말에 샤는 든든함을 느꼈다. 나름 왕족이라면 왕족인 메린 공작이 위험을 무릅쓰고 전쟁에 직접 참여했으니 병사들이나 기사들의 좋은 본보기가 되는 것이 사실이다.

"아크라에 와 있는 적군은 11만에 달한다고 합니다. 또한 계속하여 그리니치 공국 곳곳에서 병력이 몰려들고 있다고 합니다."

"오면서 들었습니다. 카트나가 제 역할을 했다면 우리가 이렇게까지 해도 되지 않았을 텐데, 참으로 안타까운 일입니다."

"그 일은 전쟁이 끝난 뒤에 다시 거론하기로 하죠. 우선 안으로 들어가시죠."

샤는 에밀에 관한 이야기와 정전 협상에 관한 일은 뒤로 미루기로 했다. 당장에 전쟁이 터져 전투가 벌어진 상황에 그것을 따진다고 바뀔 상황이 아닌 것이다.

전쟁이 이긴 다음에 하나씩 풀어갈 수밖에 없는 문제였다. 두 사람이 막사 안으로 들어와 자리를 잡자 메린 공작이 먼저 질문을 하였다.

"이곳은 변변한 성이나 방어를 도와줄 산도 없다고 하던

데, 어떤 복안이 있으십니까?"

메린 공작의 질문에 샤는 생각해 둔 것이 있는지 지도를 펴 보였다.

"적들이 먼저 선공을 한다면 천상 이곳에서 싸워야겠지만, 그렇지 않고 우리가 먼저 공격을 시작하게 된다면 이야기가 달라집니다. 이곳에서 3, 4일 거리에 강이 있습니다. 또한 강을 건너면 낮지만 산도 있습니다. 그러니 먼저 도착하여 준비를 하면 충분히 승산이 있습니다."

"그렇군요! 하면 서둘러야 하겠습니다. 적들은 이미 준비를 마칠 수 있는 충분한 시간이 지나지 않았습니까?"

"정보원들을 풀었으니 적들의 동태를 알아오는 대로 움직일 생각입니다."

"알겠습니다. 명령만을 기다리겠습니다."

두 사람은 앞으로 벌어질 전투에 관한 계획을 논하며 늦은 밤까지 이야기를 나눴다. 그리고 다음날 아침이 밝자 정보원들이 하나씩 돌아오기 시작했다.

니콜이 이끌고 들어온 11만 대군은 아크라 시를 최후의 보루로 삼고 록트 군이 주둔하고 있는 탈라 시와 대치 상태에 있었다.

당장 진격하여 빼앗긴 땅을 되찾자는 말도 있었으나 록트의 전력이 그렇게 호락호락하지도 않을뿐더러 적에 대한 정보도 부족한 상태였다.

니콜이 아크라에 도착하여 내린 명령대로 그리니치 공국의 왕족들과 가신들이 움직이기 시작했다.

전쟁이 터져 국토가 적에게 유린되고 있는 상황에서도 움직이지 않던 귀족들이 황제의 명에 움직인 것이다.

이런 공왕과 가신들의 변화에 각 지역의 영주와 귀족들이 호응을 보이면서 여력이 되는 영지들에서 병력과 전쟁 물자를 아크라로 보내기 시작했다. 물론 이런 변화를 일으킨 가장 큰 원인은 황제가 직접 참전했다는 이유였다.

"폐하! 공국 각지에서 보내온 병사의 수가 3만이 넘어가고 있사옵니다. 매우 고무적인 일이옵니다."

"당연한 것 아니오? 오히려 자신의 나라를 지키는 일에 귀족들이 나서지 않는 것이 잘못된 일이오. 어찌 되었든 파비앙 후작이 어서 돌아왔으면 싶은데, 그쪽 소식은 어찌 되었소?"

"현재까지 들어온 소식으로는 적군을 쫓아 필립 공국 방향으로 출진을 했다는 것이 전부입니다. 그 뒤의 소식은 아직 없습니다."

"파비앙 후작이니 믿고 기다려야겠지. 그리고 탈라 시로 집결한다는 록트 군에 관한 정보는 더 들어온 것이 없소?"

"탈라 시에 진영을 꾸리고 록트에서 대군이 집결하고 있다고 합니다. 물경 10만에 달한다고 하옵니다만, 정확한 병력의 수는 알지 못합니다."

"그게 전부요?"

"네, 폐하!"

닉 혼비의 보고에 니콜은 다시금 정보가 부족하다는 것을 느꼈다. 바로 앞에 진을 치고 있는 적군에 대한 정찰도 제대로 되지 않고 있는 것이다. 이대로는 전쟁을 할 수가 없었다.

"안 되겠소. 경도 느끼겠지만 지금 제국의 정보 수집 능력이 현저히 떨어지고 있소. 질로 안 된다면 양으로라도 밀어붙이시오. 정찰병의 수를 대폭 늘리고, 기사 중 뛰어난 자들에게 사복을 입혀 잠입하여 적군의 상황을 면밀히 알아오라 하시오."

니콜의 명령은 사실 당연한 것이었다. 전쟁에서 하나의 정보가 어떤 역할을 하는지 너무도 잘 아는 닉 혼비로서는 환영할 만한 명령이었다.

"명을 받듭니다."

대화를 끝낸 니콜은 직접 진지 방어 상태를 확인하고 부대 밖으로 나아가 주변 지형을 확인했다.

그리니치는 피렌 소산맥 아래에 위치하고 있으면서도 산맥 주변을 제외하고는 대부분 평야와 강이 많았다.

특히 록트 군이 주둔하는 탈라 시에서 시작하여 헤네시 군이 주둔하는 아크라 시를 지나 수도에 이르기까지 나지막한 산이 몇 개 있을 뿐 넓은 평야가 대부분이었다.

대단위 전쟁을 하려면 양쪽의 모든 병사들이 모습을 보여가며 육박전을 하든지 성을 쌓아 수성을 해야 했다.

"방어만을 해서는 안 되는 지형이구나! 모든 병사들을 언제라도 출진할 수 있게 준비하시오. 적이 오기를 기다리는 것은 위험할 것 같소."

"네, 폐하!"

사실 니콜은 병사들의 훈련도가 낮아 선제 공격보다는 적절한 방어와 함께 기회를 노릴 생각이었다.

그러나 지형 자체가 방어하기에 힘들다면 오히려 선제 공격을 하는 것이 유리하다. 먼저 공격하는 쪽이 자신들이 상황을 만들어갈 수 있기 때문이다.

파비앙은 전날에 당한 패배를 설욕(雪辱)하고 병사들을 재정비해 하이델 성으로 되돌아왔다.

여세를 몰아 국경성을 재탈환하자는 이야기도 있었지만 당장의 전투를 통해 손실한 병사들로 인해 그것까지는 어려운 상황이었다.

병사들을 이끌고 하이델 성으로 돌아온 파비앙은 아크라시에 니콜이 11만의 병력을 이끌고 참전했으니 최소한의 병력만을 남겨두고 합류하라는 전갈이 와 있었다.

파비앙은 카트나와 필립 연합군이 이번 전투로 크게 당했으니 당분간 넘어올 엄두를 못 낼 것이라 여기고 1만의 병력만을 하이델 성에 남겨두고 5만의 병력을 이끌고 니콜이 있는 아크라를 향해 이동하기 시작했다.

이와는 반대로 카트나와 필립 연합군은 5만이 넘던 병력이 단 한 번의 공격에 3만이 넘는 사상자가 발생했다.

그나마 남은 2만의 병력 중에서도 전쟁터를 빠져나오면서 7, 8천의 병사들이 사라져 버려 1만을 간신히 넘기는 병력만이 국경을 넘어 필립으로 돌아갈 수 있었다.

처음 8만의 병력으로 위세당당하게 그리니치를 침공했던 모습과는 너무나 대조적인 모습이었다.

카트나의 선공으로 시작된 전쟁은 이제 막바지로 치닫고 있었다. 록트의 10만 대군과 헤네시의 16만 대군의 마지막 결전이 남은 상황에 그리니치 귀족들의 뒤늦은 참여로 약 3만 5천의 병력이 아크라 시로 몰리면서 헤네시는 물경 20만에 가까운 병력이 되었다.

이런 사실을 모를 리 없는 탈라 시의 록트 군에서는 본국에 긴급히 전령을 띄워 지원군을 요청한 상태였다.

그러나 국경을 지켜야 할 병력을 빼올 수도 없는 노릇이었다. 각 영지에서 추가로 병력을 징집하여 보내야 하기에 시간이 많이 걸릴 것이라는 것은 탈라 시의 록트 군도 예상하고 있었다.

말 그대로 위기 상황이었다. 카트나와 필립 연합군이 그리 허망하게 당할 것이라고는 생각하지 못한 록트로서는 긴장감이 흐르고 있었다.

"선공을 해야 합니다. 이대로 적들이 움직이기만을 기다릴 수는 없습니다."

"알고 있습니다. 하나 무작정 적들의 본진으로 뛰어들어 갈 수는 없는 것 아니오?"

파렐의 의견에 메린 공작이 대답을 했다. 누구나 알고 있는 상황이었다. 가만히 앉아서 기다리다가는 압사를 당할 처지에 놓이게 되는 것이다.

샤는 회의 내내 말이 없었다. 전생의 기억에서 뭔가 꺼내보려 해도 마땅한 것이 없었다.

오로지 병사들이 창과 칼, 그리고 활로만 싸운다.

마법이란 것이 존재하지만 마법사는 너무도 귀한 존재라 한 나라에 서너 명 정도만을 군에 배치를 할 정도이고, 정령사는 아예 없다시피 한 곳이다.

화약을 만들 수 있음에도 무기로는 사용하지 않는다. 이런 상황에서는 선택할 수 있는 폭이 너무 적어진다.

"야간 기습이나 화공 등도 우리의 동태가 알려지지 않아야 가능한 것인데 이렇게 서로가 서로를 알아보기 쉬운 지형에서는 힘든 작전이고, 우리가 만들어놓은 장소로 적들을 유인할 수만 있다면 좋을 텐데……."

샤의 탄식에 옆에서 조용히 지켜보던 윌리가 처음으로 나섰다.

"전하, 만약 우리들이 선공을 하지 않고 이곳에서 다른 곳으로 이동을 하게 되면 어찌 됩니까?"

"이동?"

"당장에 우리가 생각하지 못한 것이 있었습니다. 그것은 여기가 록트가 아니라는 겁니다. 여긴 그리니치입니다. 즉, 답답한 것은 우리가 아니라 저쪽이라는 겁니다. 하루라도 빨리 우리를 몰아내고 전쟁을 끝내고 싶은 것은 저들이지 우리가 아닙니다. 현재 우리는 침략을 받은 것이 아니라 공격을 하는 입장입니다."

윌리의 말에 다들 뭔가 떠오른 듯 고개를 끄덕였다. 생각해 보니 자신들이 이곳을 고집할 이유도 없었고, 또 먼저 공격할 이유도 없었다.

전쟁 자체를 자신들이 유도하는 방향으로 끌고 갈 수 있는 상황인 것이다. 아크라 시를 제외하고 변변한 병력이 남아 있지 않은 헤네시와 그리니치 입장에서는 자신들이 만약 두세 개로 나뉘어 다른 영지를 공격하기라도 하면 자신들을 잡기 위해 병력을 나눠야 하는 입장에 처하게 된다. 그렇게 되면 각개격파를 해도 되는 것이다.

"그렇구나! 적들과 이렇게 대치하고 있을 하등의 이유가 없었어!"

샤는 그 즉시 작전을 세우기 시작했다. 탈라 시와 연결된 대도를 따라 밑으로 내려가다 보면 아가르와 레이드 영지가 나타나고, 그 밑으로 바다를 끼고 있는 아덴과 아부로 영지가 나타난다.

동시에 두 곳씩 치며 내려가기로 한 것이다. 그 뒤를 기사단이 멀찍이서 따라 내려가며 헤네시 군의 이동 상황을 살펴보다가 적당한 때에 빠르게 기습 공격을 하고 빠지는 작전을 구사하기로 정하고 급하게 이동을 시작했다.

니콜은 연일 들어오는 보고를 검토하며 공격 시점을 저울질하고 있었다. 파비앙이 부대를 이끌고 오려면 아직은 10일이 넘는 시간이 필요했기에 록트 군의 움직임을 예의주시하며 전 병력을 언제라도 출정 가능한 상태를 유지하고 있었다.

"폐하! 록트 군이 움직인다는 보고가 올라왔습니다."

"이리로 말이냐?"

"그것이… 부대를 세 개로 나누어 두 부대는 레이드와 아가르 영지로 향하고, 한 부대는 행적이 묘연하답니다."

"음, 적을 앞에 두고 회피하다니……."

니콜이 가장 우려하던 일이 벌어지고 있었다.

"아가르와 레이드 영지라… 하면 우리가 그들을 뒤쫓아 내려가면 그들은 분명 우리를 피해 아부로나 아덴 영지로 향할 것이다. 각 5만씩의 병력을 아부로와 아덴 영지로 보내고 나머지 10만은 나와 함께 가까운 아가르로 간다. 어서 서둘러라!"

"네, 폐하! 하옵고 행적이 묘연한 한 부대는 어찌하옵니까?"

"분명 왕세자가 거느렸다는 기사단일 것이다. 아마도 승냥이처럼 뒤에서 기회를 노리겠지. 각 부대에 정찰을 게을리하지 말라 하고 기습이나 매복을 철저히 경계하라고 해라!"

"네, 폐하."

니콜의 명을 받든 닉 혼비는 급히 밖으로 나가 이동 준비를 서둘렀다. 록트 군이 먼저 움직였으니 상황이 급박해진 것이다. 아무리 자신들의 숫자가 많아도 자신들은 방어하는 입장이고, 록트는 공격하는 입장인 것이다.

니콜이 정확히 9만 5천의 군사를 거느리고 아가르 영지를 들어설 때 록트 군은 벌써 지나간 후였다.

변변한 방어군도 없던 상황에 대군이 훑고 지나간 자리는 처참하다는 말밖에는 달리 표현할 길이 없었다.

이상한 것은 일반 평민과 노예들은 대부분 멀쩡한 것에 비해 관공서와 귀족들의 저택은 처참하게 부서지고 불에 탔다는 것이다.

"남아 있는 관리가 없느냐?"

"평민과 노예들을 제외하고는 모든 귀족들이 죽임을 당했습니다."

"끙, 어디로 향했다고 하느냐?"

니콜의 표정이 일그러지며 목소리가 높아져 가고 있었다.

"아덴 영지 방향으로 갔다고 하옵니다."

"알았다. 여기서 다시 두 부대로 나눈다. 한 부대는 아덴 영지로, 나머지 한 부대는 아부로로 향한다. 그리고 파비앙 후작에게서는 아직 연락이 없느냐?"

"방향을 돌려 이쪽으로 바로 내려온다는 기별을 받았습니다. 내일쯤이면 합류가 가능할 듯합니다."

"하면 5만 병력은 아덴으로 향하고, 나머지는 파비앙 후작이 도착할 때까지 이곳에 남는다."

"네, 폐하!"

이런 식의 전투가 계속된다면 니콜에게는 상당히 불리해진다. 계속 뒤를 쫓아만 갈 수도 없는 노릇이었다.

니콜은 이렇게 된 상황을 돌이켜 보며 처음 대치를 이룬 상황에서 조금 밀리더라도 공격을 해야 했다는 자책을 했다. 설마하니 눈앞의 적군을 내버려 두고 다른 곳을 공격할 줄은 생각도 못한 것이다.

다음날 저녁 무렵이 되자 파비앙은 5만의 병력을 이끌고 니콜과 합류할 수 있었다. 니콜은 도착하자마자 마중 나와 있는 니콜에게로 달려갔다.

"폐하를 뵈옵나이다. 그동안 강녕하셨습니까."

"고생했소. 안으로 들어갑시다."

두 사람은 살가운 인사를 마치고 폐허가 되다시피 한 아가르의 영주관으로 들어갔다.

"록트 군이 지나갔다고 들었사옵니다. 그들의 모습이 흡사 헤네시가 제국의 반열에 올라설 때와 같습니다. 거침이 없는 것 같사옵니다."

파비앙은 적이지만 인정할 것은 인정하는 사람이었다. 니콜 또한 그것을 인정하는 분위기였다.

"참으로 놀랍소. 적을 앞에 두고 뒤를 내주면서까지 이렇게 움직일 줄은 몰랐소. 어쨌든 그들은 하나는 생각하고 둘은 생각하지 못했소. 이렇게 휘젓고 다니는 것도 나름 위협이 되겠지만, 결국 병력이 많은 우리가 점점 포위망을 좁혀가며 자신들을 구석으로 몰 수도 있다는 사실을 말이오."

니콜의 대답은 파비앙은 만족했다. 그들이 아무리 빠르게 그리니치를 휘젓고 다녀도 결국 전쟁의 승패는 군과 군의 대결로 결판나는 것이다.

그런 이유로 사실 니콜은 어느 정도 느긋한 마음이었다. 천천히 뒤따라가면서 포위하다 일격에 섬멸하려는 것이다.

"저들도 바보가 아닌 바에야 다 생각이 있을 것이옵니다."

"그렇겠지. 아마도 따로 움직인다는 기사단이 복병인 것 같은데 행적이 묘연하오. 각별히 매복과 기습, 야습에 대한 경계를 해야 할 것이오."

"네, 폐하!"

파비앙이 합류하면서 다시 9만 5천의 병력이 된 니콜의 부대는 록트 군이 레이드 영지를 지나 아부로로 향했다는 보고를 받고는 아부로를 향해 출진했다. 지도상으로 보면 록트 군이 향한 곳은 해안가였다. 말 그대로 막다른 곳으로 간 것이다. 한쪽은 아덴 영지 방향으로, 다른 한쪽은 아부로를 목표로 삼아 토끼몰이 하듯 포위해 들어가기 시작한 것이다.

샤는 헤네시의 5만 병력이 아덴에 근접했다는 보고를 받고 아덴 시에 들어가 있는 부대에 연락하여 이동하지 말고 방어를 하라고 명했다.

아크라에서 바로 달려온 병력이 아덴 영지를 향해 움직이고 있는 것이다. 그 뒤를 따라 아가르에서 다시 5만의 병력이 아덴 영지를 향해 움직이고 있었다. 두 부대의 시간 차는 약 8, 9일 정도 되었다.

아덴 영지에 들어가 있는 병력을 이끄는 것은 메린 공작이었다. 자신이 직접 조련한 병력과 함께 아덴 영지를 점령하고 그곳의 모든 귀족들을 제거한 뒤에 헤네시 군을 기다리고 있는 것이다.

"뒤따라오는 헤네시 군이 합류하기 전에 앞서가는 적군을 섬멸하는 것이 관건이오. 만약 적들이 우리 군을 공격하지 않는다면 우리가 나서서라도 먼저 공격을 해야 하오."

메린 공작이 부대장들을 보며 말을 꺼내자 부관이 바로 대답을 했다.

"알겠습니다."

"적들은 어디까지 왔소?"

"아덴 시에 근접하였습니다. 내일 정도면 지근거리에 위치하게 됩니다. 만약 공격을 하지 않으면 우리가 먼저 할까요?"

"그것도 고려해 봐야 하오. 왕세자 전하께서 기사단과 함께 때를 기다리고 계시니 우리는 전투가 시작되면 적들이 다른 생각을 하지 못하게 치열하게 싸워야 하오. 그래야만 뒤에서 적은 병력으로 기습을 하는 효과를 극대화할 수 있소."

"알겠습니다."

다음날이 되어 헤네시 군이 아덴 영지 외곽에 도착하여 진지를 구축하기 시작했다. 헤네시 군으로서는 당장 공격을 시작하는 것은 바보짓이었다.

뒤에서 5만의 병력이 추가로 오는 것을 알고 있기에 그들을 기다려 10만의 병력으로 짓이기면 되는 것이다.

하지만 그런 그들이 황당하게도 전투를 해야 하는 상황이 발생했다. 주둔지를 정하고 진영을 꾸리자마자 공격을 받은 것이다. 물론 적군이 앞에 있다는 것도 알고 있었고, 그들이 이동한다는 것도 알고 있었기에 록트 군이 이동하는 것을 알게 되자마자 바로 전투 준비를 하고 대응에 나섰다.

"대응하라! 뒤로 밀리면 안 된다!"

"당황하지 마라! 적군과 우리 군의 차이는 없다!"

부대장들의 통솔에 적절히 대응해 가자 크게 밀리는 상황은 아니었다. 워낙 대병력인 5만 대 4만의 전투라 각 부대별로 깨지는 곳이 있으면 밀고 나가는 부대도 있는 혼잡한 상황이 연출되고 있었다.

록트 군은 신기하게도 많은 병력의 적에게 공격을 해오면서도 특별한 작전이라든지 전술을 구사하지 않고 무조건 밀어붙이기만 하며 나오고 있었다.

"뒤로 빠지면서 적들을 포위해라!"

가브리엘 오즈 백작은 1군의 사령관이었다. 니콜이 직접 전쟁이 참전하면서 따라온 그는 부대가 나뉘면서 1군이라 불리는 5만 병력의 수장이 되어 아덴 영지를 수복(收復)하기 위해 내려온 것이다.

록트의 병사들은 무조건적인 돌격 명령에 처음엔 어리둥절해하다가 자신들의 부대장이나 사령관이 이유없이 그럴 사람들이 아니라는 것을 믿고는 돌격을 감행했다.

서로 간에 접전이 벌어지며 한참을 치고 받는 상황이 되어 점점 사상자가 나오기 시작할 무렵, 헤네시 군에서 동요가 일어나기 시작했다.

뒤에서 공격을 받기 시작한 것이다. 그것도 1만의 기사단에게서 말이다. 순식간에 1만의 기사단이 바람처럼 뒤에서 나타나 말을 탄 상태로 화살을 쏘기 시작했다.

"최대한 화살로 요격하고, 각 기사단별로 강행 돌파를 시작해라!"

샤의 명령이 떨어지자 기사들이 각자가 가진 화살을 전부 소모할 때까지 연사로 헤네시 군에 날리기 시작했다.

그것만으로도 헤니시 군은 엄청난 수의 병사들이 죽어나가기 시작했다. 록트의 기사단은 연사가 끝나자 각 기사단별로 줄을 맞춰 서기 시작하더니 헤네시 군을 향해 돌격을 시작했다.

2천 명에 이르는 기사들이 한데 뭉쳐 말을 타고 달려오는 모습은 가히 장관이었다. 이윽고 말발굽 소리와 함께 땅이 울리고, 그것에 맞춰 병사들의 심장 소리도 요동치기 시작했다. 거침없이 달려오는 기사들이 헤네시 군의 중앙을 돌파하기 시작하면서 여기저기서 끊임없이 비명 소리가 울려 퍼지기 시작했고, 한데 뭉쳐 있던 헤네시 군의 전열이 흐트러지기 시작했다. 당하는 헤네시 군도 황당했지만 공격하던 록트의 일반 병사들도 그 모습에 어안이 벙벙했다. 종횡무진(縱橫無盡) 무인지경(無人之境)의 상황이었다. 그 모습을 지켜보던 메린 공작은 서둘러 부장들에게 명령을 하달했다.

"뭣들 하느냐! 단 한 명의 헤네시 군도 남겨서는 안 된다! 헤네시 군이 도망가지 못하게 포위하여 섬멸하라!"

"공격하라! 단 하나의 적군도 남기지 마라!"

"와! 공격이다!"

잠시간 공격을 멈추고 넋을 놓고 바라보던 병사들이 다시 헤네시 군을 향해 뛰어가기 시작했다. 기사단의 강행 돌파에 정신없이 두들겨 맞던 헤네시 군은 록트 병사들의 돌격에 산산이 부서지기 시작했다.

순식간이었다. 단 몇 시간 만에 헤네시 군은 전멸에 가까운 패배를 하였다. 전투는 그렇게 끝이 났다.

전투가 끝나고 뒷수습을 끝낸 록트 군은 서둘러 이동을 시작했다. 자신들을 향해서 달려오는 헤네시 군을 맞이하러 가는 것이다.

니콜이 이끌고 내려가는 부대는 레이드 영지를 치고 아부로를 향해 가는 록트 군의 뒤를 빠르지도 느리지도 않게 따라가고 있었다.

록트 군 또한 헤네시의 대병력이 자신들의 뒤를 따라 내려온다는 사실을 알기에 아부로를 향해 진격하면서도 끊임없이 정찰병을 보내 따라오는 헤네시 군의 동태를 살피고 있었다. 어찌 보면 자신들은 미끼였다.

아부로를 초토화시키고 바로 아가르로 향해 다시 올라가야 하는 것이다. 물론 그사이 샤와 메린 공작이 이끄는 병력이 아덴으로 향한 헤네시 군을 무찌르고 합류해야 가능한 작전이었다.

"뭔가 이상하지 않소?"

말을 타고 나란히 행군하던 니콜이 파비앙을 향해 뜬금없는 질문을 던졌다.

"어떤 것이 말이옵니까?"

"아직까지도 록트의 기사단이 정찰에 잡히지 않는 것 말이오."

"……."

파비앙이라고 해서 답을 알 리 없는 질문이었다. 그러나 분명 이상하긴 했다.

"폐하, 혹여 기습이나 야습을 걱정하신다면 걱정 마십시오. 앞뒤로 4킬로미터에 걸쳐 정찰병을 운용하기에 당할 위험은 없습니다."

"알고 있소. 이곳이 문제가 아니라 아덴을 향해 떠난 병력이 걱정돼서 말이오. 제발 걱정하던 일이 벌어지지 않았으면 좋겠소."

말없이 한참의 시간이 지나가고 있었다. 점심때가 되어 간단히 식사를 마치고 다시 출발하려던 부대를 잠시간 정지시킨 니콜은 막사를 세우라 명하곤 각 부대장들을 불러들였다.

"내가 아무리 생각해 보아도 록트가 바보가 아닌 다음에야 이렇게 뻔하게 자신들이 구석으로 몰릴 짓을 할 것 같지는 않소. 만약 록트가 각개격파를 하기 위해 일부러 자신들의 병력을 나눈 것이라면 우리가 지금 큰 실수를 하는 것일 수도 있소. 5만씩 나눠서 보낸 것이 걱정이 되는구려. 경들의 의견을 말해보시오."

니콜의 진지한 말에 다들 심각한 표정으로 안색이 돌변했다. 말을 듣고 보니 그럴듯했다. 샤가 바보가 아닌 다음에야 자신들의 퇴로를 스스로 차단하지는 않을 것이다.

물론 길을 찾자면야 여러 길이 있겠지만 대병력이 수월하게 움직이려면 어느 정도 정해진 길로 다닐 수밖에 없다. 분위기가 어두워지는 것을 느낀 것인지 닉 혼비 후작이 나섰다.

"폐하, 1군을 이끌고 내려간 가브리엘 백작은 충분히 상황 파악을 하고 움직이는 사람입니다. 너무 심려치 마옵소서."

닉 혼비 후작의 말에 니콜이 바로 대답을 했다.

"그를 못 믿는 것이 아니오. 문제는 록트 기사단의 행방이오. 그들의 행적이 묘연한 것은 분명 우리가 알지 못하는 작전을 실행하기 위함이오."

"하오면 적이 각개격파를 노리고 움직이는 것으로 가정하고, 그에 따라 우리의 대응도 달리해야 할 것 같사옵니다. 저 또한 1만의 기사단을 거느린 록트의 왕세자라면 5만씩 보내온 병력을 하나씩 선택해 각개격파를 할 것 같사옵니다."

파비앙의 대답에 니콜은 결정을 내렸는지 단호한 어조로 명령을 했다.

"지금 당장 아덴으로 가야겠소. 먼저 간 병사들이 위험하오!"

니콜의 말에 부대장들은 자리를 털고 일어나 방향을 돌려 서둘러 아덴 방향으로 움직이기 시작했다. 그리고 며칠이 지나자 니콜의 말대로 제일 먼저 아덴으로 떠났던 1군이 대패를 하여 전멸했다는 보고를 받아야 했다.

니콜은 행군 속도를 더욱 높이고 전령을 보내 뒤에 보낸 5만의 병사를 급히 회군하라고 명령했다.

"2군과 합류하려면 얼마나 걸리오?"

"못해도 7, 8일은 가야 하옵니다. 만약 제때 연락을 받지 못한다면 더 늦어질 수도 있사옵니다."

"이런!"

니콜은 입 안이 씁쓸했다. 자신의 판단 착오로 5만의 병사들이 사라지고 또다시 5만의 병력이 위험한 상황에 처한 것이다.

"행군 속도를 더욱 높이시오!"

"네, 폐하!"

며칠이 지나 받은 전령의 보고에 니콜은 한시름 놓았다는 표정을 지었다. 니콜의 입장에서 보면 다행스런 상황이 발생된 것이다.

니콜이 보낸 전령이 도착하기도 전에 후발군으로 보낸 2군의 5만 병력이 앞서간 1군의 가브리엘 백작이 대패했다는 연락을 받고 뒤돌아 아가르로 회군한 것이다.

록트 군은 아덴 영지에서의 전투가 끝나자마자 서둘러 정비를 마치고 헤네시의 2군을 향해 진군했다.

그러나 곧 다가오고 있던 적군이 회군하였다는 말을 듣고 정황이 예상과 다르게 흘러간다고 생각하여 움직임을 멈추고 대책 회의에 들어갔다.

"이대로 저들을 쫓아가서는 안 됩니다. 우리를 의식하고 위협을 느껴 회피하는 것인데, 이대로 따라갔다가는 낭패를 당할 수도 있습니다."

메린 공작의 말에 파렐 또한 머리를 끄덕이며 동의했다.

"맞습니다. 지금은 속히 아부로에 있는 우리의 군사를 불러야 합니다. 아니면 우리가 그쪽으로 가야 합니다."

윌리는 문뜩 생각이 났는지 눈치를 보며 말을 꺼냈다.

"그러고 보니 헤네시는 아부로에 있는 우리의 군사를 포위하려 할 수도 있습니다. 작전대로라면 그곳의 우리 군은 아가르를 향해 올라올 준비를 하고 있을 것입니다. 올라오는 도중에 뒤따르는 적군과 이곳에서 회군한 부대까지 만나게 됩니다. 앞뒤로 포위당할 위험이 큽니다."

상황이 묘하게 흘러가고 있었다. 록트에서 하려고 했던 작전을 역으로 헤네시에서 펼치는 것이다. 의도했든 그렇지 않든 당장 위험한 상황이 펼쳐질 것은 자명했다.

"이대로 헤네시 군의 뒤를 따라 진공하는 것은 어떻습니까?"

메린 공작이 차라리 헤네시 군을 뒤쫓아 올라가 처음 계획처럼 하자는 말을 했다. 그러나 문제는 시간이었다.

"시간이 되겠습니까? 그들과의 거리가 하루 이틀 거리도 아니고, 그들이 아가르로 돌아가 우리 군을 만나는 시간 안에 우리가 뒤를 친다고 해도 나머지 10만의 헤네시 군 또한 아가르로 올 수 있는 시간입니다. 그렇게 돼버리면 오히려 우리가 위험해집니다."

샤의 설명에 메린 공작은 할 말을 잃었다. 헤네시는 5만이 전부가 아니라 뒤에서 다가오는 10만에 가까운 병력이 또 있는 것이다.

"하면 급히 전령을 보내 우리 군이 아가르로 가는 것을 막고 우리와 합류하는 쪽으로 방침을 정해야겠군요."

파렐의 말에 윌리는 아쉬운 듯 결론을 내렸다.

"그렇긴 하지만 이렇게 되든 저렇게 되든 헤네시의 15만 병력에, 아니, 어쩌면 더 많은 병력에 포위되는 것은 마찬가지일 겁니다. 카트나가 대패를 하지만 않았어도……."

지켜보던 샤는 결심한 듯 나지막하게 말을 꺼냈다.

"해봅시다. 어차피 10만 대 15만의 전투라면 우리가 그다지 불리한 것도 아니오. 저들은 급조한 병사들이 태반이오. 이번 전투만 보더라도 창 한 번 제대로 잡지 못했던 병사가 태반이었소."

"그렇긴 합니다만……."

파렐은 말을 줄였다. 사실 가브리엘 백작이 이끌고 내려온 5만의 병사는 록트에게는 너무 쉬운 상대였다. 제대로 훈련을 받지 못한 병사들이 대부분이었던 것이다.

회의를 마친 록트 군은 급속 행군으로 아가르 영지를 향해 움직이기 시작했다. 아부로에서 올라오는 병력과 합류하려면 최대한 서둘러야 하는 것이다.

전령을 보내 돌아가는 상황을 알리긴 했지만, 전령이 당도할 시간 또한 만만치가 않아서 그것만 믿을 수도 없는 것이다.

헤네시의 14만 5천과 록트의 10만 병력은 마지막 결전을 하기 위한 장소로 아가르를 선택했다.

제일 먼저 도착한 것은 헤네시의 2군인 5만의 병력이었고, 그 뒤를 따른 것은 니콜이 이끌고 있는 9만 5천의 병력이었다.

그리고 아부로에서 올라오는 록트의 5만과 샤가 이끌고 올라간 5만의 병력까지 한자리에 모이게 된 것이다. 두 세력의 대치는 아크라와 탈라 시로 나뉘어 대치하던 상황과는 많이 달랐다.

그리니치 공국을 이곳저곳 헤집고 온 록트 군과 뒤만을 쫓던 헤네시 군의 만남이었다. 병력의 차이는 있었지만 어느 쪽이 우세인지는 장담할 수 없었다. 대회전, 마지막 대회전이었다.

작전을 담당한 메린 공작과 파렐은 부대장들과 앉아 회의를 하고 있었다. 샤는 그 시간에 밖으로 나가 부대 주위를 돌며 병사들을 살펴보고 있었다.

"병사들이 앞에서 밀고 들어가고, 기사단을 우회하여 강행돌파를 해보는 것은 어떻습니까?"

"적들도 지난번에 당해봐서 예상하고 있을 것이네."

"하면 기사단을 앞세워 밀고 나가고 병사들로 하여금 뒤를 받치는 것은 어떻습니까?"

"기사들이 많이 상할 것이네. 물론 전쟁에서 그것을 두려워하면 안 되겠지만 전쟁은 아직 끝난 것이 아니네."

파렐과 메린 공작의 대화를 보고 있던 부대장들과 기사들의 표정은 심각했다. 이번 작전에 왕국의 운명이 걸린 것이다.

물론 적군인 헤네시도 마찬가지일 것이다. 황제까지 직접 나섰으니 이번 전투에서 지게 되면 헤네시의 힘이 많이 약화될 것이고 결속력 또한 떨어질 것이다. 위험한 도박인 셈이다.

"기사단을 아끼시려는 공작님의 마음은 알고 있습니다. 하나 지금은 안 됩니다. 헤네시 군 6만을 록트의 1만 기사단이 맡아주어야 하는 상황입니다. 또한 이 대륙에 그것을 할 수 있는 기사단은 우리 기사단밖에 없질 않습니까?"

파렐은 록트의 기사단을 믿었다. 자신이 직접 키우다시피 한 기사단이기에 믿는다기보다 객관적인 실력만을 본다고 해도 여느 기사단보다 뛰어나다고 자부하는 그였다.

"에헴, 누가 뭐랬나? 글쎄, 알고 있어."

파렐의 말에 메린 공작은 머쓱한지 말을 줄였다. 사실 대륙 최고의 기사단이라는 자부심이 가득한 그로서는 이 기회에 자신들의 실력을 만방에 알릴 기회라고 생각하기도 했다.

그러나 기사단이 앞장서서 공격하는 것은 너무 위험했다. 첫 공격에 엄청난 화살 세례를 퍼부을 것이 자명한데 그 화살비를 뚫고 적들을 공격하기란 아무리 뛰어난 기사들이라고 해도 버거운 것이다.

"사령관님, 이러면 어떨까요?"

뒤에서 지켜만 보던 마샬이 나서자 다들 그에게로 시선을 모았다.

"좋은 생각이라도 있나?"

"예, 그것이……."

마샬의 설명은 다음과 같았다. 병사들을 시켜 헤네시 군과 충돌할 장소에 미리 땅을 파고 장창병을 숨겨두고 기사단을 시켜 돌격한 후 적당한 때에 뒤로 빠지며 장창병들이 매복한 곳까지 유인해 온 뒤 기병과 병사들이 반쯤 들어와 뒤로 물러서기 힘들 즈음 장창병들이 땅에서 공격하는 방법이었다.

그러나 그런 마샬의 설명이 끝나고 아주 잠깐의 생각을 하던 메린 공작과 파렐은 동시에 안 된다고 거부를 표시했다.

"자네의 의견은 잘 들었네만 그것은 안 될 것 같네. 우선 적이 비슷한 숫자이거나 기병 위주라면 가능하겠지만 현재의 상황은 그렇지가 않네. 그리고 시간적 여유 또한 없어 지금의 상황에선 실행하기 힘든 작전이네."

메린 공작의 설명이 마샬은 뒤로 물러나야 했다.

"하나 생각해 보면 전부는 아니더라도 함정을 만들어놓고 적을 유인하는 방법을 강구하긴 해야 합니다. 어쩌면 비슷한 작전으로 기사단을 활용할 수도 있을 것 같습니다."

파렐이 나서며 마샬의 말 중 쓸 만한 말을 골라서 살을 보태며 하나씩 정리를 해나가기 시작했다.

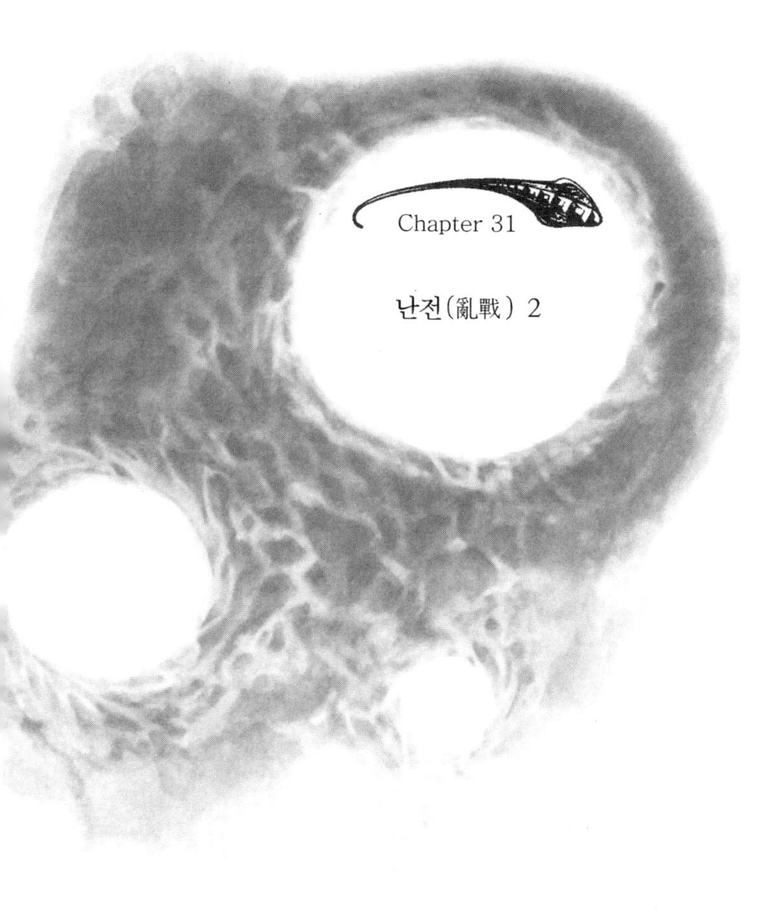

Chapter 31

난전(亂戰) 2

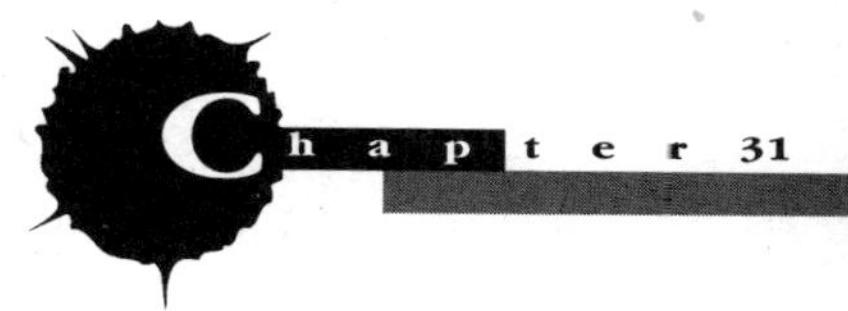

Chapter 31

두 세력이 대치한 지 3일째 되는 날 새벽 아침, 약속이나 한 듯이 두 진영은 바쁘게 돌아가고 있었다.

아가르 영지는 밀 농사가 잘되기로 유명한 그리니치 공국 중에서도 으뜸가는 곡창 지대였다.

넓은 밀 밭과 귀리 호밀 밭들이 있던 곳에 셀 수도 없을 만큼 많은 사람들이 가지런히 정렬을 한 채 때를 기다리고 있었다.

록트의 진영 좌우에는 각 5천에 가까운 기사들이 나뉘어 도열해 있고, 중앙에는 병사들이 포진해 있었다.

그와 반대로 헤네시 진영 쪽은 좌우로 장창병들과 기병들이 나뉘어 서 있었었고, 중앙에 일반 창병들이 도열해 있었다.

누구 하나 미동도 하지 않은 채 서로를 노려보고 있는 상황이었다. 적막감마저 드는 상황에서 진군의 시작을 알리는 북소리가 록트 진영에서 울려 퍼지기 시작했다.

그와 함께 헤네시 쪽에서도 진군의 나팔 소리가 울리며 중앙의 병력들이 앞으로 나오기 시작했다.

쿵! 쿵! 쿵!

땅을 구르는 발소리에 천지가 진동하며 병사들의 심장 박동수를 올리고 있었다. 10만 대 14만 5천의 대회전의 시작이었다.

이윽고 서로 간에 암묵적으로 정해놓은 중간 지점에 다다른 병사들은 각 부대장들의 외침에 활시위를 당기기 시작했다.

록트의 진영, 중앙의 병사들이 앞으로 나가는 것과는 다르게 좌우에 도열해 있던 기사들은 옆으로 이동을 시작했다. 빠르게 좌우로 이동하기 시작한 기사들은 좌에는 샤가, 우에는 파렐이 선봉에 서서 기사들을 이끌고 있었다.

샤의 뒤를 바짝 따라붙은 마샬은 이동을 시작하기 전 바라본 헤네시 군의 모습을 보고 기겁했다.

그동안 몇 번의 전투에 참가하면서 봐온 적군과는 너무도 다른 모습이었다. 창을 들고 끝도 없이 펼쳐진 병사들의 모습에 왠지 불안한 마음이 자꾸 들었다.

어떠한 일이 있더라도 자신의 주군인 샤만은 지켜야 한다는 생각에 쟁쟁한 선배들을 제치고 말의 속력을 높여 샤의 옆에 붙은 마샬이었다.

멀리서 전투의 시작을 알리는 함성 소리가 들리기 시작하고, 자신과 일행들은 전장에서 점점 멀어져 갔다.

파렐과 메린 공작이 계획하고 실행하는 작전은 단절이라는 이름의 작전이었다. 기사단을 양쪽으로 나누어 헤네시 군의 중앙을 가로지르는 계획인 것이다.

14만 5천의 병력이 몰려 있는 중앙을 돌파하여 두 개로 쪼개고, 다시 그것을 수차례 반복하는 무지막지한 작전이었다.

그러나 기사단을 의식해 선봉에 장창병을 앞세워 나올 것이 당연하기에 정면으로 돌파할 수는 없는 것이다.

오직 좌우에서 들이치거나 뒤에서 공격하는 방법밖에 없는 상황에서 가장 빠르게 효과를 볼 수 있는 것은 좌우 양쪽에서 강행 돌파를 하는 방법밖에 없는 것이다.

"정지!"

앞선 기사가 목적지에 도착한 듯 정지하라는 수신호를 보내자 선두에선 기사들의 입에서 정지하라는 소리가 울려 퍼지기 시작했다.

이제 방향을 돌려 돌격할 때인 것이다. 말을 오른쪽으로 돌리자 멀리 헤네시 군의 본진이 보이기 시작했다.

얕은 구릉지에서 그대로 내달리기만 하면 되는 것이다. 마샬의 눈에 비친 헤네시 군은 흡사 수만 마리의 개미 떼가 한데 뭉쳐 먹이를 향해 달려가는 것처럼 보였다.

"후우."

깊은 숨을 들이쉰 마샬은 샤를 바라보았다. 오로지 적들만을 바라보는 샤의 모습을 보며 말 머리를 더욱 샤의 옆으로 당기는 마샬이었다.

"준비! 진격!"

샤의 외침과 함께 기사들이 한 손에 검을 치켜들고 앞으로 내달리기 시작했다. 구릉지 위에서 5천의 기사가 말을 타며 달려 내려오는 소리는 마치 우레와 같이 천지를 진동시키고 있었다.

헤네시 군은 자신들의 옆으로 달려오는 기사들의 모습을 보고 기겁하여 안쪽으로 피하기 시작했다.

막고 싶어도 변변히 막을 수 있는 무기가 없다고 보는 것이 맞았다. 기병을 상대하기 위한 장창과 방패를 든 병사들은 모두 앞쪽에 배치되어 있는 것이다.

이윽고 기사들이 헤네시 군의 허리를 가르기 시작했다. 양쪽에서 동시에 달려오는 록트의 기사들에게 헤네시 군은 길을 내줄 수밖에 없었다. 목숨을 부지하기 위해 병사들은 사력을 다해 양옆으로 갈라지기 시작했다.

마샬은 샤의 뒤를 따르며 앞길을 막는 모든 것을 베기 시작했다. 상급기사인 마샬에게 대적할 수 있는 병사는 없었다. 그들이 하나로 뭉쳐 공격한다면 혹 모를까, 겁에 질려 있는 병사들은 마샬에게 너무나 쉬운 상대였다.

하나씩 앞에 나타나는 헤네시 병사들을 죽이며 앞으로 나아가 드디어 헤네시 군의 허리를 자르고 반대편으로 통과를 했다. 파렐이 이끄는 기사단과 자리를 바꾼 것이다.

그리고 헤네시 군에서 부대장들이 나서며 창을 든 병사들이 양옆으로 서기 시작했다. 그러나 록트 기사들의 질주는 끝이 나지 않았다.

"준비하라! 진격!"

샤의 외침과 함께 기사들은 다시 말고삐를 당겨 앞으로 내달리기 시작했다. 헤네시 군은 한 번 당한 것으로 족하다는 듯 짧은 시간 안에 기사단을 맞이할 준비를 끝내고 장창을 앞으로 내밀며 록트의 기사들을 노려보고 있었다.

그때 그들의 눈을 의심할 만한 일이 벌어졌다. 앞서 달려오는 기사의 검에서 빛이 나기 시작한 것이다.

"마스터… 다!"

"지이이이인격!"

마스터의 상징인 검강을 본 헤네시 병사들은 무조건 도망가기에 바빴다. 이런 상황은 반대편 쪽도 마찬가지였다. 파렐 또한 검에서 빛을 내뿜기 시작한 것이다. 두 사람은 닥치는 대로 적병을 베어 나갔다. 검강에 의해 앞을 막는 것은 무엇이든 베어버리는 것이다.

팔이 잘리고, 목이 잘리고, 가슴이 베어지며 쓰러지는 병사들이 늘어나기 시작했다. 그런 병사들은 땅바닥을 뒹굴며 고통을 호소했지만, 그 위로 수많은 병사들과 말들이 다시 지나다니며 고통을 주기 시작했다.

"으악!"

"컥!"

마샬은 샤의 뒤를 따르며 뒤에서 창을 들고 달려드는 병사들을 저지했고, 샤는 앞으로 나가며 눈앞에 보이는 모든 적들을 닥치는 대로 베고 있었다.

마샬의 눈에는 오직 샤를 향해 창을 들고 달려드는 병사들만이 보일 뿐 아무 소리도 들리지 않았고, 어떤 느낌도 나지 않았다.

수없이 몰려드는 창병들 안에 갇혀 버린 샤와 기사들. 그러나 그들은 두려워하거나 무서워하지 않았다.

수만 명의 병사들에 둘러싸여 있지만 그들은 사자였고, 적들은 사슴과 같았다. 그러나 사슴도 많으면 힘을 쓰는지 록트의 기사들도 하나씩 죽어나가기 시작했다.

록트의 기사 한 명이 죽으면 헤네시의 병사는 수십 명, 수백 명씩 죽어나갔다. 그런 상황에 헤네시 병사들이 몰려 있는 곳으로 록트의 9만 병력이 헤집고 들어오며 난전 상황으로 돌입했다.

적아를 구분하기 힘든 상황이 되며 눈앞에 있는 사람은 모두 적으로 보이기 시작했다. 그때 멀리서 들릴 듯 말 듯하게 뿔고동 소리가 울려 퍼지기 시작했다.

그리고 일순간 헤네시 군의 모든 병사들이 뒤로 물러나기 시작했다. 썰물 빠지듯 빠져나가는 헤네시 군을 보며 샤 또한 병사들을 후퇴시키라는 명령을 내렸다.

그렇게 헤네시 군과 록트 군의 첫 대회전이 끝이 났다.

무뚝뚝한 표정에 성난 표정의 샤는 지휘 막사를 향하며 화난 음성으로 말을 내뱉었다.

"피해 상황을 보고해 보시오."

샤의 명령에 윌리가 뒤를 따르며 보고를 시작했다.

"아군의 사상자는 병사 7, 8천에 기사 1,200여 명입니다. 이 중 반 이상이 죽었고, 거동할 수 없을 정도의 피해자는 나머지 중에 반이 넘습니다."

"나머지는?"

"치료를 하면 금방 회복이 될 것으로 보이옵니다."

그런 윌리의 표정을 한 번 돌아본 샤는 무엇인가 말을 하려다 멈추고는 다시 걷기 시작했다. 생각보다 훨씬 많은 병사와 기사가 죽은 것에 대해 질책을 하려다 윌리가 현장 지휘관이 아니라는 사실을 알고 멈춘 것이다.

그때 멀리서부터 샤의 모습을 보고 반가운 음성으로 뛰어오는 사람이 보였다. 조금의 시간이 지나자 샤는 그가 파렐이라는 것을 알아볼 수 있었다.

"전하!"

"아, 파렐 경. 무사하니 다행이오! 적들의 동태는 어떻소?"

"아직 별다른 움직임은 없습니다. 워낙 난전에 병사들의 피해가 많았으니 정리하려면 시간이 꽤 걸릴 것입니다."

파렐의 말대로 헤네시 군의 피해는 실로 엄청났다. 4만여 명의 병사가 죽거나 다쳐 전투를 수행할 수 없는 상황이 되었다.

갑자기 나타난 기사단에 의해 우왕좌왕하며 한곳에 몰려 쓰러진 병사들이 사람 발에 밟히고 말발굽에 밟히는 상황이었으니 전투를 해보지도 못하고 죽은 병사들도 부지기수인 것이다.

"알았소. 우선 윌리는 적들의 동태를 잘 살피고 기사단은 우선 쉽시다."

"네, 전하!"

이야기를 끝낸 샤는 막사 안으로 들어와 우두커니 서 있었다. 그리고 천천히 자신의 머리 위에 씌워져 있는 투구를 벗어 내려 탁자 위에 올려놓고는 한동안 그 상태로 미동도 하지 않은 채 서 있었다. 휘하의 장졸들에게 보여줄 수 없어 참고 참았던 것이 속 안에서 꿈틀거리는 것 같았다.

"이런 전쟁을 하지 않으려 했는데… 결국 또 무참한 살인귀가 되는구나."

샤의 나지막한 읊조림이 있고 얼마간의 시간이 흐르자 메린 공작이 막사 안으로 들어왔다.

"전하, 대승을 감축드리옵니다."

"아직 전투가 끝나지 않았습니다. 내일은 더 많은 우리의 병사와 기사들이 죽어나갈 것이고, 적군의 병사들은 그보다 서너 배의 목숨이 살 것입니다."

샤의 말에 메린 공작은 말을 잇지 못했다. 한참을 머쓱한 상태로 서 있던 메린 공작은 답답했는지 다시 말을 하였다.

"전쟁이란 것이 원래 그런 것이 아닙니까. 살기 위해 어쩔 수 없이 발버둥치는 것이지요. 전하께서 그 일로 우울해하시면 기사들과 병사들이 불안해합니다."

샤는 메린 공작을 바라보며 미소를 지었다.

"걱정 마십시오. 그 정도는 알고 있습니다. 다만 피할 수 있는 전쟁을 한다는 생각이 들어 마음이 착잡했을 뿐입니다."

두 사람이 대화를 하고 있는 것과는 반대로 헤네시 진영의 상황은 매우 암울했다. 단 1만의 기사단에 의해 진영이 흐트러지고 무너지기 시작하면서 걷잡을 수 없는 상황이 되어버린 것이다.

"이럴 수가 있소! 아무리 눈앞에 적들이 전부 있었다곤 해도 정찰병 하나를 주위에 풀어놓지 않았다는 것이 말이 되오! 진군을 시작하면서 기사들이 모습을 보이지 않는 것을 의심한 사람이 단 한 명도 없었단 말이오!"

니콜은 단단히 화가 났는지 얼굴 표정이 시시각각 변하고 있었다. 니콜의 앞에는 자리에 앉지도 못하고 의자 뒤에 서서 고개를 숙인 부대장들과 귀족들이 보였다.

"이대로 더 이상의 전쟁은 무리요! 이 상황을 타개할 계책이 있는 장수는 지위 고하를 막론하고 앞으로 나서시오!"

니콜의 불호령에도 그 누구 하나 앞으로 나서는 사람은 없었다. 생각해 보면 딱히 할 말도 없었다.

실력에서 엄청난 차이가 나는 것을 어쩌란 말인가. 아무리 좋은 계책을 내놓는다고 해도 전투력에서 몇 배의 우위를 점하는 록트를 상대로 쓸 만한 계책은 그리 많지 않았다. 또한 서로가 훤히 들여다보고 있는 상황인 것이다.

한쪽에 우두커니 서 있던 파비앙이 앞으로 나서며 말문을 열었다. 사실 파비앙으로서도 의외의 상황에 많이 당황되었다.

자신들의 병력이 이렇게 처참하게 깨질 줄은 몰랐기에 충격 또한 적지 않게 받은 것이 사실이었다.

"폐하! 소신이 아뢰겠나이다. 적은 대승을 하였고 아군은 대패를 하였사옵니다. 적은 대승을 하여 사상자 또한 적습니다. 하여 대부분의 병사들은 전후 정리를 끝내고 휴식을 취할 것입니다."

파비앙의 말을 듣던 니콜은 더 들을 것도 없다는 듯 말을 막았다.

"알겠소. 준비하시오."

"네, 폐하!"

사실 말을 안 해도 알 만한 작전이었다. 대승을 거둔 쪽의 병사들은 아무리 지휘관이 경계를 늦추지 말라고 해도 풀어지게 된다.

승리를 했다는 것보다 살아남았다는 안도감에 또한 앞으로도 살아남을 수 있다는 생각에 그동안의 긴장이 풀리며 자신들도 모르게 퍼지게 되는 것이다. 파비앙의 말은 그때를 노려 야습을 하자는 이야기였다.

새벽녘이 되자 파비앙은 10만의 병력을 셋으로 나눠 록트 진영 가까이 이동하여 기회를 노리고 있었다.

"생각보다 경계병이 많습니다. 혹 우리의 작전을 눈치 챈 것이 아닐까요?"

"바보가 아닌 다음에야 전투가 끝나고 야습을 할 것이라는 사실을 누구나 생각한다. 강병이니 지휘관의 명에 따라 경계병을 늘렸겠지. 공격 시간이 다되었으니 때를 놓치지 말고 병사들을 들여보내라!"

"네!"

부관이 파비앙의 말을 듣고 미리 록트 진영에 잠입하여 보급품과 막사에 불을 붙일 병사들을 들여보내기 시작했다.

"쉿! 조용히 접근해라."

병사 하나가 작은 기침 소리를 내자 이끌고 들어가는 기사가 바로 단속을 했다.

"넵!"

10여 명의 병사들이 록트의 경계병을 뚫고 안으로 들어서는 순간 수십 명의 경계병이 그들의 주위를 감싸기 시작했다.

"헉! 들켰다. 뛰어!"

그러나 그런 말과는 다르게 어떤 병사도 그 안에서 빠져나가지 못했다. 동시에 수십 발의 화살이 날아와 잠입한 병사들을 몸통을 꿰었기 때문이다.

"전군에 비상을 알려라!"

"비상! 적군이 쳐들어왔다. 비상!"

경계병들의 외침에 록트 진영은 순식간에 발칵 뒤집혔다. 수백 개의 횃불들이 돌아다니며 혹시나 더 잠입해 있을지도 모를 적군을 찾아 돌아다니기 시작했다.

멀찍이 떨어진 곳에서 이런 모습을 지켜보는 파비앙의 입안은 씁쓸하다 못해 똥 씹은 표정까지 지었다.

"이제 어쩝니까?"

"뭘 어쩌나. 공격해야지! 퇴각하다 뒤에서 공격받으면 더 큰일이다! 에잇! 공격해라!"

파비앙의 공격 명령과 함께 불화살이 하늘 위로 솟아오르며 세 개로 나뉜 헤네시 군이 일제히 록트 군 진영으로 돌격을 시작했다.

처음 예상은 잠입한 병사들이 막사와 식량 창고에 불을 질러 진영을 혼란스럽게 한 뒤 공격을 하려고 했던 것인데, 이제 그 모든 것이 물거품이 돼버린 것이다.

거기다 잠을 자고 있던 병사들까지 모두 깨워 버렸으니 야습이라기보다는 준비 안 된 적을 공격하는 것과 같아져 버린 것이다.

"적군이 몰려온다! 대응하라!"

록트 진영은 예상이라도 한 듯 빠르게 대처해 나갔다. 막사 밖으로 뛰쳐나오는 병사들마다 창을 든 채 뛰쳐나오며 각 제대별로 자연스럽게 모이고 있었다.

전날 취침을 하면서 자신의 무구와 신발을 벗지 말고 언제든지 출동할 수 있는 준비를 하고 휴식을 취하라는 샤의 명령에 기사든 병사든 하나같이 갑옷을 입은 채로 무기까지 들고 자고 있었던 것이다.

"적들은 세 방향에서 들어온다! 전군은 정해진 자신의 위치를 사수하라! 동요하지 마라!"

각 부대장들의 외침에 병사들은 평소 숙지(熟知)하고 있던 위치로 달려가기 시작했다.

헤네시 군은 일사불란하게 움직이는 록트 군을 보며 자신들이 함정에 빠진 것이 아닌지 의심을 해야 했다.

그러나 이왕 시작한 공격을 멈출 수도 없는 노릇이었다. 벌써 빠른 부대는 록트 진영의 입구에 놓인 목책을 뛰어넘어 들어가고 있었다. 물론 저지를 당해 들어가는 족족 죽임을 당하는 모습이었다.

"공격하라!"

공격 명령에 헤네시 군의 병사들이 록트의 진영 안으로 밀고 들어오기 시작했다. 잠결에 뛰쳐나온 록트의 병사들은 잠을 깰 사이도 없이 적군과 싸워야 했다.

"정신 차려! 적들이 밀고 들어오지 못하게 막아라!"

부대장들의 호통과 윽박지름에 얼떨결에 달려나가는 록트의 병사들은 눈앞에 적을 보고서야 정신을 차릴 수가 있었다.

"이얏! 컥!"

달려오던 헤네시의 병사 하나가 창을 들어 록트의 병사를 찌르려 하자 록트의 병사는 순간 멈칫거리다 반격의 기회를 놓치고 눈을 감아버렸다.

그러나 다음에 있을 고통은 없었다. 살짝 눈을 떠보니 누군가의 화살에 목을 맞고 그대로 절명한 헤네시 군 병사가 눈앞에 보였다.

"정신 못 차리나! 어서 뛰어나가!"

뒤에서 기사 하나가 뛰어나오며 병사에게 소리를 질렀다.

"네? 넵!"

병사는 얼떨결에 대답하고 앞으로 달려나갔다. 곧 그 기사가 다시 활을 매기는 모습에 자신을 살려준 사람이 그 기사라는 것을 알게 됐다.

기사들이 준비를 마치고 뛰어나오자 밀려 들어오던 헤네시 군의 위세가 주춤거리기 시작했다. 무조건 달려 들어가다가는 록트 기사의 화살에 그대로 노출되어 화살에 꽂히는 것이다.

병사들이 앞으로 달려나가 서로가 어우러지며 난전이 시작된 상황에서 록트 기사들의 활 솜씨는 제대로 도움이 되었다.

횃불에 의지하고 쏘는 화살이지만 대부분 한두 발의 화살에 헤네시 병사들의 목숨이 사라져 갔다.

쉬익!

"컥!"

록트 진영을 향해 달리던 헤네시 군은 옆의 동료가 화살에 맞아 쓰러지자 달리는 것을 포기하고 바로 몸을 숙일 수밖에 없었다. 그리고 몸을 숙이지 않은 병사는 여지없이 화살에 맞았다.

쉬익-

"컥!"

"헉? 부관! 이런! 어디야? 어디서 날아오는 것이야?"

각 부대를 이끌고 지휘를 하던 부대장들도 화살이 부대의 제일 뒤쪽에 위치한 자신들에게까지 날아오자 상황이 예상한 것과 다르게 흘러감을 알게 됐다.

이런 상황은 파비앙 또한 마찬가지였다. 야습을 하려고 온 것인데 오히려 전면전이 되어버렸다. 황당한 일이지만 상황이 그랬고, 이제 결정을 해야 했다.

이대로 전투를 계속하게 되면 록트 군에게 상당한 피해를 줄 수 있겠지만 헤네시 또한 만만치 않은 피해를 보게 될 것 같았다.

거기에 전투에서 승리할지 못할지도 장담할 수가 없었다. 병력을 뒤로 빼자니 록트 군이 달려나올 것이고, 계속 공격을 하자니 피해를 감당할 수가 없는 상황이 되어버렸다.

"각하! 후퇴를 했다가 다시 공격하는 것이 어떻습니까?"

"우선은 적군을 예의주시하며 천천히 뒤로 병사들을 물리거나 돌아가는 것이 아니라 전열을 재정비하는 것이다. 알겠느냐?"

"넵!"

파비앙은 어쩔 수 없이 병사들을 빼기 시작했다. 3개로 나눠진 병사들을 모두 한곳으로 모으라 명한 후 전면에 장창병들과 방패병들을 내세워 방어를 하게 하고, 일반 병사들을 그 뒤로 모으기 시작했다.

"다시 공격합니까?"

"이대로는 병사들이 지쳐 있어 힘들다. 상황을 봐가며 적당히 뒤로 빼야지."

"넵!"

파비앙이 병력을 뒤로 빼자 록트 또한 더 이상의 공격을 자제하고 진영 밖으로 나가는 병력을 뒤쫓지는 않았다. 상대방의 의도를 간파한 것이다.

"전하, 뒤를 쫓아야 하지 않습니까?"

마샬의 질문에 샤는 적군을 바라보며 짧게 대답했다.

"내버려 둬라."

"넵."

샤는 뒤를 쫓지 않았다. 쥐도 구석에 몰리면 고양이를 무는 법이다. 뒤쫓을 것을 적이 뻔히 알고 있는데 그대로 달려나갔다가 오히려 당할 수가 있는 것이다.

"그것보다 어서 전장을 정리하고 출진할 준비를 하라고 해라."

"네? 아까는 뒤쫓지 않으신다고……."

"그것을 적에게 보여줄까?"

"아! 넵! 알겠습니다."

록트 군은 서둘러 전장을 정리하기 시작했다. 전장을 정리한 뒤, 각 제대별로 모여 출진할 때와 마찬가지로 장비를 챙기고 기사들은 말에 올라 도열을 했다.

금방이라도 달려나올 것처럼 준비를 끝낸 록트 군은 오전이 끝나갈 때까지 밖으로 나오지 않았다.

이런 모습을 멀찍이 떨어져 보고 있던 파비앙은 뒤에서부터 병사들을 하나씩 자신들의 본진으로 보내기 시작했다.

그렇게 어이없는 야습이 끝났다. 공격했던 헤네시는 1만이 넘는 병사들이 죽어나갔고, 공격받은 록트는 그보다 많은 1만 5천의 병사와 기사가 죽어나갔다.

준비를 잘했다고 해도 불시에 당한 공격이었고, 이미 적들의 공격이 시작된 시점에 대응을 했으니 피해가 클 수밖에 없었다.

나중에야 기사들의 활약과 헤네시의 후퇴로 피해가 그나마 그 정도에서 멈출 수 있었다. 한동안 두 세력 사이에는 이상하리만치 조용한 기운이 맴돌았다.

전쟁 중이었고, 전쟁을 해야 하는 상황임에도 서로가 상대방의 동태만을 살피며 움직이려 하지 않았다.

헤네시 입장에서는 자신들의 본거지이기에 보급에 문제가 없었으나 록트 입장에서는 보급의 문제까지 겹쳐 시간을 허비할 상황이 아니었다.

그러나 록트에게는 있고 헤네시에게는 없는 것이 있었다. 그 첫 번째가 군사의 질이었다. 록트의 군사들은 농노나 노예에서 해방되어 다년간 전쟁에 참전하며 훈련을 받은 정예 중에 정예였다. 특히 기사들의 능력은 단연 대륙 최고였고, 지휘관에 대한 신망 또한 대륙 최고였다.

두 번째는 헤네시는 적이 많지만 록트는 우군이 많았다.

카트나도 그렇고, 필립도 우군이었으며, 플레이르는 록트의 공국이었다. 또한 멀리 떨어진 해상왕 라샤르가 있었다.

라샤르는 헤네시에 밀을 수송하여 주고, 상선들과 함대를 이끌고 루멘 대륙으로 향해 자신의 전 재산을 털어 용병을 모집했다.

단 한 번의 참전을 위해 라샤르는 기꺼이 전 재산을 내놓았다. 그렇게 모은 병력이 자그마치 5만 2천에 달했다.

160대의 상선에 8만 2천의 사람들이 타고 있었었고, 그중에 3만이 선원이고 5만 2천이 병사였다.

기존의 1만 2천가량의 자신의 병사들과 4만가량의 용병들을 싣고 그리니치 공국을 향해 쉴 새 없이 달려온 것이다.

160여 대의 대형 상선들이 항구로 동시에 들어오자 항구를 방어하는 병사들과 관리자들은 헤네시 제국에서 자신들을 도우러 보내오는 병력으로 알고 의심없이 기대에 찬 눈으로 배들을 바라보고 있었다.

그러나 그런 기대는 아주 잠깐이었다. 모든 배에는 록트의 깃발이 걸려 있었던 것이다. 중앙해역과 붙지도 않은 록트가 어떻게 수많은 상선들을 운용하는지는 중요하지 않았다. 록트는 적군이었고, 지금 감당할 수 없을 만큼의 병력을 자신들이 지키는 곳으로 보냈다는 것이 중요했다.

록트의 깃발을 확인한 병사들과 관리들은 당장에 자신들이 어떻게 할 수 있는 상황이 아니라는 판단을 하고 급히 수도와 헤네시 군에 전령을 띄우고는 주민들과 병사들을 소개하여 항구에서 떠나기 시작했다.

그리고 이윽고 160여 척의 배들이 항구에 닻을 내리기 시작했다. 항구에 병사들이 내리고 항구 주변을 장악한 라샤르는 지휘관 회의를 소집하여 명령을 내리고 있었다.

"이곳을 장악하고 바로 아덴으로 진격할 것이오. 딘 경과 엘튼 경은 용병들 관리에 만전을 기해주시오. 그리고 아르망과 루이는 어서 전쟁 상황이 어찌 돌아가는지 정보를 알아오시오."

"넵!"

라샤르의 명령에 아르망과 루이는 급히 밖으로 나가고, 기사들은 병사들을 추슬러 항구를 관할하는 관청과 방어군을 치러 달려갔다. 많아야 수백 명 정도의 방어병이 얼마나 버틸 수 있을지 몰라도 충분히 자신있는 딘과 엘튼이었다.

"사령관님, 아무도 없습니다. 벌써 우리들이 올 줄 알고 도망갔는데요."

앞서 달려나간 병사들의 보고에 딘은 황당했다.

"싸워보지도 않고 도망가다니."

딘과 엘튼은 어이없다는 표정을 지으며 주변에 병사들을 보내 샅샅이 수색하라는 명령을 하곤 관청으로 다가가 관청 입구의 깃대에 록트의 깃발을 바꿔 달았다. 이제부터 이곳은 록트의 땅이 되는 것이다.

밖으로 정보를 수집하러 나갔던 아르망과 루이가 돌아와 전쟁이 돌아가는 사정을 보고하자 라샤르는 다시 지휘관들을 불러 진격로를 아덴에서 아가르로 확정하고 자신이 참전했음을 전령을 보내 샤에게 알렸다.

다음날, 라샤르는 선원들로 하여금 항구에 남아 후방 지원과 함께 주변 영지를 장악하도록 하고 용병들과 1만 2천의 친위대를 이끌고 아가르를 향해 움직이기 시작했다.

이런 소식은 항구에서 도망간 관리들과 병사들의 보고로 헤네시 측에도 즉각 알려지기 시작했다.

니콜은 대치를 이룬 상황에서 정체 모를 록트의 대병력이 항구를 통해 자신들을 향해 올라온다는 보고를 받고 마음이 초조해지기 시작했다.

"이제 더 이상 이대로 시간을 끌 수는 없소. 우리에게 더 이상 나올 병력도, 지원도 없소. 오직 필승의 다짐으로 적과 결전을 벌일 수밖에는 없소 다들 준비하시오! 내일 단 한 사람도 빠짐없이 공격에 참가하여 적을 물리칠 것이오!"

"네, 폐하!"

니콜의 명에 헤네시의 진영은 분주하게 움직이기 시작했다. 이런 상황을 모를 리 없는 록트의 진영도 마지막 결전을 위한 준비가 한창이었다.

다음날 새벽이 되자 다시 대회전의 서막이 올랐다. 10만 대 7만 6천의 대결이었다. 헤네시 군은 지난 전투에서 교훈을 얻어 앞면과 좌우에 방패병과 장창병을 배치해 기사들의 돌파를 원천적으로 봉쇄한 진형을 하고 있었다.

이와는 다르게 록트 군은 기사들을 제일 앞에 내세워 좌우로 길게 세우고 그 뒤에 창병을, 제일 뒤에는 궁병을 세운 형태의 진형을 하고 있었다.

병력의 숫자로 보면 서로가 바뀐 듯한 진형을 하고 있었지만 전투력에서 차이가 나기에 헤네시로서는 최대한 피해를 줄이는 방법을 선택한 것이다.

태양이 떠올라 산 위에 걸리는 이른 시각, 이제야 막 일어나 하루 일과를 준비할 시간에 헤네시와 록트의 병사들은 지지 않기 위해, 그리고 죽지 않기 위해 필승의 다짐으로 전투를 하려하고 있었다.

이윽고 전투의 시작을 알리는 뿔고동 소리가 들리며 록트의 기사들이 앞으로 나아가기 시작했다. 적과의 거리는 3백 미터, 8천의 기사들은 하나같이 하늘을 향해 활을 들어 화살을 장전하기 시작했다. 장전이 끝나자 중앙에 서 있는 샤의 구령에 맞춰 조준을 시작했다.

"준비! 쏴!"

쉬쉬쉭! 쉬쉬쉭!

바람 소리를 내며 날아가는 8천여 발의 화살이 방패로 앞으로 막고 나오는 병사들을 넘어 날아가기 시작했다.

쉬익!

"컥!"

간간이 병사들의 몸에 맞는 화살이 나오며 방패병들은 더욱 높이 방패를 들어 올려 화살을 막아보려 했지만 자신들의 머리 위를 넘어가는 화살까지 막아줄 수는 없었다.

그렇게 화살통의 화살이 전부 떨어질 때까지 화살을 날렸지만 그리 큰 타격을 줄 수는 없었다. 헤네시 군은 화살 비를 막아가며 점점 앞으로 나오기 시작했다.

적들과의 거리가 가까워 오자 록트의 기사들은 말 안장에 붙어 있는 창을 꺼내기 시작했다.

"준비!"

"악!"

기사들은 이제 때가 되었음을 알고 일제히 구령에 맞춰 악! 소리를 질렀다.

"돌격!"

"우와와아! 돌격!"

샤의 말이 끝남과 동시에 8천의 기사들이 말의 속도를 올리며 달리기 시작했다. 헤네시의 방패병들은 잔뜩 긴장을 한 채 방패 사이로 장창을 꺼내기 시작했다.

이윽고 기사들이 방패병들과 부딪치기 시작하면서 처음엔 말과 방패가 부딪치는 둔탁한 소리가 연속적으로 들리더니 나중엔 고함 소리와 비명 소리가 울려 퍼지기 시작했다.

퍽! 쿵!

이히히힝!

"으아아악!"

무리한 작전이었을까? 록트의 기사들은 용감하며 강해 두려움을 몰랐지만 장창과 넓고 큼직한 방패로 무장한 헤네시 제국의 병사들을 뚫지 못하고 있었다.

그리고 헤네시 군의 병사들에 둘러싸여 죽어가는 기사들이 생기기 시작했다. 기사들이 죽어가는 숫자가 하나씩 늘어나며 헤네시 군은 잠시간 멈췄던 진격을 시작했다.

헤네시 군의 작전은 주효했다. 왜 처음부터 그렇게 하지 않았는지 의심이 될 만큼 전세는 헤네시 쪽으로 기울고 있었다.

샤는 심각하게 후퇴를 생각하기 시작했다. 자신과 파렐이 아무리 마스터라고 해도 둘이서 10만의 적군을 상대할 수는 없었다.

1만 명도 상대하지 못하고 지쳐서 쓰러져 버릴 것이다. 눈에 보이는 대로 적들을 베어가던 샤는 문뜩 적들이 점점 늘어가기 시작하자 주위를 둘러보고 아연실색하고 말았다. 자신의 주변에 있던 기사들이 눈에 띄게 줄어 보이지 않는 것이다.

"이런! 뒤로 물러서라!"

샤의 후퇴하라는 소리가 울려 퍼졌지만 어떤 기사도 뒤로 물러나지 않았다. 아니, 들리지 않았다고 보아야 했다.

수십, 수백의 적군에게 둘러싸인 기사들에게는 지금 그 어떤 소리도 들리지 않았다. 마샬 또한 그랬다.

오직 샤를 찾아 헤매고 있을 뿐이었다. 샤의 움직임이 워낙 빨라 어디로 사라졌는지 한참 동안 적군과 씨름하다 보니 사라진 것이다.

쉬익!

"컥!"

하나씩 적군을 베어가며 앞으로 나가던 마샬의 눈이 커지기 시작했다. 샤를 찾은 것이다. 샤는 푸른빛이 나는 검강을 내뿜으며 눈앞의 모든 적들을 베고 있었다.

간간이 뭐라고 소리를 치는 모습이었다. 정확히는 들리지 않았으나 적군들을 상대하며 뒤로 빠지는 것이 후퇴를 하라는 소리 같았다. 마샬은 샤에게로 다가가기 위해 눈앞의 보이는 적의 팔을 베고 달리기 시작했다.

"전하! 컥!"

샤를 부르며 달려가던 마샬은 순간 다리에 힘이 풀리며 앞으로 꼬꾸라지고 말았다. 마샬에 의해 팔이 베어졌던 병사가 다른쪽 손에 들려 있던 창을 던져 마샬의 허벅지를 맞춘 것이다.

"마샬! 이런!"

샤는 자신을 부르고는 넘어지는 마샬을 보고 다가가 일으키려고 했다. 그러나 그런 샤와 마샬을 그냥 내버려 둘 적군이 아니었다.

주위에 적군들이 몰려들기 시작했다. 샤는 마샬을 다시 땅에 눕히고 검을 들어 다가오는 적들을 하나씩 베기 시작했다.

얼마의 시간이 지나자 적들은 감히 샤에게 가까이 오려고 하지 않았다. 그저 멀찍이 떨어져 창을 던지며 포위를 할 뿐이었다.

"와라! 내가 록트의 왕세자다! 나까지 죽여봐라!"

샤는 고성을 지르며 앞으로 나아가기 시작했다. 다가오지 않으니 자신이 갈 수밖에 없었다. 샤가 움직이는 대로 병사들이 길을 내주며 뒷걸음질을 치기 시작했다.

그때였다. 헤네시의 병사들이 샤와 마샬을 내버려 두고 자신들의 진영 방향으로 퇴각하기 시작했다. 그 순간 샤는 긴장감이 풀리며 자리에 주저앉고 말았다.

Chapter 32

협상(協商), 그리고 축복(祝福)

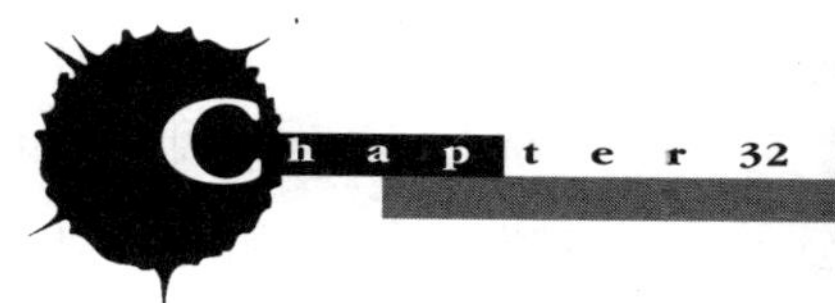

Chapter 32

헤네시의 병사들은 반복하여 울려 퍼지는 뿔고동 소리에 서둘러 퇴각을 하기 시작했다. 본진에 대단위 공격을 받았다는 신호였기에 마음이 급해진 것이다.

헤네시 군은 약간의 병력만을 남겨두고 모두 전장에 나와 있는 상황이었다. 본진과 전쟁터의 거리가 그리 멀지 않은 것도 있었지만, 록트에서 공격을 해오더라도 충분히 알 수 있게 정찰병을 주위에 배치해 놓았기 때문에 안심한 것이다.

제일 먼저 본진이 공격받은 사실을 안 것은 헤네시 군의 후미에 있는 근위기사들이었다. 후미에는 5천여의 병사들과 300이 넘는 니콜의 근위기사들이 있었다.

니콜은 이겨가는 전장을 포기할 수 없어 급한 대로 근위기사들과 자신을 호위하는 병사들을 보내 수습하게 했다. 그러나 그 병력으로는 감당할 수 없는 일이 벌어졌다.

6만이 넘는 대병력이 자신들의 본진을 지나 헤네시 군의 후방을 공격하기 시작한 것이다. 막으려고 달려갔던 근위기사들과 병사들이 뒤돌아 니콜을 향해 다시 뛰어오는 어처구니없는 일이 벌어지고 있었다.

"뭐, 뭐냐?"

"록트의 병사들입니다. 엘프들의 모습도 보입니다."

니콜은 기사의 보고에 상황이 심각하다는 것을 본능적으로 느꼈다. 우려했던 일이었다. 록트의 동맹국이 참전한 상황인 것이다.

"이런! 후퇴하라! 후퇴하여 전열을 정비하라!"

니콜의 명령에 연속하여 뿔고동 소리가 울려 퍼지고 록트의 기사들과 전투를 벌이고 있던 병사들이 뒤돌아 퇴각하기 시작했다.

"공격하라! 적군을 하나도 남김없이 죽여라!"

플레이의 수비대장인 해리 백작의 외침에 엘프들과 인간 병사들이 어울려 화살을 날리기 시작했다.

병사들의 뒤로 10여 명의 마법사들이 마법 시동 주문을 외우고 있었고, 그 옆으로 정령사들이 각자의 정령을 불러내어 적군에게는 공격을, 아군에게는 도움을 주고 있었다.

헤네시의 병사들은 앞뒤로 포위되는 상황이 되자 어쩌질 못하고 우왕좌왕하고 있었다. 순식간에 일어난 반전이었다.

"모두 방어진을 형성하고 천천히 뒤로 빠져 수도 방향으로 퇴각한다!"

니콜의 명에 따라 각 부대장들은 방패병을 앞에 세운 채 뒤로 물러서며 후퇴를 시작했다.

"적들을 쫓지 마라!"

록트와 플레이르의 부대장들이 병사들을 이끌고 퇴각하는 헤네시의 병사들을 쫓아가려 하자 샤는 그들을 쫓지 말라는 명령을 내렸다.

얼마간의 시간이 흐르자 전장터에서 더 이상 살아 있는 헤네시의 병사들은 보이지 않았다. 플레이르의 병력이 뒤를 치며 날린 화살 공격에 수천의 병사들만이 땅에 누워 있을 뿐이었다.

"생각보다 늦었구나."

샤의 말에 해리는 자신의 잘못을 인정하는 듯 고개를 떨구었다. 본래 기사들의 공격이 시작되는 시간에 맞춰 뒤를 치기로 계획했던 것인데 대군을 통솔하여 정찰에 걸리지 않고 오려니 조금 늦은 것이다.

"죄송합니다."

"아니다. 마샬을 보살펴 주거라."

샤는 기사가 끌고 온 말에 올라 록트의 진영 쪽으로 향했다.

며칠 전 플레이르의 병사들이 참전한다는 사실을 전령을 통해 들은 록트 군은 일부러 참전을 늦춘 것이다.

만약 그대로 플레이르의 병력들과 합류했다면 헤네시 군은 전투를 피해 성이 있는 영지나 수도로 전쟁터를 옮겨 수성했을 것이고, 그렇게 되면 전쟁이 길어지게 되는 것이다.

라샤르의 참전 소식을 들은 헤네시가 라샤르의 부대와 록트 군이 합류하기 전에 끝을 보려고 할 것이라는 예상을 하고 계획한 작전이었다.

전투는 처음 계획한 예상과는 너무도 다르게 끝나 버렸다. 헤네시의 병사는 패전하여 수도로 퇴각하였지만 1만이 안 되는 사상자가 발생했고, 록트는 왕국 최고의 전력인 기사가 5천이 넘게 죽어나갔다. 기사단 전력이 3분의 1로 줄어버린 것이다.

샤는 전투가 끝나고 플레이르의 병사들과 함께 진영을 꾸리고 긴급 회의를 시작했다. 여기에는 플레이르의 병사들을 이끌고 온 해리 백작과 보이텐 백작이 포함되었다.

"우선 보이텐 백작에게 감사의 말을 전하오. 어려운 결정이었을 텐데 이렇게 엘프 분들을 이끌고 참전해 주시어 감사할 따름입니다."

샤의 인사에 보이텐은 말없이 고개를 숙여 답을 하였다. 지난 록트에서의 전쟁과는 성격이 달랐기에 엘프들로서도 나름 고민을 많이 했을 것이리라 생각한 샤였다.

"헤네시 군이 어디로 퇴각하였는지 아직은 정확히 알 수 없으나 며칠 후 라샤르가 도착하는 대로 그리니치 공국의 수도를 향해 진격할 것이오. 병력에서 앞서는 상황에 더 이상 전쟁을 끌어봐야 서로에게 도움이 될 것은 없을 듯 보이오. 다들 그리 알고 준비를 하시오."

"네, 전하!"

샤의 말에 모두 하나같이 하루빨리 전쟁이 끝나기를 기다린다는 표정으로 대답을 하였다. 사실 전쟁이 길어지면서 다들 지치고 피곤하기도 했다.

전쟁을 이렇게 지속하는 것이 여러모로 좋지 않은 것이 사실이다. 죽어나가는 병사와 기사들, 그리고 국력의 소모가 커지고 있었다.

아무리 승리를 계속한다고 해도 전쟁이 길어지면 길어질수록 병력은 줄고 전투력은 떨어지기 마련인 것이다.

며칠이 흐르고 라샤르의 병력이 록트 군과 아가르 영지에서 합류하게 되었다. 병사들은 비록 루멘 대륙에서 데리고 온 용병들일지라도 부대 깃발만은 록트 군의 깃발이었다. 바로 록트를 위해서 싸우러 온 병사들인 것이다.

"오호! 오랜만일세! 이렇게 록트를 위해 달려와 줘서 고맙네!"

“그간 강녕하셨습니까. 어찌 제가 록트의 어려움을 모른 척하겠습니까.”

“그래, 그래! 고마우이. 어서 들어가세.”

“네, 전하!”

샤는 라샤르를 너무도 살갑게 맞아주었다. 같은 나이 또래의 친구가 없던 샤에게 유일하게 친구를 대신해 준 사람이기도 했지만, 그동안 주기적으로 연락하며 정을 나누던 사이 이기도 하다.

그런 라샤르가 직접 병력을 모아 도우러 와줬으니 당연히 반갑고 기쁠 수밖에 없는 것이다. 라샤르의 도착과 함께 록트에게는 좋지 않은 소식 또한 전해졌다.

윌리가 급히 샤의 막사 안으로 달려 들어오며 호들갑을 떨었다.

“전하! 록트리아에서 전령이 도착하였사옵니다.”

“록트리아? 뭐냐?”

“카트나 제국이 10만의 대군을 재파병한다고 하옵니다. 이에 국왕 폐하께옵서 하루속히 전쟁을 마무리하고 카트나에게 파병 명분을 주지 말라고 하셨다고 하옵니다.”

전령의 말을 전해 들은 샤는 한참을 고민해야 했다. 카트나가 10만이나 되는 병력을 재파병하는 이유는 여러 가지일 것이다.

록트는 지정학적으로 헤네시와 국경을 이루고 있는 위치

에 존재하기에 이곳에 대한 주도권을 놓칠 수가 없었을 것이고, 이번 전쟁으로 대패를 하였기에 실추된 명예를 회복하기 위해서라도 자신들의 힘으로 헤네시의 숨통을 조여야 할 것이다.

또한 이기든 지든 필립과 록트를 도와 헤네시와 맞서게 하여 자신들과 헤네시가 국경을 맞대는 사태를 막아야 하는 것이다.

이런 여러 이유 중 록트에 영향력을 행사하려는 의도가 가장 크겠지만, 당장에 눈에 보이는 이유는 헤네시와의 전쟁을 승리로 끝내고 그리니치 공국을 차지하는 문제였다.

샤의 입장으로서는 전쟁이 끝나고 카트나가 이전처럼 록트에 주둔하는 사태를 막아야 하고, 되도록 카트나의 영향력에서 벗어날 방도를 찾아야 했다.

그리니치 공국의 아가르 영지에는 자그마치 18만 2천의 병사들이 모여 있었다. 대단한 규모였다. 이런 상황에서 카트나가 참전한다고 해도 사실상 할 일은 없었다.

참전했다는 명분으로 전후 처리 협상에서 하나라도 챙기려는 속셈이 눈에 보였다. 그렇다고 전쟁을 먼저 시작한 카트나를 제외시키기도 힘들었다.

방법은 유일했다. 전쟁을 여기서 끝내는 것뿐이었다.

"카트나의 재파병 병력은 어디까지 왔다더냐?"

"카트나를 이제 막 출발하였다고 하옵니다. 필립을 통과해 바로 온다고 해도 10만 대군이라 한 달은 족히 걸릴 것이옵니다."

"한 달이라……. 알았다. 지휘관 회의를 소집하라!"

"네, 전하!"

회의는 일사천리로 끝났다. 전쟁을 계속하고자 하면 전투에서의 승리는 담보되는 것이나 다름없었지만 전쟁에서의 승리는 미지수였다.

시간을 끌게 되면 카트나가 참전하게 되고, 전쟁이 끝난 뒤 그리니치 공국이나 필립 공국에 대규모 병사들을 파병하여 기존의 영향력을 그대로 유지하려 할 것이다.

이런 상황을 알고 있는 라샤르나 메린 공작 등 지휘부는 샤의 의견에 전적으로 동감을 표시했다. 샤의 생각은 바로 종전 협상이었다.

다음날 샤는 본래의 계획인 그리니치 수도로의 진격을 미루고 대신 사자를 보냈다. 대사로는 메린 공작을 위시하여 파렐과 기사단 300명을 딸려 보냈다.

헤네시로서도 지금의 상황을 충분히 인지하고 있을 테니 생각보다 빠르게 협상이 이루어질 것이란 기대를 했다.

샤는 이런 사실을 록트리아와 필립 공국에 알리고 카트나의 병력이 필립에서 그리니치로 넘어오지 않게 붙잡아두라는 서신을 보냈다.

카트나나 필립에서 어떤 반응을 보일지는 알 수 없었으나 당장에 명분이 없으니 쉽게 움직이지는 못할 것이라 생각했다.

메린 공작과 일행들이 그리니치의 수도에 도착했을 때 수도의 분위기는 암울했다. 당장이라도 록트의 대군이 몰려올 것이란 소문이 퍼진 것인지 수도라고 보기에는 힘들 정도로 사람들의 모습이 보이지 않았고, 수도를 방어하는 방어성은 철통같은 경계와 함께 여기저기서 젊은 장정들이 끌려 들어오고 있는 모습이 눈에 들어왔다.

메린 공작이 니콜을 만나는 것은 전령을 보내 미리 통보하여 둔 상황이라 생각보다 빠르게 이루어졌다. 도착 다음날 바로 자리가 마련된 것이다.

"헤네시 제국의 태양이신 폐하의 존안을 뵙게 되어 광영입니다."

"만나서 반갑소. 전쟁 중 사자라… 용건을 말해보시오!"

니콜의 표정이 좋을 리는 없었다.

"폐하께옵서도 아시는 바와 같이 록트는 긴 시간 카트나의 영향력 아래 있었사옵니다. 록트로서도 원하던 것은 아니었으나 힘이 없던 록트로서는 어쩔 수 없는 선택이기도 했습니다. 그동안 록트는 갖은 노력과 하늘의 도움으로 이런 카트나의 영향력에서 벗어날 힘을 얻고 때를 기다려 왔습니다. 그런 와중에 왕세자 전하께서 폐하를 알현하고 양국 간 화친을 도

모하고자 떠나려던 차에 카트나의 도발로 전쟁이 터지게 되었고, 동맹국인 록트는 어쩔 수 없이 전쟁에 참전하게 되었습니다."

"그렇다면 전쟁에 참전하지 않았어야 하는 것 아니오?"

니콜의 질문에 메린 공작은 잠시간 말이 없다가 다시 입을 열어 차분하게 말하기 시작했다.

"폐하! 힘이 없는 자는 강한 자가 헛기침만 해도 놀라곤 합니다. 만약 카트나가 전쟁에서 승리를 하고 동맹임에도 불구하고 전쟁에 참전하지 않은 것을 꼬투리 잡는다면, 그 또한 록트로서는 감당하기 힘들어집니다."

"알겠다. 계속하라."

"네, 폐하. 하여 이제 전쟁이 끝나가는 상황에 카트나는 다시 10만의 병력을 재파병한다고 하옵니다. 왕세자 전하께옵서는 양국이 서로 전쟁을 계속하는 것은, 결국 어부지리로 카트나만 이롭게 하는 것이라 하시면서 양국이 이 기회에 화친을 맺고 향후 50년간 서로 간에 침략을 하지 않는 것이 어떻겠냐는 말씀을 하셨사옵니다."

"불가침조약을 맺자?"

"네, 폐하."

"조건은?"

조건이 따를 것이다. 다 이긴 전쟁을 끝내자고 먼저 손을 내민 상황이었다. 카트나의 영향력에서 벗어나려 한다는 것은 핑계에 불과할 것이다. 그것이 맞다고 해도 그것이 전부는 아닐 것이다.

"여기……."

메린 공작은 미리 준비한 문서를 두 손으로 받쳐 들어 올렸다. 파비앙이 다가와 문서를 받아 들어 니콜에게 가져갔다. 잠시간 문서를 살펴보던 니콜은 입꼬리가 올라가는 듯 보이고는 뒤돌아 나가며 시간을 요청했다.

"다시 부르겠네."

"네, 폐하."

니콜이 나가고 메린 공작 또한 시종들의 안내로 숙소로 돌아와 니콜이 부를 때까지 기다려야 했다. 메린 공작이 숙소로 향할 때 니콜과 헤네시의 대신들은 자연스럽게 회의를 시작했다.

"상황이 이 지경에 이르러 매우 안타깝기는 하나 우리에게는 당장 시간이 필요하오. 저들이 무리한 요구를 한 것이라면 죽기를 각오하고 싸우려 했으나 저들 또한 나름 사정이 있어 벌어진 일이라고 하니 방법을 찾아봅시다."

니콜은 샤가 보낸 문서를 보며 이야기를 꺼냈다. 조건의 내용은 별반 특별하지 않았다. 그리니치를 지금 각자가 점령하는 상태로 나누어 관리하고, 그리니치 수도를 양국 간의 교역 거점으로 활용하자는 내용이었다.

또한 니콜의 빠른 결정을 촉구했는데 하루속히 주변 왕국이나 제국에 전쟁이 끝났음을 알리고, 그에 따른 후속 조치가 이루어졌음을 포고해야만 카트나의 파병을 막을 수 있다는 이야기였다.

지금 록트에서 차지한 땅은 탈라 시와 아가르 영지를 지나 아덴 영지에서 항구가 있는 해안가까지였다. 그리니치를 딱 반으로 쪼갠 상황이었다.

반이라고는 해도 아벨과의 전쟁 전의 록트와 규모가 비슷한 땅이었고, 양 대륙의 중간에 위치한 항구가 포함되어 있었다.

거기에 비옥하기로 유명한 땅이 대부분인지라 그리니치로서나 헤네시 입장에서나 대단히 속이 뒤집히는 상황이기는 했다.

어쨌든 전쟁에서 진 것이니 그에 따르는 손실은 감수를 해야 했다. 그러나 이런 록트의 말이 진실인지, 또한 향후 어떤 변화가 예상될지는 논의를 해봐야 하는 것이다.

"폐하, 록트의 말이 전부 진실이라고 해도 여러 문제가 있습니다. 당장에 우리가 물러난다고 하면 록트는 양 대륙의 중앙을 모두 차지하게 됩니다. 또한 카트나가 그대로 넘어갈 리도 없습니다."

닉 혼비의 말에 파비앙이 대꾸를 했다.

"하나 지금은 우리가 선택할 수 있는 폭이 좁습니다. 당장은 더 이상의 피해를 줄이고 뒤로 한발 물러나 전열을 재정비하고 힘을 키워야 합니다. 그런 연후 빼앗긴 땅을 되찾아도 찾을 수 있습니다. 지금으로서는 더 이상의 병력 손실이 생기게 되면 제국마저 위험에 처하게 됩니다."

파비앙의 말에 닉 혼비는 말을 하지 않았지만 표정은 굳어졌다. 닉 혼비뿐만 아니라 회의장 안의 모든 사람들의 얼굴이 굳었다는 것이 맞다.

연이은 패전도 패전이지만, 황제가 직접 친정을 한 상황에서의 패전은 대단히 명예스럽지 못한 것이었다. 자칫 잘못하게 되면 반역의 빌미를 제공할 수도 있는 것이다.

"하면 록트의 제안을 받아들이자?"

니콜의 말에 파비앙이 다시 대답을 했다.

"밀고 당기는 협상의 과정은 있어야겠지만 당장은 어쩔 수 없는 상황 같습니다. 오히려 이런 기회가 생긴 것이 다행한 일일 수도 있습니다. 지금의 일 보 후퇴는 앞으로의 이 보 혹은 삼 보를 전진할 수 있는 원동력이 될 것입니다."

"알았네. 차후의 일은 자네가 알아서 하게."

"네, 폐하!"

니콜은 더 이상의 회의가 불필요할 것 같아 자리에서 일어나 나가 버렸다. 지금의 상황에 마음에 안 들긴 하지만 어쩔 수 없는 상황인 것은 자신도 잘 알고 있었다.

병력의 열세도 열세였지만 병사나 기사 개개인의 전투력 차도 심했다. 또한 자신이 아무리 생각해 봐도 지금의 상황을 역전시킬 방법은 없었다. 단념할 것은 빨리 단념하고 새롭게 시작하는 것이 옳은 것이다.

다음날부터 파비앙과 메린 공작은 빠르게 종전 협상에 대한 논의를 시작했다. 둘 사이에 별다른 이견은 없었다.

새롭게 국경이 될 부분에 대한 논의와 앞으로 양국 간의 관계 등에 대한 논의가 주를 이루었다.

특이할 만한 것은 록트가 이번 기회에 카트나의 영향력에서 벗어나면서 헤네시 또한 적국이랄 수 있는 카트나와의 사이에 완충 지대 역할을 하는 공간이 생겼다는 것이다.

다르게 보자면 신흥 제국이 들어선 상황이니 더욱 경계해야 할 상황이 되었다는 증거이기도 했다.

며칠간의 협상 과정이 끝나고 메린 공작이 샤에게로 돌아왔을 때 카트나의 병력들은 막 필립 공국에 들어서고 있을 때였다.

발 빠르게 필립에 전령을 미리 보내어 전쟁이 종결되었음을 알려놓기는 했지만 카트나가 어떻게 나올지는 알 수 없는 상황이었다.

긴장감이 감도는 가운데 샤는 18만이 넘는 병력을 동원하여 자신들이 획득한 땅에 대한 정리 작업을 시작했다.

첫 번째로 시행한 일은 모든 귀족들을 그리니치의 수도로 몰아내는 일이었다. 그런 이유로 아크라와 아덴 영지에는 연일 귀족들의 피난 행렬이 끊이지 않고 이어지고 있었다.

또한 필립과 록트의 국경을 지키던 잔여 병사들도 모두 넘겨줬는데, 대부분의 병사들이 국경을 넘어 록트나 필립 공국으로 도망가는 황당한 사건이 벌어지기도 했다.

전쟁이 끝나고 종전 협상까지 마무리가 되었으니 샤와 메린 공작 등은 록트리아로 돌아가야 했다.

그러나 할 일이 많았다. 국경이 변하면서 지켜야 할 곳이 많아졌기에 록트 안에 있던 후방 군단과 국경 군단들을 대거 이동시켜야 했고, 새롭게 성곽을 보수하고 자리를 잡아야 했다.

또한 카트나 군의 동태 또한 예의 주시를 해야 하는 상황이었다. 종전 협상이 끝나고 3달이 지나가는 시점까지 카트나의 병력들은 필립에서 움직이지 않았다.

이상한 것은 카트나 군의 패전의 원흉인 마이어호프 후작이 연임되어 다시 카트나 파병군 총사령관 직에 앉았다는 것이다. 하지만 그것은 카트나의 내부 사정이라 샤가 자세한 내막을 알 길이 없었다.

록트리아로 들어가는 남쪽 관문의 시작점에서 궁까지 연결된 대로의 양옆으로 남녀노소의 수많은 사람들이 나와 누군가를 기다리고 있었다.

개선 행진이었다. 샤와 3천여의 기사단이 대로를 따라 궁으로 향하고 있는 것이다. 제일 앞에서 근위기사단과 함께 행진을 하는 샤의 모습이 보이자 시민들이 환호성을 지르며 샤의 이름을 부르기 시작했다.

평상시라면 꿈도 못 꿀 일이었지만 인파 속에 숨어 큰 목소리로 한 번쯤은 마음 놓고 부르고 싶은 이름이기도 했다.

"샤! 샤! 샤!"

샤가 지나가는 주위로 꽃가루가 흩날리기 시작했다. 샤는 사람들의 외침과 흩날리는 꽃가루에 묘한 흥분감이 들기도 했다. 그러나 이내 고개를 가로저었다. 전쟁을 통해 죽어간 기사와 병사들의 수가 수만이 넘었다.

그들을 잊어버리면 안 된다. 샤의 바로 옆으로는 마샬이 있었다. 다친 다리이지만 말 위에서만큼은 편했기에 고집하여 샤의 옆을 지키고 있었다. 그 뒤로 메린 공작과 파렐 등이 따르며 국왕과 대신들이 기다리는 왕궁으로 향했다.

왕궁의 정문 앞은 국왕을 비롯한 왕족들과 대신들이 일찍부터 나와서 기다리고 있었다. 이윽고 샤와 그의 기사단이 보이기 시작하며 천천히 다가오기 시작하자 국왕과 왕비가 앞으로 걸어나오기 시작했다. 그 뒤를 프란과 대신들이 따랐다.

국왕의 앞에 도착하여 말에서 내린 샤는 대신들 사이를 지나 국왕 앞으로 향했다.

"소자, 무사히 다녀왔습니다."

"오, 그래. 무사히 와주었구나! 장하다, 장해!"

"아바 마마, 소자의 불충을 용서해 주십시오. 왕국의 수많은 장졸들을 죽음으로 내몰았나이다."

샤는 전쟁 중 숨져 간 병사와 기사들에 대해 자신이 책임자로서 국왕인 아버지에게 사죄를 청했다. 어쩌면 지나가는 말일 수도 있으나 샤로서는 안타깝고 마음 아프게 다가오는 일이었다.

"아니다. 모두 왕국을 위해 장렬히 전사한 영웅들이 아니더냐! 그런 말은 말거라. 어쨌든 무사히 와주어서 고맙구나. 들어가자."

"……."

샤는 국왕의 말에 적당한 말을 찾지 못했다. 조용히 국왕을 따라 왕궁으로 들어갈 뿐이었다. 궁 안으로 향하는 동안 샤와 프란은 서로가 작은 고갯짓으로 인사를 나눠야 했다. 아쉬움을 나타내야 할 프란의 표정은 밝았으며 따뜻했다.

며칠간의 승전 행사가 이루어지고 있는 가운데 록트의 승리를 축하하는 사절단이 록트의 수도로 들어오기 시작했다.

주변의 왕국들과 공국들에서 들어오는 사절단은 각자가 새롭게 떠오르는 록트에 잘 보이려는 의도와 이번 기회에 록트와의 교역을 시작하려는 생각으로 들어온 사람들이 대부분이었다.

그중에는 특별히 비밀리에 들어와 샤와 독대를 하고 간 손님도 있었는데, 그는 바로 카트나 제국의 양대 기둥 중 하나라는 베링 공작이었다.

여러 이유가 있겠지만 자식인 에밀의 일이 그가 달려온 가장 큰 이유였다. 보고로는 전사한 것으로 되어 있었지만 샤가 보낸 밀사를 통해 그가 살아 있다는 것과 그동안의 내막을 알고 있는 그로서는 오지 않을 수 없는 상황이었다.

"록트 제국의 떠오르는 태양이신 황태자 전하를 뵙게 되어 영광입니다."

"반갑소. 들어서 알겠지만 에밀 백작은 현재 아벨에 있소. 무사하니 걱정은 안 해도 되오."

"못난 자식놈을 보살펴 주셔서 감사할 따름입니다."

샤는 좋은 날 좋은 얼굴로 손님을 맞이하고 싶었으나 에밀이 벌인 일이 워낙 큰일이고, 그 뒤의 이야기 또한 복잡하게 얽혀 있어 어떻게 풀어야 할지 정할 수가 없었다.

베링 공작 또한 보고를 받고 여러 정황을 통해 돌아가는 사정은 알고 있었다. 자신과 군부의 실세인 로이엔탈 공작과는 정치적으로 반대파이면서도 동지였다.

로이엔탈 공작이 직접 사주를 해서 벌인 일은 아닐지라도 그와 관련된 사항이었고, 파병군 총사령관이라는 임무를 수행해야 하는 자가 뒤에서 간계(奸計)를 부려 사태를 이 지경까지 만들었기에 향후 더욱 반대파와는 척을 질 수밖에 없을 것이라 생각했다. 또한 몹시 화가 나 있는 것도 사실이었다.

"이번 사태에 대한 책임을 피할 수 없겠으나 카트나 제국의 정치적인 문제가 있을 것이라 생각하고, 그 부분은 베링 공작이 잘 알아서 할 것이라 판단하겠소."

"네, 전하. 하옵고 못난 자식 놈은 당분간 록트에 머무르게 하는 것이 옳을 것 같사옵니다. 선처를 부탁드립니다."

"알겠소. 그 부분에 대한 일은 걱정 마시오."

결국 카트나 제국으로 데려갈 수는 없다는 생각에 베링 공작은 에밀을 록트에 남겨두기로 했다.

샤는 베링 공작에게 향후 카트나의 군부가 움직이는 것에 대한 정보와 몇 가지 도움을 받기로 하였다. 그리고 에밀을 록트 제국의 백작 위에 앉히고 당분간은 록트에 머무는 것을 허락했다. 샤의 입장에서 보더라도 손해나는 일은 아니었다. 베링 공작이 물러난 후에도 여러 왕국의 사신들이 샤와의 독대를 청하기는 했다.

타국의 사신들도 샤의 입지가 황제인 샤의 아버지보다 제국 내에서 높다는 것을 알기에 이 기회에 자신들의 왕국에 조금이라도 도움이 되는 약속을 하나라도 받아 가려고 줄을 선 것이다.

제국 선포식이 있기 전 록트는 제국으로써 새로운 제도와 법을 공표(公表)하고 시행에 들어갔다.

또한 새로 얻은 땅과 기존의 영지들에 대한 조정이 있었는데, 샤가 황태자가 되면서 플레이르의 공왕 자리를 누구에게 맡기느냐가 문제가 되어 한동안 귀족들 간에 뜨거운 설전이 벌어지기도 했다.

이 문제의 요점은 플레이르가 엘프와 드워프가 함께 살아가는 땅이라는 것이었다. 회의를 거듭하고 거듭하여 결국 엘프이면서 후작으로 고위 귀족인 메노프 촌장이 공작의 작위를 받으며 공왕으로 선정되었다.

이견이 없는 것은 아니었으나 내막을 알고 있는 사람들은 대부분 수긍을 했기에 무난하게 넘어갔다. 더욱 큰 문제는 구그리니치의 땅에 대한 문제였다.

새롭게 얻은 땅에 현재까지 관리할 귀족들이 없는 것이다. 기존의 귀족들 중 신청자를 받아보려 했지만 아무도 나서는 귀족이 없었다.

전쟁의 참화로 폐허가 되다시피 한 땅에 사람도 물자도 부족할 것이니 당연히 꺼리는 것이다.

더 큰 이유는 현재 귀족들이 가지고 있거나 관리하는 영지가 어디의 누구와 비교해도 결코 떨어지거나 부족하지 않다는 것이다.

이런 문제로 결국 황제와 샤는 지목하여 반강제적으로 땅을 늘려주기도 하고 여러 혜택을 줘가며 귀족들을 이동시켜야 했다.

작은 소영지나 시의 관리자는 얼추 맞출 수 있었지만 가장 큰 난관은 대영주였다. 대영주가 무려 7명이나 필요하게 되었던 것이다.

대영주라고 하면 병권을 제외한 모든 권리를 가지는 작은 왕국의 왕과 같은 지위였기에 공이 조금 있다거나 능력이 뛰어나다고 해서 아무나 앉힐 수는 없는 자리였다.

이런 현안에 대해 황제는 샤를 불러 의논했다. 사실 지금의 록트 모습이 샤에 의해 주도된 부분이 많았기에 황제로서도 샤를 단순히 자식으로만 생각하지는 않았다.

다음 대의 황제로, 또는 정치적 동지로 생각하는 부분이 많았다. 타국의 황제나 왕이라면 불가능하지만 지금의 황제는 가능하다.

언제고 기회가 되면 자식에게 황제의 자리를 물려주고 물러나고 싶은 것이 지금의 황제였기 때문이다.

“아바 마마, 대영주 제도를 이 기회에 폐지하는 것은 어떻습니까?”

“폐지하자? 하면 어찌 각시와 마을 단위의 작은 땅들을 관리하느냐?”

황제 또한 대영주 제도의 폐해를 알고 있었다. 대영주란 일정 부분 국왕이나 황제에게 헌신하는 대가로 자치권을 부여받은 세습 귀족이었다.

한 지역의 패자이기도 해서 황제나 국왕과의 마찰이 있을 경우 종종 타국으로 넘어가거나 반역을 일으키는 주범이 되기도 했다.

"제국의 모든 땅을 황제 폐하가 직접 다스리는 겁니다. 모든 귀족들이 동등하게 시험을 치르게 하여 기준을 넘은 자를 관리로 임용하고, 그 공과 능력에 따라 각 지역을 다스리는 관리로 임명을 하시면 되옵니다. 하고 각 지역을 대표하는 의회를 두어 의회에서 발의를 하면 폐하께서 승인하는 형식으로 정치 체제를 바꾸는 것이옵니다."

"지금의 대영주제 또한 그것과 비슷한 것이 아니냐?"

"지금의 대영주는 바뀌지 않는 자리이옵니다. 반역을 하지 않는 한 대대로 세습되어 내려가옵니다. 의회의 의원은 일정 기간의 임기를 두어 5년이나 10년에 한 번씩 대표되는 자를 각 지역의 귀족이나 평민들을 통해 뽑아 올리라고 하면 되옵니다."

"그 지역에서 직접 의원을 뽑아서 보낸다? 힘든 일이구나……."

"힘이 드옵니다. 이것을 시행함에 있어 귀족뿐만 아니라 일반 평민들까지 참여를 시켜야 하는 문제가 있습니다. 하나 그렇게 했을 때 제국은 만 년이 흘러도 망하지 않을 것이옵니다."

"너의 생각은 너무 급진적이구나. 이 문제는 천천히 생각해 봐야겠다. 당장은 새로 얻은 땅을 관리할 사람이 부족하니 차라리 공국으로 승격하여 공왕을 앉히는 것은 어떠냐?"

황제는 샤의 말에 잘못됐다, 잘됐다라고 말하지는 않았다. 분명 황제 자신이나 제국을 위해서는 도입할 만한 제도이기는 했다.

하나 그것을 시행하면 기존의 대영주들이 가만히 있을 리가 없었다. 자신들의 권리를 앉은자리에서 빼앗기는 것이다. 만약 이런 제도를 실행하려 한다면, 그 즉시 내전이 벌어질 가능성이 크다.

하여 다른 주제로 자연스럽게 넘겨 버린 것이다.

"이왕 공왕을 앉히실 것이라면 두 개로 나눠 앉히시는 것은 어떻습니까?"

샤 또한 황제의 마음을 알았기에 더 이상 그 문제에 대해서는 언급하지 않고 자연스럽게 다른 주제에 대한 의견을 피력했다.

그럴 수밖에 없는 것이, 샤가 생각하기로도 이런 제도를 시행하기 위해서는 혁명적인 사건이 발생하거나 기존의 귀족들을 전부 숙청하지 않는 한 힘든 문제였다.

그럼에도 샤가 이런 이야기를 꺼낸 것은 전쟁을 막 끝낸 상황에서 모든 병권과 힘이 황제와 자신에게 몰려 있으니 시도해 봄직하지 않냐는 뜻이었다. 그러나 당장에 황제가 난색을 표하니 더 이상 권하기는 힘들었다.

"둘로 나눈다?"

"그렇습니다. 공국이란 결국 커지게 되면 독립을 원하게 됩니다. 나중에 문제의 소지가 다분히 생길 위험이 있사옵니다. 그럴 바엔 아예 두 개로 나눠 관리하기도 편하고, 서로 간에 견제할 수 있도록 유도함도 좋습니다."

"그렇구나! 그렇게 하자꾸나. 하면 생각해 둔 인물이 있느냐?"

"한 명은 확실하나 한 명은 아바 마마와 대신들의 의견을 물어야 할 것 같사옵니다."

"누구냐?"

"한 명은 메린 공작이시고, 나머지 한 명은 해상왕이라 불리는 라샤르 경입니다."

"이번에 록트를 도와주기 위해 용병을 끌고 참전한 루멘 대륙의 귀족 말이냐?"

"그렇습니다. 그는 현재 중앙해역에 두 개의 해적섬을 토벌하고 해상무역을 장악했습니다. 그렇기에 제국을 위해 꼭 잡아야 할 인물입니다."

황제는 가만히 생각에 잠기었다. 샤의 말대로라면 그에게 바다와 인접한 영토를 할양(割讓)해야 할 것이다.

황제 자신으로서는 대단히 환영할 만한 인물이었지만 대신들에게는 달랐다. 타국의 귀족을 공왕으로 앉힌다면 많은 반대가 있을 수도 있는 것이다.

"대영주들과 협의를 해보자."

"네, 폐하."

두 사람의 대화가 끝나고 대영주 회의가 소집됐다. 대부분 제국 선포식을 앞두고 수도에 있었기에 매일이다시피 대영주들과 만나기는 했다.

그날도 당연한 듯 왕궁으로 들어온 대영주들은 국가의 중대한 문제에 대해 회의를 해야 한다는 연락을 받고 긴장한 상태로 회의장으로 한 명씩 들어왔다. 이윽고 회의가 시작되고 안건에 대한 발표가 시작되었다.

"본 안건은 제국 선포식 전에 결정해야 할 필요성이 있기에 상정하였습니다. 첫 번째 안건은 아크라, 탈라, 캘자드, 하이델, 레이드의 다섯 영지를 묶어 하나의 공국으로 승인하고 메린 공작을 초대의 공왕으로 추대하는 것입니다. 이에 대한 의견이 있으십니까?"

제국의 국방 대신을 맡고 있는 메커슨 후작의 말에 플레이르 공국을 포함한 16명의 대영주와 공왕은 별다른 이견 없이 안건을 통과시켰다. 이제 15명의 대영주와 2명의 공왕이 생긴 것이다.

"다음 안건은 황태자 전하께서 직접 발의하신 것이니 내용을 직접 들어보도록 하겠습니다."

메커슨 후작의 말이 끝나자 샤는 단상에 올라섰다.

"동대륙의 패자인 헤네시 제국과의 전쟁을 승리할 수 있게 뒤에서 물심양면으로 도와준 대영주 분들께 진심으로 감사드

립니다. 이번에 제가 발의한 안건은 구 그리니치 공국이었다가 우리에게 귀속된 영지 중 나머지 3개 영지(아텐, 아가르, 아부로)와 1개의 국경 방어성, 그리고 두 개의 항구가 포함된 땅의 처분에 관한 것입니다. 여러분들 중에 대륙의 정세를 잘 아시는 분들이 있다면 라샤르 드 아르토아 루델이라는 본명을 가진, 혹은 해상왕이라고 널리 알려진 인물에 대해 들어보았을 것입니다. 그는 중앙해역에 위치한 두 개의 해적 섬을 토벌하고, 중앙해역을 중심으로 이루어지는 해상무역을 장악했습니다. 또한 이번 록트와 헤네시 간의 전쟁 시에 용병과 가병 5만 2천을 끌고 참전하여 전쟁을 조기에 끝낼 수 있게 록트를 도왔습니다. 하여 이 기회에 그를 제국의 그늘에 두어 제국의 발전에 초석으로 쓰고자 합니다."

샤의 말에 대영주들은 의견이 분분했다. 그에 대해 제국에서 어떤 식으로든 보상을 해야 하겠지만 공왕의 자리란 그리 쉽게 내줄 수 있는 자리가 아니었다. 그것은 왕족만이 가능한 자리였다.

"여러 문제가 있다는 것을 황태자 전하께서도 아실 것입니다. 이런 문제를 감안하시지 않았을 리는 없을 텐데, 그에게 그러한 문제를 뛰어넘는 무엇이 있습니까?"

첫 질문을 한 사람은 의외로 플레이르의 새로운 공왕이 된 엘프 족장 메노프였다.

"많습니다. 실이라면 명분과 선례겠죠. 왕족이 아닌 이를 공왕으로 앉혔다는 선례일 테고, 아! 플레이르는 예외 상황이니 제쳐 두고 말입니다. 그리고 누구나 병력과 자금을 지원하면 공왕도 시켜줄 수 있다는 생각을 가질 수도 있으니 그 부분은 득보다는 실이랄 수 있겠습니다만, 대륙의 정세를 조금이라도 신경 써서 알아보면 내가 왜 이런 안건을 개진했는지 충분히 이해하실 것입니다. 새로운 땅을 얻게 되면서 앞으로 우리는 중앙해역을 이용할 수 있게 되었습니다. 그리하여 기존에는 존재하지 않던 새로운 경험을 하게 될 것입니다. 하나 이 중에, 그리고 기존의 귀족 중에 누구 하나 중앙해역에 대해 또한 바다에 대해 아는 이가 있습니까?"

샤의 질문에 대답하는 대영주는 없었다. 그들은 단 한 번도 바다를 구경해 보지 못한 이들이 대부분이었다. 물론 록트도 바다와 접해 있기는 했다. 그러나 북쪽 끝에 위치한 곳이라 타국과의 교류를 할 수 있는 항구는 전무했으며, 그동안 바다를 개척하려고 도전해 본 적도 없었다.

"라샤르 경이 공왕으로 추대되어 제국으로 귀속된다면 중앙해역에 위치한 두 개의 섬 또한 자연히 제국의 섬으로 바뀌는 것입니다."

샤의 보충 설명에 대영주들은 이해를 시작했는지 표정이 변하기 시작했다. 동으로는 헤네시 너머 4국 연합이, 서로는 카트나를 넘어 첼시와 피델리, 켄트 왕국이 있었다. 그리고 중앙해역 밑으로는 루멘 대륙이 있었다.

록트의 상품들을 새롭게 들어설 항구를 통해 내다 팔 수만 있다면 어마어마한 부가 창출될 것이다.

그렇다는 것은 자신들의 영지에 있는 특산물들이 새로운 판로가 생겨 더 많은 수입이 생긴다는 뜻이었다.

대영주들이 이런 생각을 할 수 있는 것도 샤가 만들어낸 변화라면 큰 변화였다. 샤는 여세를 몰아 더 이상의 토론은 하지 않고 바로 가부를 결정하는 투표를 진행시켰다. 황제를 제외한 18명의 투표자 가운데 1명을 제외하고는 나머지 전부가 찬성 표를 던졌다.

록트 왕국은 이제 1명의 황제와 3명의 공왕, 그리고 15명의 대영주들이 통치하는 록트 제국이 되었다.

카트나 제국의 황궁 안, 황제가 집무를 보는 집무실 한쪽에서는 고성이 오가고 있었다. 카트나 제국의 황제인 게르하르트 폰 로한 카트나 3세는 자신의 신하인 베링 공작과 로이엔탈 공작의 말싸움에 질려 버렸다. 한쪽은 개인적으로는 외할아버지였고, 한쪽은 장인이었다.

"그래서 이 모든 책임이 나에게 있다는 말이오? 내가 언제 그러라고 시킨 것도 아니고, 당신 말을 듣고 잘 가던 병사들까지 멈추게 하지 않았소! 그러면 됐지, 더 이상 어쩌라는 것이오!"

"그건 상황이 여의치 않으니까 한 것 아니오! 그게 왜 나 때문이오? 부하가 잘못을 했으면 응당 수장이 책임을 지어야 하는 것 아니오?"

베링 공작은 강렬하게 국방 대신인 로이엔탈 공작을 밀어붙였다.

"누가 잘못을 했다는 것이오? 이 모든 것은 록트가 참전을 늦게 해서 벌어진 일이라고 하지 않소!"

베링 공작의 말에 로이엔탈 공작 또한 강하게 반발했다. 보고서에 올라온 내용으로는 카트나가 패전할 수밖에 없던 이유는 모두 록트가 참전을 늦게 했기 때문이라는 내용이었다.

"그 말을 믿소? 말이 되는 소리를 하시오! 헤네시의 병사가 6만이었소! 그것을 7만이 가서 5만 가까이 불에 태워 죽인 사람이오! 그런 자가 일국의 총사령관 자리에 앉아 있으니 이 모양이 된 것 아니오!"

베링 공작은 정보원들의 보고를 군에서 올린 보고서보다 더 신뢰했다. 정보원들의 말은 정확했다.

"그걸 당신이 봤소? 어찌 그리 장담하시오! 마이어호프 후작의 말로는 치열한 접전 끝에 헤네시의 병사 10만을 무찌르고 수도로 진격을 하다 기습으로 당했다고 하오!"

"말도 안 되는 소리 마시오! 정보원들은 모두 봉사요?! 국방 대신이라는 사람이 그런 거짓 보고를 믿고 있으니 지금 꼴이 이 모양이 된 것이 아니오!"

"아직 모든 것이 확실하게 밝혀진 것이 아니니 그런 말씀은 마시오! 모든 것이 명백하게 밝혀질 때까지는 총사령관을 바꿀 의사가 없소!"

"마음대로 하시오! 그놈을 총사령관 자리에 유임시켰다가는 결국 제국의 안전마저 위협하게 될 것이오!"

"어허! 말이면 다인 줄 아시오!"

더 이상은 듣기가 민망했던 황제가 나서 강한 어조로 두 사람을 나무랐다.

"그만들 하시오! 제국의 기둥이라는 두 분이 이렇게 의견이 맞지 않아서야 어쩝니까!"

"송구하옵니다, 폐하!"

두 사람은 즉시 고개를 숙이고 입씨름을 중단했다. 사위와 손자라고 해도 황제는 황제인 것이다.

"우선은 그 일에 대해 조사 중이니 명확히 밝혀질 때까지 기다려 보도록 합시다. 그리고 만약 진실로 록트가 참전을 늦추어 벌어진 일이라면 병력을 모아 록트를 치면 되는 것이 아니오! 저들이 아무리 신흥 제국으로 힘을 키웠다고는 하나 감히 우리 제국에 비하기야 하겠소!"

황제의 말에 로이엔탈 공작은 등에 식은땀이 흐르는 것을 느껴야 했다. 사실 로이엔탈 공작은 록트를 절대로 건드려서는 안 된다는 생각을 가지고 있었다.

그도 그럴 것이, 지난날 윌리가 도자기를 가져와 진상하면서 자신에게 한 말이 있었기 때문이다.

"폐하! 만약 록트의 잘못이 밝혀지더라도 록트를 자극해서는 안 됩니다."

지켜보던 베링 공작은 자신이 할 말을 로이엔탈 공작이 대신한 것은 아닌지 의심스러웠다. 자신이야 자식이 볼모가 되어 살고 있으니 어쩔 수 없다손 치더라도 로이엔탈 공작은 그럴 이유가 없는 것이다.

"무슨 말이오? 무슨 이유가 있소?"

"그것이… 지난날 폐하께 진상한 도자기를 기억하실런지요?"

"당연히 기억하고말고! 지금도 한 달에 두어 점의 도자기를 구입하고 있소만, 그게 문제가 되오?"

"실은 그것이… 티러스 산맥 너머에 사는 키이라 나이틀리가 록트에 자리를 잡고 그 도자기를 만들고 있다고 하옵니다."

"뭐요? 한데 그 드래곤이 록트에 있다는 것을 어찌 알았소? 드래곤들은 자신을 알아챌 경우 모두 죽이고 사라진다고 하던데?"

로이엔탈 공작의 표정에 극히 조심스러워하는 모습이 그대로 보였다.

"그것이 극비 중에 극비인지라… 생각해 보시옵소서. 드래곤이 아니라면 그렇게 아름다운 물건을 어찌 만들 수가 있겠사옵니까."

황제는 수긍한다는 표정을 보이며 고개를 끄덕였다.

"하면 그 존재가 사라질 때까지는 공격할 수 없다는 것이오?"

두 사람의 대화를 듣던 베링 공작은 난데없이 드래곤이라는 소리에 경악을 금치 못했다.

"폐하! 로이엔탈 공작의 말이 사실이라면 절대로 록트를 건드려서는 안 됩니다. 드래곤은 자신의 유희가 방해받았다고 생각하면 눈 깜짝할 사이에 왕국 하나를 날려 버리는 존재입니다."

"어허, 이런!"

세 사람의 목소리는 나지막하게 변하였지만 끊이지 않고 이어졌다.

마샬은 하루 종일 기사들이 훈련하는 연무장에 나와 앉아 있었다. 마샬뿐만 아니라 지난 전쟁에 참전했던 많은 기사들이 죽지 않고 살아 있다면 몸에 한두 개씩의 훈장이 달려 있었다.

마샬 역시 전쟁이 끝난 뒤 작위를 받고 정식 귀족이 되었지만 몸에 난 상처는 사라지지 않았다. 마샬은 자신의 몸에 난 상처보다도 이제는 더 이상 근위기사로서의 삶을 살 수 없다는 것이 더욱 큰 고통으로 다가왔다.

연무장 한쪽에서 하염없이 기사들의 훈련 모습을 바라보던 마샬은 연무장 끝에서부터 자신을 향해 누군가가 걸어오자 그쪽으로 고개를 돌렸다.

"존이잖아?"

멀리서부터 걸어오는 사람은 마샬과 어려서부터 단짝이었던 존이었다. 정보원으로 활동하다 최근 아벨에서 록트리아로 배속되어 자리를 옮기게 된 것이다.

"마샬! 널 찾으려고 수도 곳곳을 다 돌아다녔다! 몸도 아프다는 놈이 연무장에는 왜 있는 거냐?"

"네가 어쩐 일이냐?"

"이번에 황실 직속 정보부로 발령을 받아서 록트리아로 자리를 옮겼어."

"하지만 네 부인이……."

존의 부인은 엘프였다. 아직까지는 수도에 이종족이 머무는 경우가 없기에 나온 말이었다.

"리지도 정보부로 발령받았어."

"잘됐다. 그런데 나를 왜 찾았어?"

"왜긴! 친구니까 보려고 찾은 거지!"

존은 마샬을 바라보며 하얀 이를 드러내며 웃어주었다. 그동안 심적 고통이 컸는지 마샬의 표정엔 슬픔이 가득해 보였다.

"친구! 설마 내가 누구인지 잊어버린 것은 아니지?"

"뭔 말이냐?"

"나! 인간트롤이야!"

존은 말을 끝냄과 동시에 허리춤에서 단검을 뽑아 자신의 팔뚝을 그었다. 그리고 따로 챙겨온 작은 컵에 자신의 피를 받았다.

"설마… 자네! 이런!"

"기다려 봐!"

마샬이 말리려고 하자 존이 고개를 저으며 기다리라는 말을 했다. 그리고 내미는 작은 컵, 그 안에는 존의 피가 굳지 않은 상태로 들어 있었다.

"굳기 전에 마셔라!"

"존……."

마샬은 존이 시키는 대로 컵을 받아 비릿한 냄새를 참아가며 마셔야 했다. 그것이 무엇을 의미하는지는 잘 알고 있었다.

어쩌면 친구처럼 자신도 트롤인간이 될 수도 있는 부담이 있었지만 다시 근위기사로 돌아갈 수만 있다면 목숨이라도 내놓고 싶은 심정의 존이었기에 고민할 이유는 없었다.

그리고 잠시 후, 마샬은 태어나 처음으로 신기한 변화를 겪어야 했다. 몸의 세포 하나하나까지 활력으로 넘쳐 나며 기운이 솟아나는 느낌이었고, 전부터 몸에 있던 작은 상처들이 눈앞에서 사라지는 충격적인 경험이었다.

그리고 마샬을 힘들게 했던 허벅지의 상처가 사라지기 시작했다. 힘줄이 잘리고 살점이 뜯겨 나가 절뚝거리며 걷게 했던 그 상처가 사라지며 힘줄이 다시 붙고 새살이 돋아나며 전보다 더욱 탄탄한 다리로 새롭게 만들어지고 있는 것이다. 그것은 실로 기적이었다.

"이제 자네가 그렇게 좋아하는 근위기사 일을 계속할 수 있겠지?"

존은 울먹이며 자신의 몸 구석구석을 끊임없이 훑어보는 마샬에게 질문을 했다. 그러나 마샬은 대답을 할 수 없었다. 이미 눈물과 콧물이 범벅이 되어 흐르고 있었기 때문이다.

4월의 어느 날 꽃들이 만발하고 날씨는 따사로웠으며 화창하였다. 록트 제국의 황제가 거처하는 궁 안으로 수많은 마차들이 들어가고 있었다.

제국 선포식을 치르고 다음 대 황제가 될 샤의 결혼 이야기가 나오기 시작한 것은 전년도 겨울부터였다. 그리고 황제의 명으로 4월의 화창한 날을 받아 국혼(國婚)을 치르게 된 것이다.

결혼식을 치르는 예식장의 앞쪽 자리에는 플레이르 공국의 메노프 공왕과 슈비나 장관, 보이텐 백작 등이 참석했고, 드워프를 대표하는 푸기와 티알피 등이 참석을 했다.

또한 새롭게 만들어진 메린 공국의 공왕과 루델 공국의 공왕, 그리고 15명의 대영주와 타국에서 온 사신들까지 모두 한 자리씩을 차지하고 앉아 있었다.

시종장에 의해 결혼식이 시작되었음을 알리는 안내가 있자 움직이던 사람들이 모두 자리에 앉기 시작했다. 드디어 황태자의 결혼식이 시작된 것이다.

"황태자 전하의 결혼식이 거행됩니다. 모두 자리에 착석해 주시기 바랍니다."

빰빠라밤! 빰빰빰, 빰빠라밤!

음악 소리에 맞춰 근위기사들이 만들어놓은 예도 의식이 이루어지고, 검이 만들어놓은 길을 따라 들어서는 샤를 보며 사람들은 박수를 보냈다.

샤가 단상 앞까지 도착하여 뒤를 돌아 앞을 보자 프란시스가 밀노 후작의 손을 잡고 들어서기 시작했다.

순백의 하얀 드레스를 입고 푸기가 특별히 만들어준 보라색 자수정 목걸이와 귀걸이를 한 프란의 모습은 누구나 탄성을 지를 만큼 아름다웠다.

샤가 그동안 애를 태워서인지 약간은 마른 듯한 그녀였지만 밝은 미소를 짓는 모습에 식장 안의 모든 사람들의 얼굴에는 절로 흐뭇한 미소가 지어지고 있었다.

이윽고 신부를 인계받은 샤는 사뭇 긴장된 표정으로 주례사 앞으로 나아갔다. 주례를 맡은 론 허버드 후작 또한 긴장이 되었는지 헛기침을 하며 샤와 프란을 바라보았다. 이윽고 제국의 국교가 된 플레이르 여신의 이름으로 성혼 선언문이

낭독되었다.

“신랑 스페르 샤 폰 록트리온 군과 신부 프란시스 폰 밀노 양은 플레이르 여신의 이름으로 항상 서로를 아끼며 사랑하고 제국의 법에 따라 살 것을 맹세합니까?”

“네.”

두 사람의 대답이 있자 론은 두 사람을 앞으로 돌아서게 하고 다시 낭독을 했다.

“이제 두 사람의 다짐은 황제 폐하와 황후 폐하, 세 분의 공왕 전하, 그리고 15분의 대영주 분들이 계신 가운데 일생 동안 고락을 함께할 부부가 되기를 굳게 맹세하였습니다. 이에 주례는 이 혼인이 원만하게 이루어진 것을 플레이르 여신님의 이름으로 여러분 앞에 엄숙하게 선언합니다.”

“와!”

짝짝짝!

여기저기서 박수가 나오며 두 사람을 축복하는 가운데 꽃가루가 뿌려지고 왕궁 밖 하늘 위로 폭죽이 터지는 소리가 울려 퍼지기 시작했다.

『록트리온』 END.

그동안 감사했습니다.

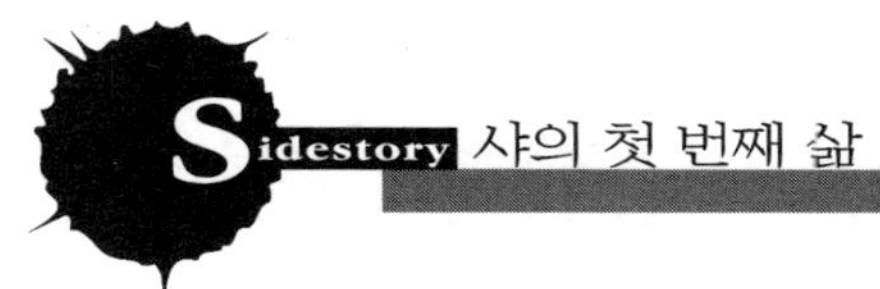

넓은 홀 안의 공기는 무겁고도 차가웠다. 수많은 이름으로 불리며 수많은 생명을 의지로 창조한 존재의 노여움이 서려 있는 공기였다.

차가운 공기를 가르며 홀연히 하나의 인영이 보이기 시작했다. 이윽고 그 인영은 형체를 만들며 인간의 모습이 되었다.

허리까지 기른 금빛 머리, 오뚝한 콧날, 붉은 입술, 짙은 눈썹의 남성과 여성의 모습을 동시에 가지고 있는 존재였다.

"샤이! 너는 어째서 인간의 운명을 관장하는 신으로서 법칙을 어기고 죽었어야 할 인간에게 새로운 삶을 주었느냐!"

"……."

샤이, 그는 운명을 관장하는 신임과 동시에 행운의 신이었다. 그리고 인간들에게는 수호의 신으로 알려진 존재였다.

인간이 태어나 죽는 순간까지 함께했으며, 죽은 뒤 죄가 없음이 밝혀지면 영혼을 사후의 삶으로 안내했다. 그런 그가 하지 말아야 할 죄를 짓고 말았다.

"어버이시여, 인간의 태어남과 죽음이 하나라는 것을 알고 있습니다. 하나 고통 속에 끊임없이 방황하는 인간의 모습이 안타까워 죄를 짓게 되었나이다."

"어리석은! 삶을 다시 준다 해도 그 고리를 끊을 수는 없다! 설혹 하나의 인간이 그 고리를 끊는다고 하여 다른 인간들이 그를 따라 깨달음을 얻고 다시 태어날 수는 없는 것이다. 각자(覺者:깨달음을 얻은 자)란 외롭고도 고통스러운 존재다. 오직 혼자 많이 진실을 향유해야 하며, 혼자만이 외로운 길을 가야 한다. 너는 그에게 기회를 준 것이 아니라 고통을 준 것이다."

"……."

샤이는 대답하지 않았다. 자신 또한 자신의 행동이 삶이라는 고통 속에 허덕이는 인간들을 구원할 수 있다고 생각하지는 않았다.

각자를 통해 단 한 사람이라도 영향을 받아 고통스러운 삶에서 벗어나길 바라는 마음이었을 뿐이다. 그리고 아주 작은 것에 희망을 걸어보았을 뿐인 것이다.

인간의 삶이란 고통이며 불행이었다. 태어나 철이 들면 살기 위해 일을 해야 했고, 나이가 들어 가정을 꾸리면 자신을 길러준 부모와 스승을 떠나보내야 했으며, 전쟁과 기아에 허덕이기도 하고 병마와 싸우기도 해야 했다.

또한 나이가 들면 들수록 몸은 활기를 잃어갔으며, 주위에서는 끊임없이 잘못된 길을 안내하는 손길이 뻗치고 있었다.

이런 고통에서 벗어나고자 하는 인간이 있었다. 그는 매일같이 생각을 하고 되도록 다른 이의 유혹에 빠지려 하지 않았다. 그리고 인간이란 무엇인지, 삶이란 무엇인지, 우주의 법칙은 어떻게 이루어지는지에 대한 고민을 했다.

끝없이 자신에게 화두를 던졌고, 끝없이 대답을 하며 세상의 이치를 하나씩 알아가고 있었다.

그런 그가 큰 깨달음을 얻어 각자가 되었다. 그리고 그는 수명을 다해 죽어가고 있었다. 이런 그의 일생을 지켜본 샤이는 그의 깨달음이 알려지기도 전에 인간 세상에서 사라지는 것이 너무도 안타까웠다.

수천 년 혹은 수만 년에 한 명 나올까 말까 한 존재였다. 그의 깨달음을 인간 세상에 널리 알려 수많은 사람들이 그와 같이 깨달음을 얻기를 원했다.

그러나 그것은 샤이의 착각이었다. 그에게 새로운 생명과 삶을 주었으나 그는 자신의 깨달음을 주위에 알리지도 않았으며 자랑하지도 않았다.

그것은 외롭고도 힘든 삶이었다. 누구도 그의 깨달음에 관심이 없었으며, 누구도 알려 하지 않았다.

간혹 그에게 인간들이 삶에 대해 물어오면 그는 말했다.

"나는 존재하오."

오직 이런 답변만을 할 뿐이었다.

그런 그를 안타까운 시선으로 지켜보던 샤이는 인간으로 가장해 그의 곁을 지키며 그의 깨달음을 세상에 알리려 했다.

그의 말 한마디 한마디를 글로 남겼으며 그의 행동 하나하나를 시로 읊었다. 그리고 가난한 자, 고통받는 자, 병든 자들을 찾아다니며 고통에서 해방되는 방법을 알려주었다. 그의 그런 노력이 처음에는 인간들에게 환영받는 듯했다.

인간들은 고통 속에서 해방되길 원했고, 더욱 순순하고 맑은 영혼으로 태어나길 바랐다. 그러나 시간이 지나 여러 세대가 지나면서 인간들은 그의 가르침을 외면하고 불신했다.

그의 가르침을 왜곡하고 변질시켜 부를 쌓고 이름을 알리며 권력을 잡는 데에만 사용했다.

세상은 더욱 혼탁해졌으며, 더욱 타락해 갔다.

그리하여 그는 특단의 조치로 인간에게 눈으로 볼 수 있고, 귀로 들을 수 있으며, 피부로 느낄 수 있는 신의 권능을 보여주었다.

그러나 그런 샤이의 노력에도 불구하고 인간들의 행동은 전과 다르지 않았다. 이번에는 더욱더 큰 문제가 발생했다.

자신의 잘못된 신념과 종교관을 내세워 다른 신을 믿고 신념을 가진 이들을 박해했으며 전쟁을 했다.

결국 샤이는 이런 인간들의 행동을 더 이상 보고 있을 수만은 없었다. 하여 철학자와 교육자, 성인들로 스스로 분하여 인간 세상을 바로잡아 보려 노력했다.

그러나 인간들은 시간이 지나도 변하지 않았고, 더욱 교모하게 자신과 같은 종족인 인간들을 각종 감언이설(甘言利說)과 거짓으로 선동하여 타락하게 만들어갔다.

결국에 가서는 샤이 스스로도 포기하는 지경까지 이르게 되었다. 그리고 이런 법칙을 어긴 샤이의 행위 때문에 변해버린 세상의 모습을 창조주인 어버이에게 들켜 버린 것이다.

"인간이란 신과 닮은 존재이면서도 우주의 법칙을 잘 따르는 존재이다. 결국 너는 우주의 법칙을 어겨가며 노력한 모든 것이 부질없다는 것을 깨달아야 한다."

"어버이시여, 제가 어찌하면 인간의 본질을 깨달을 수 있나이까."

"신인 네가 왜 인간의 본질을 깨닫고 싶어 하느냐? 어찌하여 인간에게 그리도 집착하느냐?"

"그건 그들이 나와 닮았기 때문입니다."

"그렇구나! 너와 닮았구나. 아니다. 네가 그들과 닮았다.

넌 신이되 신이 아니구나!"

샤이는 알고 싶었다. 인간이란 존재에 대하여 인간이란 어떤 존재이며 어떤 이유로 그처럼 끊임없이 거짓과 위선 탐욕으로 물드는지, 왜 옳은 길을 알려줘도 가지 않으려 하고 자신들의 이익만을 좇아 서로를 힘들게 하는지 모든 것이 알고 싶었다.

자신과 닮았으나 너무나 다른 인간의 본질은 무엇인지, 어찌하여 세상에서 제일 고결한 각자가 되기도 하고 세상에서 가장 타락한 살인마가 되기도 하는지 너무도 알고 싶었다. 자신과 같지만 너무도 다른 인간에 대해서 말이다.

"너에게 기회를 주마! 앞으로 신의 권능을 포기하고 100번의 환생을 통해 인간의 삶을 살아보거라. 하여 인간이 어떤 존재인지 스스로 보고 느껴보도록 하여라. 너의 죄는 그 뒤에 물을 것이다."

어버이라는 존재의 말이 끝남과 동시에 샤이는 하얀빛에 싸여 사라졌다.

지금 유전자가 말하는 사랑과 성의 관한 솔직 대담한 진실이 펼쳐집니다!

남편의 후광을 등에 업는 것은 까마귀와 인간뿐…

모두에게 바보 취급받던 독신 암컷이 단번에 인생대역전을 해서
서열 1위인 수컷의 아내 자리를 차지하게 될 수도 있다는 말입니다.
모든 여성이 이상형의 남자와 결혼할 수 있는 것은 아닙니다.
적당한 선에서 타협하여 적당한 사람과 결혼하지요.
하지만 솔직히 말해서 당연히 멋진 남자가 더 좋지 않겠습니까?
따라서 여성은 생각합니다.
'그럼 어떻게 하지? 유전자만이라면 가질 수 있어!'
그리하여 장기계획형이나 단기승부형과 같은 여러 가지 방법의
외도가 생겨나는 것입니다.
물론 모든 여성이 이를 실행에 옮기지는 않습니다.

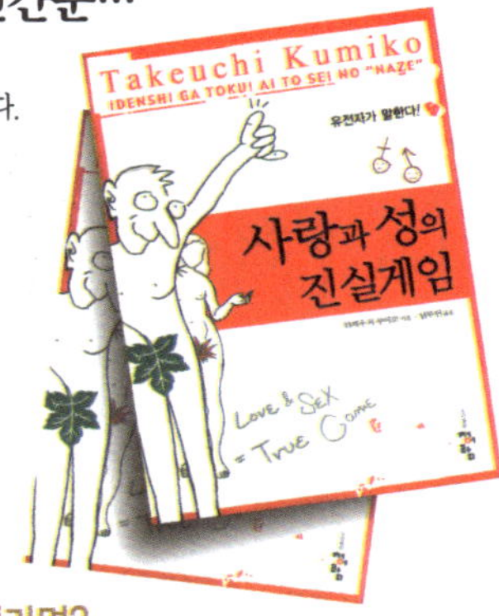

하지만 기회가 있다면 어떨까요?
다른 조건과 이미 타협을 봤다면?
남편이 사소한 일은 눈치 못 채는 둔한 남자라면?
뭔가 유전자의 음모가 느껴지지 않습니까?

실패를 모르는 남자 선택법! 「내 남자친구는 왼손잡이」 법칙

어째서 여성은 왼손잡이 남성에게 마음이 끌리는 걸까요?

여기서 기억해야 할 것은 몸의 좌우와 뇌의 좌우는 원칙적으로 반대 관계라는 점입니다.
따라서 왼손잡이 남성은 우뇌가 발달했습니다.
발달했다는 사실이 왼손잡이를 통해 반영된 것입니다.

그리고 두 번째로 생각해야 할 것은 우뇌는 남성 호르몬의 일종인 테스토스테론에 의해 발달한다는 점입니다.
요약하자면 왼손잡이 남성은 우뇌가 발달했는데, 그것은 테스토스테론 수치가 높기 때문입니다.
그것은 다름 아닌 생식 능력이 높다는 것을 의미하지요.

「내 남자 친구는 왼손잡이」에 감춰진 의미는… 내 남자 친구는 생식 능력이 높아… 인 것입니다.